中国散文 60 强

河山纵深之处

杨献平 / 著

图书在版编目（CIP）数据

河山纵深之处 / 杨献平著. -- 北京：北京联合出版公司，2024.8. --（中国散文60强）. -- ISBN 978-7-5596-7799-0

Ⅰ.Ⅰ267

中国国家版本馆CIP数据核字第2024N3J026号

河山纵深之处

| 作　　　者：杨献平
| 出　品　人：赵红仕
| 出版监制：张晓冬
| 责任编辑：周　杨
| 特约编辑：和庚方　张　颖
| 封面设计：立丰天

北京联合出版公司出版
（北京市西城区德外大街83号楼9层　100088）
三河市同力彩印有限公司印刷　新华书店经销
字数150千字　650毫米×920毫米　1/16　14印张
2024年8月第1版　2024年8月第1次印刷
ISBN 978-7-5596-7799-0
定价：65.00元

版权所有，侵权必究
未经书面许可，不得以任何方式转载、复制、翻印本书部分或全部内容。
本书若有质量问题，请与本公司图书销售中心联系调换。
电话：17710717619

"中国散文60强"丛书

编委会

丛书总策划

张　明　　著名出版人

编委主任

邱华栋　　全国政协常委
　　　　　中国作家协会副主席、书记处书记

编　委

叶　梅　　中国散文学会会长
陆春祥　　中国散文学会副会长
冯秋子　　中国作家协会原社联部副主任
吴佳骏　　《红岩》编辑部主任
张　英　　资深媒体人
文　欢　　作家、资深编辑

中华散文的文脉与发展

——"中国散文 60 强"总序

邱华栋

中国是诗的国度,亦是散文的国度。

穿越千年时空,从明清至唐宋,再由魏晋南北朝至两汉先秦一路回溯,汉语言文学中的散文实乃根深叶茂,硕果累累。无论是"唐宋八大家"之雄文美文,还是骈俪多姿的辞赋,以及名垂史册的《史记》《左传》,均为中国文学史上的璀璨明珠。"散文"与"诗"一道,成为中国文学的"嫡系"。尽管,后来从西方引进嫁接技术所催生的"小说",大有"喧宾夺主"之势,终究还得"认祖归宗",血脉和基因是无法改变的。

在中国散文流变历程中,曾出现过两次鼎盛期。一次是被文学史家所公认的"先秦散文"时期。其时,伴随着春秋时期的思想解放,诸子蜂起,百家争鸣,一大批散文家以饱满的气血、驳杂的学识和破茧的精神,创造出了散文的繁荣和辉煌局面,对后世产生了极大的影响。

到了"五四"时期,中国散文迎来了第二次鼎盛期。白话文如劲风激浪,吹刮和涤荡着神州大地。沉睡的雄狮醒来了,偃卧的小草开始歌唱。许多学贯中西的进步文人,肩扛文化变革的大纛,冲锋陷阵,掀起了一波又一波的新文学浪潮。《新青年》上刊载的散文,犹如一束束亮光,不但给人以希望,还给人以力量。"五四"以来的散文作品，无论是观念和主题，还是形式和风格，都跟以往的散文迥然不同。最具代表性的，当属鲁迅先生的散文（包括杂文），其刚健、凌厉的文质，疗救了中国散文长久以来颓靡不振、钙质疏流的顽疾。此外，周作人、郁达夫、朱自清、萧红、沈从文等一大批作家的散文创作亦各具特色，呈一时之盛，影响深远。

时代的前行催生了文学的发展，然而文学与时代有时并不同步甚至充满了"张力场"。"五四"的个性解放虽然催生了一批个性鲜明的散文精品，但这样的生态并未持续多久，中国散文的波峰出现了向低谷滑行的趋势。有论者指出，"散文在50年代既是对解放区散文文体意识的放大，又是对五四散文文体精神的进一步偏离。这种放大和偏离表现在个体性情的抒发让位于时代共性或者时代精神的谱写，政治标准优先于艺术标准，批判性为歌颂性所取代等诸方面。"（董健、丁帆、王彬彬《中国当代文学史新稿》）1960年代初，散文创作一度出现了活跃，"专业"从事散文创作的作家群凸显出来，刘白羽、杨朔、秦牧相继登场，迅速成为散文界的三位名家。但他们的作品后人评价褒贬不一，认为其中颂歌式的写法较为单向，这种模式化的写作，不但对散文的建设毫无益处，反而扼杀了散文的个性和神采。

"文革"十年，中国散文更是一片凋零和荒芜，乏善可陈。1970年代末，一些历经浩劫的作家开始复血，解除思想枷锁，重新拿起笔来写作，中国散文才又凤凰涅槃，焕发生机。加之各种文学刊物纷纷复刊和创刊，以及大量西方文化读物的译介出版，更为这些饥渴、桎梏太久的散文作者提供了登台亮相的舞台和瞭望世界的窗口。

1980年代初期，伴随改革开放的热潮，思想解放大旗招展，文化随之繁荣，诸多承续"五四"精神的作家以笔为旗，抒发胸中压抑既久之块垒，出现了一批抒情性质浓郁的散文，使得现代散文这块"百花园"芳菲争艳，蔚为大观。特别是1980年代中期，随着作家主体意识的不断强化，中国文学开始呈现出一个崭新局面，作家从"集体意识"中抽身而出，重新返回"个体"，注重对生活的体察和内在情感的表达。这一时期，散文的艺术性得以强化，文本的精神内涵和表现空间得以拓展。

进入 1990 年代，社会发展日新月异，城镇化进程锐不可当，文化领域亦呈多元格局。各种文学思潮相互碰撞，人文精神的讨论更是打开了作家们的创作思路。"大散文"概念的提出，引发了散文界对散文的内涵和外延的重新讨论和界定。风靡一时的"文化散文"热，成为文坛上一道靓丽的风景。"新散文""原散文""后散文""在场散文"等散文流派"你方唱罢我登场"，争奇斗艳，各领风骚。

及至二十世纪末，一批深具先锋意识和文体自觉的新锐作家，像一头公牛闯入瓷器店，使散文天地发生了激烈的碰撞和变化，形成一股新的散文潮流，提升了散文的审美品质和精神向度。

纵观 1978 年至 2023 年四十多年来，中华大地在"改开"的黄金时代中，社会生活奔涌激荡，各种思潮风起云涌，散文创作更是云蒸霞蔚、气象万千，涌现了众多成就斐然、风格各异的散文作家和具有思想深度、艺术上乘的散文作品。岁月的流水冲走了枯枝败叶和闲花野草，中流砥柱却巍然屹立。时间留住了新时代的散文经典，经典在时间的长河中绽放光芒。以沙里淘金的经典散文向"改开"的时代致敬，是我们不可推卸的责任和义务。

别看散文的门槛貌似很低，要真正写好，却实属不易。优质散文是有难度的写作，它不但需要作者的智识、胸襟、眼界、修养和气度格局；更需要写作者的态度、立场、慈悲、良知和批判勇气。遗憾的是，散文创作繁荣和光鲜的另一面，却是大量平庸甚至低劣之作的泛滥，不但败坏了读者的胃口，而且造成了物质和精神的极大浪费。散文作家层出不穷，散文作品汗牛充栋，可真正能让人记住的散文佳构却凤毛麟角。

散文要发展，文学要前行。发展和前行就要从平庸的樊篱中突围。在突围的过程中，散文作家不可太"聪明"，不可太世故，要永存对文学的敬畏之心。一言以蔽之，散文的尊严来自散文作家的尊严。也可以说，要想散文繁荣，首先需要有一批人格健全，品德高尚，铁肩担道义的散文作家。什么样的人写什么样的文章。特别是写散文，最容易看出一个作家的内在品质和境界涵养。一个人格不健全的人，哪怕他作文的技法再高妙，也很难写出撼人心魄、抚慰灵魂的散文来。作家精神品质的高低，直接决定其作品的精神向度。

为了散文写作的突围和发展，为了建设独具特质的当代散文，也是为了更好地从经典散文中汲取营养，我认为有必要正视和重申一些常识性的思考。高头讲章的理论是灰色的，常识之树却蘸葳常青。

一、作家的个体精神决定散文的优劣。常言道，散文易学而难攻。难在什么地方，不是难在技巧，而是难在作家个体精神的淬炼上。倘若作家的个体精神不够丰富，不够深刻，不够清澈，纵使他手里握着一支生花妙笔，也写不出令人称赞的散文。那么，如何才能做到个体精神的丰富性呢，这就要求作家时时刻刻不背离生活，要知人情冷暖，体察人间百态，关心民瘼，有忧患意识，不要做生存的旁观者。一个冷漠甚至冷酷的人，是不适合从事散文创作的。

二、真诚是确保散文品质的基石。散文创作跟作家的生存经验息息相关，可以说，真正优质的散文，无不牵连着作家的血肉和心性。作家的喜怒哀乐，悲欢离合，都或隐或显地暗含在他的作品中。假如在一篇散文作品中，读者既看不到作者的体温，又看不到作者的态度，那这篇作品或许就是失败的。说明这个作者在他的作品中"说谎"或"造假"，缺乏真诚之心。作家一旦失去真诚，为文必定矫揉造作，作品也必定会失去生命力。因此，真诚是散文的"生命线"，也是"底线"。

三、个性是促进散文生长的养料。人无个性便无趣，文无个性便平质。当下，每年都会诞生数以万计的散文篇章，但能够让人记住，且读后还想读的作品并不多，何故？概在于这些数量庞大的散文，无论题材，还是语感都千篇一律，像是从"模具"中生产出来的，缺乏辨识度。散文要发展，必须要求作家具有"个性意识"。"个性意识"不是标新立异，更不是哗众取宠，而是一种"创新意识"和"审美意识"。但凡在散文创作方面被公认的那些大家，都是"文体家"，他们以自觉的写作实践，开创了散文写作的新路径。不合流俗方能独步致远，推动散文的建设和繁荣。

当然，以上几点并非创作散文的圭臬，谁也没有资格去为散文"立法"。

散文是自由的创造，散文精神即自由精神。我之所以提出来，仅仅是希望引起散文同行们的重视和参考，共同为中国当代散文的发展尽力增光。

我们策划、编选"中国散文60强"（1978—2023）的初衷，旨在对新时期以来的中国散文创作作出梳理、评价和选择，试图精选出风格各异的代表性散文作家，以每位一部单行本的形式，呈现出中国新时期优质散文的大体样貌。此项目的发起人为资深出版人张明先生。多年来，他一直追求做高品位的纯文学书籍，也曾连续多年与中国散文学会、中国小说学会合作，出版年度《中国散文排行榜》和年度《中国小说排行榜》。2023年他策划出版了《中国小说100强》，反响不俗。身处喧嚣、纷杂的环境，能以如此情怀和心力来为文学做如此浩大的工程，不能不令人钦佩！

感谢张明先生邀请我和叶梅、冯秋子、陆春祥、吴佳骏、张英、文欢组成编委会，共同遴选出60位作家。我们在召开筹备会的时候，即将作品的思想性、艺术性、代表性以及影响力作为编选的基本原则。在确定入选作家名单时，我们认真商讨，反复研究，生怕因为各自的眼力、审美和趣味之别，造成遗珠之憾。好在我们的工作得到了作家们的积极回应和鼎力支持，惠风和畅，大地丰饶。

60位入选的作家，既有令人尊敬的文学大家，如孙犁、张中行、汪曾祺、史铁生、邵燕祥、流沙河、刘烨园、宗璞、贾平凹、韩少功、张炜、梁晓声、阿来、冯骥才等。这批散文大家的作品，文风质朴、清朗、刚健，充满了"智性"和"诗性"。无论他们是写怀人之作，还是针砭时弊，歌咏风物，都有着鲜明的文化立场和审美取向。他们或出入历史，借古观今；或提炼人生，洞明世事，输送给读者的都是难能可贵的"精神营养"。

也有被散文界公认的名家，如李敬泽、王充闾、马丽华、周涛、冯秋子、叶梅、筱敏、张锐锋、周晓枫、于坚、鲍尔吉·原野等。这些作家的散文作品，特色鲜明，风格独特，诚挚内敛，从内容到形式，都作出了各自的探索和尝试，为当代散文注入了活力。从他们的作品中，我们不但能够领略汉语之美，更可以借此反观生活与存在，寻找人之为人的价值和尊严。

还有散文界的中坚力量和青年才俊，如彭程、谢宗玉、江子、雷平阳、任林举、塞壬、沈念、傅菲、吴佳骏、周华诚等。从他们的作品中，我们见到的，不只是中国散文的文脉传承，更是自由精神的张扬。他们文心雅正，笔力锋锐，不跟风，不盲从，始终保持着独立的思索和判断，在各自所开辟的散文园地中精耕细作，以崭新的姿态参与和推动当代散文的变革。

其实，细心的读者不难发现，入选本丛书的老、中、青三代作家都有个共性，即他们均在以自己的作品审视心灵，心系苍生，弘扬真善美，鞭挞假恶丑，充满了正义感和人道主义精神。这自然与时下众多书写风花雪月、一己悲欢、充塞小情趣、小可爱的散文区别开来。正是因为有他们的存在，中国当代散文才呈现出一幅绚丽多姿的长卷。

需要说明的是，有些重要的散文家，如张承志、余秋雨、王小波、苇岸、刘亮程、李娟等人，由于版权或其他不可抗原因，未能将他们的作品收录进来，我们深以为憾。

我们还要感谢北京立丰天文化传播有限公司的资金支持，感谢北京联合出版公司的精心编校，他们慷慨和无私的义举，对于繁荣中国当代散文创作、对于赓续中华优秀散文文脉、对于中国新时期的文化积累，均具重大价值和意义，可谓善莫大焉。这套丛书的出版意义将同《中国小说100强》一样，旨在给读者以经典的指引，这既是一项重要的原创文学工程，同时也是助力推动全民阅读和研究传播文化的公益工程。

郁郁乎文哉，中国散文有幸！

是为序。

2024 年 5 月 12 日星期日

（作者为全国政协常委，中国作协副主席、书记处书记）

目 录
Contents

001 | 云端的庭院

020 | 康定之书

033 | 稻城记

044 | 平武记

053 | 崇州常璩：方志鼻祖

064 | 天边的壤塘

076 | 汶川记

083 | 若尔盖的七个情境

100 | 黑水记

109 | 石棉记

119 | 泸州记

132 | 烟台记

141 | 越西的蓝与深

149 | 剑门怀古

158 | 身在唐家河

167 | 射洪拜谒陈子昂记

178 | 重庆记

192 | 眉山记

200 | 华东笔记：从合肥到桐城

云端的庭院

好一座巨大的庭院。

起飞之后，我才忽然想到。之前对西藏，包括那些看起来深刻新鲜的现实体验与内心感觉似乎是无效的。对于高处，像西藏这样的人神会合的陆地之巅、天堂一翼，一个人即使去过数次，每一次的感觉也会大相径庭。飞机这种目前最快捷的飞行器，大致是最能解决和安慰人类迫切之心与紧要之事的工具了。坐在上面，不用贴窗俯瞰，也知道身下堆涌的是千山万壑，雄奇无匹的地理。其上的皑皑白雪，每一粒都比人类古老和洁净，在亘古苍凉、峭拔、孤立、通达天庭的山顶和岩石上，沉默、安静、自在、孤独，无限坚硬又无限柔软。好像从古至今，所有人向西藏的方式，都是从有限的、机械的角度，以一种难以描摹的方式上升，当然包括身体和灵魂。那些被宇宙派遣的巍峨群山自喜马拉雅发端，在冈底斯以完美的造型构成了它们在地球上的偶像与标高，然后沿着雄浑的大陆与海疆四散奔逸，于人类世界的最顶端和最炫目之处，形成了一种结构奇崛、包含丰厚与气质独异的自然人文风景。

  正要闭目休息，忽然颠簸。我一阵惊慌。对于天体乃至博大、神秘的地球，我不得不心怀敬畏。它们始终怀揣和散发着一种神秘的力量，看起来庞大若虚，却又能量无匹、莫测变幻；感觉纹丝不动，可又动荡不安、咆哮不停。前一次的 2014 年 5 月，第一次进藏的空中，我的心是悬着的，生怕一出舱门就会晕倒，更怕飞机这种横穿的小机器，在庞大的山脉之间会突然折翼……平安到达后，尽管待了十多天，唯一的念头是，抓紧完成在这里的工作，然后乘坐火车或飞机抓紧回返。我是那么害怕飞机，总是担心自己也成为空难者之一……更重要的是，我一直觉得，尘世乃至庸俗的人生，是世上最美好的，任何东西都无法与之相提并论。然而，这一次，我忽然发现，人的所有庸俗行为，其实都是为了实现某种精神的超越；人的所有现实诉求，其最终的梦想，也是渴望抵达内心乃至灵魂当中的理想境界。

  落地之后，头有些晕，双脚发飘，心脏也有些不适。我一直自感奇怪的是，在这一次之前，我去过山南，更到过海拔超 5200 米的地方，还全程走过一次奇峰峭拔的川藏线，这些地方，无论何处，我都意识清晰，感觉正常，甚至可以抽烟喝酒，洗澡也没问题。一到拉萨，就有些说不清道不明的不适之感。第一次，嘴角开裂倒是小事，意识模糊令我神志恍兮惚兮，最重要的是不可以清晰思考，整个人就像是一朵行将离散的云团，一滴随时可能在风中化为乌有的水，那么松散、脆弱、没有主见，且非常迟钝。再一次，感觉心脏和脑神经甚至血流异常，隐隐有雷鸣、火焰，激烈而又充满爆破的趋势。

  这一次，我再次觉得，自己的身体，特别是意识和认知能力，忽然就发生了一种难以遏制的断裂感与紧束感觉，类似酒后断片和神经绷断。我不知自己为何如此，唯一清楚的是，拉萨，这世界人类居住的最高端，尽管也有芸芸众生，但相对于其他地域，它仍旧是凌绝的、独立的，充满神秘之力，无限光彩的，甚至有一些暗处的东西。

与其说高处盛产神话，不如说，大地的某些隐秘之处，一定是与天堂接壤，甚至可以直接往来的。拉萨可能就是其中之一，这里的每一丝阳光，都是可以照彻肉身、抵达灵魂的。虽然五月中旬了，拉萨周边的山还是黑色的，这里的草木总是最迟被唤醒，而灵魂时刻保持高度的清醒。路过拉萨河时，我看到的河水幽蓝、深蓝，甚至"翠蓝"，与天空共为一色。只是那些洁白的云朵，使得整个天空显得更为深邃，也更有神意。河边的树木不够稠密，多的是杨树、红柳和沙枣及少量沙生植物。我对同行的朋友说，第一次到西藏来，感觉就像进入另一个人间，几天游历，却发现，除了海拔，从本质上说，西藏与西北地区基本一致，不仅是地形地貌的奇特，还有动植物乃至人群的基本生存方式，及其风俗习惯、思维方式与外在样貌等等。如杨树与红柳、鹰隼和天鹅、灰鸭子、沙漠、绿洲、草甸、高山、森林、湖泊……唯独山脉、河流，人群的文化信仰，有着巨大或者些微的差异。

无论过往、地域、人群如何不同，整个世界上的人类肯定是同气连枝的，之所以有各种不同，都是因其居住和生活的地域及其气候的作用，无形中影响和塑造着人群，包括相貌、语言、生存方式、生活习惯。长期以来，我们总是习惯于以种族、地区、信仰等为基本参照，来对自己进行划分，你是你、我是我、他是他。这其实也是一种宏大的，看起来科学的狭隘表现。事实上，人类自古就不分你我，同母同父，连体共生，不可分割。所有争战、仇恨，融合与分立，都是因为我们自身难以遏制的欲望和愚妄造成的。由贡嘎机场往拉萨市区的路上，起伏连绵的山脚偶尔会有几个不大的村子，虽然看不到什么人，但肯定是有人居住的。那些居住者，谁敢肯定他们生来就在此地，他们的先祖一定来自藏区？地球如此博大，人类从来就有迁徙的需求和自由。

也像我现在,不用三个小时,就由低海拔进入了高海拔领域。所到之处,也还是原来的大地,人群也是,其中,大多数是我们所熟悉的。这种类似乾坤大挪移的空间切换,在日渐大同的今天,突兀又习以为常。每个人的一生,似乎都在不断转换方位,姿势还是原来的,而内心,总是被陌生的异地潜移默化。

这是著名的拉萨、吐蕃时期的逻些城,它狭长、散漫、没有章法,处处都是商品,露天摆放或者被安放在角落。街上的车辆不是很多,行人大都聚集在各个景点。在这里,很难见到神态悠闲的人。整个北京中路、西路等中心地带的楼房普遍五层,一片片、一幢幢地静默在浑圆的天空下,看起来安静、自在,又有些落寞和空旷。

而这座城市实在足够庞大和纵深。庞大是它装载的无数神话、传奇,以及无限扩散的神域气息,纵深是它在人类世界乃至精神之境的丰盈、博大、深邃。我想,世上再没有这样一座城市,既携带了沉重的现实尘埃,又承载了太多的空灵缥缈;既表现出生存的意志,又能缔造现实的天堂。它让在其中的每一个人虔诚拜服,更会让每一个初来乍到者始终心怀敬意。

这,难道仅仅因为宗教吗?宗教的终极意义是:以有限抵达无限。因为,人在世上追求和依赖的一切,诸如名利、情义、物质,本质上都是有限的。这种无奈的"有限性"构成了我们人生短暂、倥偬如梦的虚幻、不安与不甘。几乎在所有的宗教当中,人所追求的一切,特别是人的最终要求,就是要摆脱"物"的限制与束缚,进入"物外"的境界,甚或可以说,宗教的根本目的,就在于让我们时刻寻找超越对"物"和"物能"的依赖,转而成为"物外"之"物"之"灵",进而获得随意控制"物及其所有效能"的那一类"人"。

神仙也是人,佛陀亦然。抑或说,神仙和佛陀,可能是人最灵性和智慧的那一部分的现实表现。

站在阴凉的房间窗前，拉萨河无声，在巨大的河道里弯曲。对面的荒山看起来像是一个将军躺倒的头部，面部表情刚毅、悲怆。另一座则像是坐下来的佛陀，慈祥、安然，长年累月地，用那种慈悲的面容和眼神，接受风霜雷电、日月星光。2016年春天以来，因为个人的境遇发生改变，特别是安心之人的抽离，我的现实命运和心境，甚至精神信仰都发生了本质性的改变。读《道德经》，才深刻明白，世上最伟大、至深、至大的力量和感情，其实不是满大街"交响"的各种各样，凄厉或者癫狂、温情抑或暴戾的"爱"及其诸多世俗表达，而是慈悲。如《道德经》说人生有三宝，曰慈、俭、不敢为天下先。其中慈悲的力量，就是母性。我觉得，母性是来自宇宙的力量，是响彻全人类内心和精神的基本而恢弘的情感基因。

与藏族作家朗顿·罗布次仁交流的时候，他告诉我："藏传佛教六字大明咒'唵嘛呢叭咪吽'中的'唵'并非念作'ōng'，而是'an'，是宇宙原音。"我恍然觉悟，立马想到，人在极端痛苦与惊吓时候，下意识爆出来的声音是"a"，在特别愉悦与快乐时候，自发的第一个音节也是"a"。这充分说明，古人所言是正确的，即，世上的每一个人都是一个小宇宙，小宇宙与整个大宇宙，是相互紧密关联、原为一体的。也就是说，人体也是微缩的宇宙，自古以来，人是可以自己为自己——或替宇宙体验并为之代言的。正如《道德经》"知常容，容乃公，公乃全，全乃天，天乃道，道乃久，没身不殆"之说。

对于拉萨和布达拉宫，2014年我第一次来之后，也去拜谒过，但很匆匆，类似于走马观花。更不可饶恕的是，当时，我对神灵或者某些偶像，有些不上心或者不在意。这是致命的，也是不恭的。这不是说有信仰，并且笃信才好，而是，宗教给人的，是一种恒久的敬畏与自律之心。当科技无所不能、无所不及，如微软开发的软件"小冰"

的诗歌已经超越了相当一部分写了很多年的汉语诗人的诗歌创作水准，这是智能软件对人类智慧的一次轻蔑，也是一种蚕食与掠夺。

我们有理由相信，在今天和未来，"小冰"只是冰山一角。我想说的是：当智能工具强势来袭，人类何为？诗人何为？人源自造物主，最令人自豪，并且唯一能够与科技抗衡的情感、思维、思想和智慧，如何保持、巩固与再次提升？

近代以来，沦丧最为严重的品质和"戒律"之一，就是敬畏之心。孔夫子讲君子有三畏——畏天命、畏大人、畏圣人之言，这应当是做人之基本。一个没有畏惧感的人，同样也是没有底线和原则的，一个民族和一个国家也是如此。毋庸讳言，唯有保持敬畏之心，方才能够自律。

日光西下，拉萨一片金黄。这座高地上的院落，近距离地被太阳笼罩，整座城市都像是一个婴儿摇篮，沐浴在宇宙慈爱的霞光里。在这里，每一个人都站在云端，直接承受天地本原光辉与巨大爱意。

和几个朋友散步，不长的路程，就有些气喘吁吁，身体跟着发飘，意识开始混乱。我想，这可能是高原反应之一。此前，我对高原反应的理解，只有头晕、心悸、周身不适以及不可以感冒，乃至更可怕的肺水肿、脑水肿等，却忽略了高原反应中的那些细微但令人恐惧的躯体、意识和思维感受。

记得2014年10月走川藏线时候，在海通沟，一名战士在午休中去世，据说，他才21岁。2016年年底，我到海拔4000米的甘孜州石渠县，追访了一位名叫苏知斌的、牺牲在工作岗位的检察官。苏知斌也是因为心脑血管病而猝死在工作岗位上。我先前以为，长期在高原，尤其是出生在高原的人，都先天性地适应高海拔地区。西藏自治区人民医院的格桑副院长却说，长期在高原的人也会罹患这些高原病。人的身体都是一样的，没有高原和低海拔之分。

夜里的拉萨河毫无声音，兀自汇集、流淌，急湍和呼啸都是由自我完成的。这护卫的河流，滋养的河流，从发源到汇集，每一寸挪移都携带了大地与神灵的气息。夜里，只有风，还是微风，轻轻地从窗玻璃一再奔跑，反复制造一种类似于呜咽的声音。半夜忽然醒来，口渴，全身犹如棉絮。氧气瓶就在床边，我想打开，却又忍住。我也知道，人在高原，重要的是精神状态和信心。能扛过去就要努力扛过去，这不仅是对自己身体的一种检验，也是对个人意志的一次磨炼。

再睡下，寂静。那种寂静，是贯穿了心肺和灵魂的。在日渐大同而又喧嚣的低海拔地区，这种城市的安静不可多得。拉开窗帘，一大群星辰飞入眼帘。哦，这大美的星空，这聚集了众多球体的宇宙，在拉萨显得如此清晰和亲近。古人将高处——云端作为神仙的领地，甚至将可以看到日月都赋予人类学和神学意义及其象征，完全是超前的智慧。尽管我们至今在月球、水星、木星、火星上尚未探测到"神仙"的踪迹，但神的存在，何止这些近距离的星球？小时候，大人们说，神仙都是能够腾云驾雾、上天入地、无所不在、无所不能的。现在，我们乘坐飞机都知道，云彩上没有神仙，普通的航班就可以凌驾云端，并且横行穿梭，丝毫不受任何神界规则的限制。

躺在星群之下的拉萨，极容易让人产生幻觉，无限大的幻觉。大地上的一切似乎都空了，位于众山之巅的拉萨好像只是一面平地，寸草不生，四周漆黑，但又温暖异常。人在其中，只要翻一翻身子，灵魂和心脏就可能弹跳而出，向着高空飞跃而去。记得第一次到拉萨的夜晚，住在民族中路的一家饭店，傍晚，和朋友喝了几杯酒，感觉不适，有一种濒死感。这种感觉，不仅在拉萨，在成都的时候偶尔也会有。少年时，总觉得身体千锤百炼，完全无视时间，以至于使用过度。而那些使用，其实都是被琳琅满目的"物"和"物外"所迷，为"欲"

和"内欲"操纵。也总觉得，庸俗才是最美好的人生过程。这种无知和贪婪，是罪孽发源地，自我耗损的根本动力。

合眼就是早晨。拉萨的晨曦犹如快刀，直接但不粗暴。和几位朋友去哲蚌寺。对我而言，哲蚌寺是第一次，但肯定不是最后一次。抬脚跨过高大的门槛，身体全部进去，我才恍然大觉，置身其中，方才明白，哲蚌寺不仅是一座寺庙，还是一座无与伦比的盛大神殿。所有进到里面的俗人也都会成为神，当然包括我自己。凡是神意缭绕、众生拱卫的地方，俗人和凡人进入以后，在某个瞬间，就会被浓烈的神意脱尽尘世之心和肉身的尘埃与污浊。

身在庙中，我能够感到一种无形的强大的笼罩，或者说劫持，这种笼罩和劫持不容置疑，也令人不想有任何抗拒。在巨大的神殿当中，一个人所能做的，只能是顺从，甚至不自觉的拜服。站在诸多的佛像之前，就着斜射进来的新鲜日光，我忽然想到，一个人，在寺外的时候，总是有那么多奇怪的想法，而且，每一个想法都与世间的情色、物质有关，完全无视心灵与精神，灵魂也虚无缥缈。

哲蚌寺处在一座长满石头的荒山中，整个山形好像是一个张开的巨大的怀抱，一边伸向拉萨以东，一边揽抓着拉萨市区的腰部。中间部位向上，是酷似桂冠的山头。佛家所在寺庙，一定是独具意味，并且有着诸多自然与宗教意义的。从山下仰望，整座山颜色漆黑如墨，但姿态端正雄浑，格外庄严。此时，晨起的太阳在桂冠的山头正面，发射着金灿灿的光芒。

任何的地方，都是神的居所。在漫长的时间当中，神创造人类，人类也在创造神。人和神，其实是互通的，也是相互成就、护卫、加持与保佑的。人们坚信，通过祈祷和一定形式的"修行"，我们的精神会获得深度，甚至超越时空的觉醒，并且会摆脱"自我"乃至一切有形的限制，进而求得内心的平静。

这是哲蚌寺给我的启发。寺庙左边山坡上，巨石如史前恐龙，每一块都巨大，而且笔挺，好像是一群罗汉。其中一些石头上面，还刻绘有佛像。笑眯眯的佛、严肃的佛、打坐的佛与深思的佛，面孔都是仁慈的，无论从哪个角度仰望与观瞻，他们都在看你。任何人看他，他们也都在看任何人。佛是一种抚慰，也是洞彻的深入、到达，以及引领。我也坚信，在这世上，唯有善意、体恤、悲悯，才是最为强大的武器。因为，这些人类最好的品质，体现着的是一种终极的理想。而现实当中，人和人的矛盾与相互倾轧，都是"物欲"导致的。每个人都想要更好的生存平台，获得来自同类的尊重与更自由的"活着"，而资源和开采资源的能力、工具就那么多和大，物质如此稀缺，也总是被少数人所掌握。老子《道德经》中一个重要思想，即天地人间，从来就没有公平一说，只有公正。即他所说："天道无亲，常与善人。"意思是，天地万物从来就没什么亲疏远近之分，只要坚守正道与善行，自然就会得到更多"公正"的赋予或者回报。

在很多时候，我们对异地的人和事是懵懂的，甚至片面、无知的，还有一些，完全就是想当然的臆测和妄想。拉萨和整个藏区都是。在我看来，佛就是一种心灵的存在和精神的供奉，一个由人到神的通道。所谓的得道者，一定是经历与体验了世上最大的苦难与不幸，再以觉悟的清澈之水、自然之境清洗干净后，进而超凡入圣，从身体到内心全方面的觉醒，成为真正的智者。

精神的觉醒相当于再造和重生。古人所谓的羽化登仙，大致也是这个意思吧。

无数的佛，在神殿内按座次排列。每一尊佛都是一部历史，一个人的传奇，一种万能的力量和职守，还各有个性脾气。我仰望，佛微笑，我心有灰暗，佛仍旧微笑。我打了一个喷嚏，佛还是微笑。

那种微笑，就是神意。

看得久了，就有一种幻觉，好像自己也正在离地而起，飘飘欲仙，欣欣然也加入到他们的行列——我知道这么说不敬，但当时就是那样想的。还有，在那一刻，我忽然想大哭一场，不管不顾地，像个找不到回家路的孩子；还想把什么都抛下，和外面的世界做一个真正意义上的决裂。

可是，我能吗？

我还得被自己的内心牵着，转身挪步，继续向前参拜。宫殿幽暗，回廊曲折。脚下的地毯或木板发出沉闷的声响之后，我才确信，自己还是一个肉身凡胎。一道道回廊，一座座庙宇，每尊佛都有自己的宫殿。好像世间的诸侯王，各有封地，也各有保卫者与供养者。

佛是寂静的，并始终以众生安乐、时间安宁、灵魂有归为预期希望和终极要求。阔大的诵经堂里好像无人，也好像有人；一个个的人，遇佛拜佛，神态尤其虔诚与笃信。好像还有几个日本年轻人，也在持香跪拜。另一些来自内地的游客，把一毛或五毛、一块的钱往箱子里投，还有的扔在地上。几位盘膝而坐的喇嘛在闭目沉思或手捧经卷，对我们这些参观者见怪不怪。这种笃定的状态，是我向往的。人何不能时刻秉持"一心"呢？老子说"清静为天下正"，凡事只有进入静的境界，才能彻悟，也才能体验到诸多难言的妙处。

而我们距离安静已经很远了，尤其是人到中年，身在闹市。一切都是躁动，不安与恐惧，无常与痛楚。唯有自己体会，也唯有自己能够消解。

说到底是无法消解的。

在寺内行走，无意间看到几位脸庞俊美的小喇嘛，个子高挑，僧袍紫红，文文静静地在捡拾地上的钱，然后一一数清楚，捆起来，规整地放在供台上。凡人总是觉得物质是万能的，进到神殿，也想用钱来为自己祈福，求得世俗中那些大同小异的富贵与平安。

看着他们，好像在看我自己。

从一座宫殿出来，再一座，上到楼顶，还是宫殿，神灵们在各自的宫殿内，以俯瞰一切的凌然之姿，超度万物众生的博大心怀，接受人的瞻仰、浏览和崇拜。几乎每尊佛像的下面，都堆满纸币，有的怀里也有。

佛不动。任凭纸币在自己身上沉默，那些货币慢慢地也会被熏染得充满神气，脱离了世俗的功能。

出门，阳光打眼，狭窄的街巷之间行人稀少，偶尔几个，也都是一男一女，好像是情人，也好像是同事。他们也和我们一样，看、拜，发出啧啧赞叹。同行的一位藏族朋友带我们看了很多宫殿，还有文物，其中有中原王朝帝王的馈赠物、册封的圣旨等，还有主要用来纪事的壁画、唐卡等。

毫无疑问，这些都价值连城。但从中可以明显感觉到，哲蚌寺在漫长时间当中，一直是崭新的，每一天都好像重新诞生。我似乎也觉得，它也一直在自我上升，不是源自现实的推力，而是众人之心的供抬与仰望；不是自我的拔起，是信仰的无形生长。太阳落山之时，我们回到大殿之外的广场上，高高的风马旗，耀眼的金顶，石头的台阶，辩经的大院……四面环看，我忽然觉得，这座伟大的寺庙，似乎盛放了世上所有的心灵，也似乎用它在时间中的强大存在，收集尘世所有的生命和灵魂。

我也在其中吧！

我不敢确定。

在神殿内外，极容易想起超度这个充满"解脱""救赎"意味的词语。我想，所谓的超度是不是通过人类精神当中那些最为优秀的天性和品质，如互助、赞美、慈悲、爱、拯救与共享、悲悯、理解、宽容等等，再用一定方式和仪式，替人解脱掉身处现实的苦难与污点，进而把他们的灵魂也抬升到神灵的位置呢？

从哲蚌寺到八廓街，窄长的拉萨就像一个回廊曲折的院子，沿途都是人的建筑与神的居所。包括罗布林卡。凡是令人热爱的城市，无论怎样杂乱或者简单，都是有主题或者说独特气息的。在人间高处，在云端，拉萨这样的城市处处显示着一种博大的安详和梦想的蔚蓝与干净。一行人到大昭寺之外，眼见这座建筑，那么随意而又慈祥地端坐在下午的日光中，围绕她的人形形色色，手中的转经筒、好看的藏袍，以及各色各样的外地游览者，组成了一个信仰的圆圈，而且是流动不歇的、态度庄重的。

这似乎是禁忌、敬畏之心的具体体现，在神灵面前，我相信，每个人的内心都被一种强光所笼罩，那光中有训诫、规劝，也有威慑与肃穆。人都知道，那些端坐在内心和灵魂最隐秘部位的神秘之物与他们所拥有的力量，是不可冒犯的。

混在转庙的行人当中，立马觉得，自己也虔诚和干净起来，没有了那些奇怪的欲望和想法，而只是一个虔诚的人。行走中，忽然看到一个妙龄藏族女子，身材婀娜，眼神明亮，戴着一只大口罩，还包着头巾，在街道上旁若无人，走一步磕一个长头。我在看她的时候，她也看了看我。那一瞬间，我相信，她绝对能够从我的眼神里，觉出我的某种态度。还有一个十一二岁的小姑娘，也像刚才那位大姑娘一样磕长头。她全身伏地的时候，我竟然有一种想跑过去扶她起来的冲动。

八廓街无疑是拉萨最著名的景点之一。很多年前，我就在很多报刊上读到过有关八廓街的文章。每一篇都不一样。那时候神往，也想到拉萨来，可惜，一直没有机会。当我真正置身于此之后，却觉得这样的地方与内地的那些步行街形式上没有区别，只是，因为诸多的风马旗和宗教标志物，再加上大昭寺，使得八廓街有了一种别样的气息。那种气息可以说是人神的混合，也可以说是时间的某种刻意停驻。可以说是信仰与世俗，不谋而合的和解之地，也可以说是凡俗心灵与超拔精神的握手言和、互助喜乐之所。

我想到，文成公主的伟大，不在于当年那桩和亲的外部形式和当时环境，而在于她于今之拉萨、彼时的逻些怎么样生活，并在短暂时间当中，将自己，乃至她所携带的文化和文明刻进逻些乃至整个西藏的内部，在时间当中得以保存和流传，历久弥新。她本人也由人而变成神，成为青藏高原上一个超越古今的绝世传奇。深谙唐代历史的人应当知道，当时吐蕃国势渐为强盛起来，"以战止战，以战养生"是所有游牧民族的生存策略，以至于屡次出兵冒犯唐帝国。唐帝国起初对之并不在意，斯时，李世民承继的新生王朝当中依旧人才济济，名将李靖、李世勣和侯君集、薛万均等人依然健在不说，而且可以统兵作战。其中，名将李祎等人曾多次在今青海、甘肃一带击败吐蕃。

但吐蕃不屈不挠，屡次出兵，屡败屡战。

每一个王朝的初始，都是人才会聚的灿烂时刻；慑于唐帝国之雄厚军力与诸多的名将之威，吐蕃采取的方式与前世——中央帝国和西藏边区关系稳定的标志便是和亲。这种基于王者与王者之间血缘关系的政治联姻，其真实作用微乎其微，真正起作用的，还是和亲双方背后的政治、经济、文化和军事实力。促成这一和亲之举的，是在吐蕃历史上地位显赫、有着重要文化和政治影响的大论禄东赞（也称噶尔·东赞），在他的建议下，松赞干布以战求婚的策略得以实现。自此，高入云端的"庭院"当中，又多了一段伟大的历史记载与灿烂往事。

与此同时，与吐蕃为邻的尼泊尔也采取了相同的方式，送公主与松赞干布为妻。两个国家的女人同时嫁与松赞干布，这是吐蕃强盛的标志，也是尼泊尔愿意与吐蕃结好的实际行动。

所不同的是，文成公主背后的唐帝国正如新鲜朝日，冉冉强盛，光华四射，不仅是当时东方第一强国，也是世界上绝无仅有的巍巍大邦；尼泊尔虽为一国，但其实力较之李世民、李治和武则天时期的唐帝国，当然不可同日而语、相提并论。与历史上诸多的和亲者不同，文成公主的可贵之处在于，以一个女人的智慧并自己帝国的势力，自觉而有效地参与到了吐蕃的政治和文化当中，不仅于当时为吐蕃所认可，后世成效也无可匹敌。

传说中的大昭寺原地先为湖泊，修寺是为了珍藏释迦牟尼等身像。还有的说，那湖泊原是罗刹女的心脏部位，修建庙宇并将释迦牟尼像放在那里，便可使得罗刹女永世不得翻身，再不会兴风作浪。随后，由文成公主主导，吐蕃当朝又在拉萨其他地方，即罗刹女的四肢部位各修建了一座寺庙。这一传说我以为是真实的。因为，在大昭寺周围，会明显觉得，八廓街的湿度显然高于这座城市的其他地方，且空气湿度很是明显。

渐渐入暮，灯火亮起来，带有西藏特色的灯饰极为好看，昏黄的灯光在即将落山的太阳余光中更有姿态，那是一种人造亮光与自然天光的交替和对比。人流密集而又充满多种气味和色彩。外地游人占据多半，还有当地人手持转经筒，神色安泰地散步、转庙。转经筒也有大有小，形状也不尽一致。信仰总要有世俗的体现，神灵必定敞开一条道路，便于让更多的人加入。那样，人的苦难才有尽头，神也才对人产生意义。身处其中，有一个瞬间我有些恍惚，其实，拉萨也和其他城市一样，人和建筑物是主要的表现形式，还是地域及其人群传承的文明在起作用。

路过玛吉阿米酒吧的时候，我执意要去喝一杯，不为其他，只为仓央嘉措。至于那故事是不是后人演绎的不重要，重要的是体味一下八廓街，在那里回想仓央嘉措的诗歌及其短暂的生命历程中那些妖娆的传奇。据说，在那里还可以写诗，留在留言簿上，供人观看品评。

我觉得那是一件浪漫的事情，正好，我也算是一个三流诗人。但人太多了，需要排队等候，且时间很久。我只好明晚早点来，心里默想着，再来玛吉阿米，一定要带一本仓央嘉措的诗集，在里面读一读，喝一杯奶茶或者青稞酒，再写一首爱情诗歌。至于写给谁不重要，写得好不好也可忽略不计。

无论是高僧大德，还是凡夫俗子，来人世一趟，最好是能够留下点什么。古人所说的"人过留名，雁过留声"，其实是一个朴素的励志语。可惜，大多数人，只是过分强调个人"在"的场域及其现实所得，而智者与此相反，所有的修行，其实就是要让自己超拔起来，独立起来，出脱于众生，又引领众生。仓央嘉措尽管在世时间很短暂，但他留下的事迹与作品，特别是他无与伦比的命运，构成了藏地一个不朽的另类的文化符号与普罗大众的一个精神楷模。

凡俗如我者，每次提到或者看到仓央嘉措的名字，心就会柔一下，再疼一下。仓央嘉措大抵是把宗教与世俗结合得最完美、最富有内心意义与灵魂光照的一位高僧，他的个人魅力使得宗教也有了更加切合众生的普世价值与参照。

坐在西藏宾馆的大厅里，我们几个人围绕着仓央嘉措，各自说了一番话，最后是沉默，然后散场，各回房间。进屋，我拉上窗帘，躺在床上，在手机上搜索仓央嘉措。越读越觉得，这个高僧至伟至大、至情至性、至爱至亲。心想，无论如何，也要去玛吉阿米坐一坐，为了真实的仓央嘉措，也为了自己内心的那个"仓央嘉措"与"玛吉阿米"。我总是觉得，爱情这个东西，其实是一种情绪，它热烈，但善于转化；它美好，却又充满暗河甚至暴戾；它自由，可也总是受限于形式与规则。人人都在渴望和寻找最美的爱情，可最美的爱情总是刹那光华、瞬间云霓。

不由得叹息。

入睡。

天光再度普照。

天空是人类的蓝色冠冕。

去布达拉宫，远远地看到那一座山上的圣殿，其宏伟是来自现场的真切震撼，站在众人转经的宫殿之下抬头仰望，布达拉宫就像是一道庄严的雷霆，在一瞬间击中我这个初来瞻仰的凡俗之人。人群中涌动的都是转经筒，老年人穿着民族服装，个子高高的藏族妇女尤其引人注目。他们转经，也转自己；我混杂其中，有些另类，也觉得，在一个全民信仰的地域，没有信仰的人是可耻的，也是脆弱的，甚至无法抵抗艰难的生存。尽管我也相信，天地之间总有伟灵，人类对深邃天空的想象和渴望，总是以失败告终，但谁也不可否认，在天地和人心当中，总有一种强大的力量存在，并时刻关照着世上每个人的心灵及其日常行为。

进宫门，整个人便陷入到了一种浓郁的、神意的包围，不是因为那高大的围墙，而是一种氛围，庄严、幽邃、神秘、广大。无可求索，但确实存在；能够想象，但无法真正抵达。

毋庸讳言，世上所有的宫墙都是一种区隔、一种超度、一种张望、一种拒绝、一种封闭、一种内部的命运与人生。拾阶而上，从左边开始，台阶宽厚，嵌满时间中，众多人的痕迹。从一开始向上的时候，我的脑子里就出现了一些声色美艳、栩栩如生的画面：众人拱卫的王者及其尊贵的夫人、信任的臣子、天生富贵的青年男女等等，他们出宫入宫，气宇轩昂，步态雍容，绝对不会如我这般。我想，这一级级的台阶，历史上，踏过的人或鲜衣怒马，意气飞扬；或低眉顺首，唯唯诺诺；或脚步慌乱，神色犹疑；或步履淡定，成竹在胸……不管怎样的人，一旦进入宫殿，便都会被宫殿限制了，必须按照宫殿的秩序和原则来确定自己的步速、神情、说话口气和方式。

人类建立宫殿的目的大致在此，用宫殿的规矩来限定自己，也限定他人。

从绛红色的围墙顶部向下看，这宫殿，原本是一面草坡，岩石也是暗黄色的，红是只表现在涂在建筑上的颜料。白色是吉祥的象征，也是纯洁的应有之义。布达拉宫就是一座荒山上的圣殿，是用人心拱抬的威严之都、崇高之邦、神圣之境。无论在西藏，还是世界上其他地方，她都是独一无二、不可复制、无与伦比的，这种独一无二的不只是形式，更多地表现在人心的认同，和它在时间当中的永不更改，历久弥坚，并且会传之久远，持续不断地超越所有"身外之物"与"癫狂世相"。

宫殿幽深，藏香的味道充斥其中。众佛端坐，众神聚集；唯有在此宫殿之中，神灵们才找到最合适的位置，也才在此感觉到极乐常在、功业和德行万世不朽的荣耀。太多的游人神情肃穆，眼神惊奇，满脸虔诚。他们被震撼、慑服，被一种强大力量的物质显现而感到自己的脆弱和单薄、无助和茫然。因为没请导游，我在其中转得最快。看看佛，再想想自己；看看壁画，回想自己知道的历史。比如在六难婚使壁画之前，我想到四个人，一个是唐太宗李世民，这个"不与民争利""从谏如流"的皇帝，正是其不为而为，才使得唐帝国有了一个稳定的根基，为其后世子孙奠定了基本的操作方法；唐高宗李治虽然体弱多病，至中年眼睛完全失明，还有严重的脑疾，执政期间，与武则天有"夫妻政治"的嫌疑，但他继任前期对东北、西北、西南、东南边疆的开拓与稳定，显然厥功至伟。第二个是噶尔·东赞，即六难婚使的另一个主人公，整个事件的主要操盘手，对吐蕃王朝兴盛有过卓越贡献，也是一代人杰，其政治智慧和施政策略，可谓空前绝后；第三个人是李

河山纵深之处 | 017

道宗，即文成公主父亲。李道宗是唐太祖李渊的堂侄，也是一代名将。

不管文成公主是不是李道宗的亲生女儿，李道宗都是将文成公主送到西藏的使者，也是唐帝国诸多名将当中，唯一一个在彼时率众走上云端拉萨的人。在这里，另一个应当记住的人叫王玄策。唐贞观年间，王玄策受命由丝绸之路吐蕃道出使印度，行至途中，一个印度古国刁难、击杀并扣留王玄策的随从。王玄策孤身一人逃到吐蕃，并借兵一千，返回将之灭掉，这便是史书上的"一人灭一国"。可惜，王玄策媚上，将一个号称有长生不死之术的印度头陀献给李世民。而那头陀之术多欺骗，毫无疗效。被李世民识破，自己撒腿跑了，而王玄策自此不再受重用，湮没于世。

无论是文成公主、李世民、禄东赞，还是王玄策，他们在那个年代的血性和作为、智慧和实绩，堪称不朽。这座宫殿也是，是众生的拱卫、众神的聚集；是功德的彰显、智慧的接续，才使得她穿透时间，在人间高处生生不息，丰沛妖娆又无所不在、无所不及。布达拉宫不仅是一座有形的存在，更是一种精神和灵魂的种植与扩散。

站在宫殿之上，俯瞰整个拉萨，阔大而修长的城市一目了然，在蓝如宝石的雅鲁藏布江一侧，那么随意地散落；巍峨宫殿之下，是尘土飞扬的众生及其无尽欲望的堆积物。远处的荒山被长云笼罩。越来越热烈的阳光似乎要穿透大地。只是，她在绝高之处，没有看到我从寂寥的后山走下去后，又迅速进入熙攘的人群。

晚上，和朋友坐在玛吉阿米，喝奶茶，说伟大的仓央嘉措，以及"玛吉阿米"，人人脸上都洋溢着一种温情。这种温情当中，有一些慈悲，还有一些无奈；有一些期待，又有一些忧伤。我翻了几本留言簿，其中多是个人感想，一句话，两句话，有的显得十分浅薄与不堪。我有点不开心。总是觉得，在玛吉阿米留言，一定得写诗或者像诗一样，否则就对不起仓央嘉措和玛吉阿米这两个名讳。可惜，没人像我这样想。

我掏出水笔,在上面写道:"唯有你依在怀里,我才可以自视为/世间的情郎。那个在八廓街/轻声行走的人/四个世纪了,玛吉阿米的灯/还在佛陀的额头/缭绕天堂。一个人困苦/也是众生受难,一个人与一个时代的谜案//好人儿,此刻我坐在你们的窗台/光阴的粉末围剿烛火/一颗香烟以后,灰烬的歌声/砸在夜晚的舌尖/俯身向外,街上依旧有人在磕长头/有人在风马旗下拥抱空旷//亮如银子的拉萨,我怎么无端哀伤?/眼泪在酥油茶中瑟缩发抖/而内心的幻想,燃烧时代耻骨/再次途经布达拉宫时/我忽然想下车哭泣,抱紧冷风、栅栏和星光。"

回到住处,很快入睡。凌晨时,我做了一个梦,梦见自己骑着一匹红马,不一会儿就跑过了无数的雪山,然后在一片空荡荡的草地上,就着一湾湖泊,手指朝前一伸,立马就出现了一座阔大无比的庄园,其中有绿树、鸟声、亭台楼阁、曲折走廊,还有庄严的佛像与缭绕的香火。众多的人端坐在碧绿的草坪上,口齿翕动,大地和天空上,充满了嘹亮的诵经声,而且越来越大、越来越广阔,以至于整个世界,都笼罩在这种吉祥的音乐声中——而我,坐在云端之上,俯瞰这一切,并且轻笑出声。

哦,这云端的庭院。

康定之书

睁开眼睛,是白色的雾,犹如雄壮而灵巧的兵团,在陡峭的山上大规模围绕,隆重而异常迅捷。其中一些轻盈的,不断独立出来,向着尚没有被围困的地方扩散。我不由得轻咦了一声,蓦然觉得身心有些异样。

从天全县二郎山、宝兴境内的夹金山以及邛崃山向上,是一个递进的过程,而且非常迅速。这一座庞大之山,从色隆拉岭开始,一味地自西向东,沿途雄踞着伯舒拉岭、他念他翁山、怒山、芒康山、云岭、雀儿山、沙鲁里山、大雪山、折多山、锦屏山、邛崃山、邓殊山、大凉山等高隆与蜿蜒之物。其中河流密集,怒江、澜沧江、金沙江、雅砻江、大渡河、安宁河等,无不激荡贯穿,流域深广。江西人黄懋材用"横断"为其命名,的确精当恰切无匹。在物种加速消失的当下,甘孜州境内仍然活动着大熊猫、小熊猫、羚羊、金丝猴、白唇鹿、雪豹、豹、欧亚猞猁、亚洲金猫、豹猫、荒漠猫、兔狲等珍稀动物。深藏于高山密林、峡谷窄地之间，以隐秘或开放的姿势，与甘孜之自然俨然一体。

康定城不大，三边高山，像是一种持久的夹击，更像是强势覆压的巨大幕帐。左侧的跑马山以《康定情歌》为人熟知，几成爱情绝唱，慕名来者络绎不绝。之间的天空也如这座城市，瘦但又格外高远，其中的云朵硕大明亮，如群马、猛虎、狮子、羚羊、菩萨、金刚等，细细端详，意味丰厚。

站在广场一侧仰望，我觉得眩晕。折多河横穿全城，流水之哗哗声日夜不息，仿佛一种持久、强烈的穿凿。河水多数时候清澈，雨季浑浊。但浪花始终是白色的，一朵朵，犹如雪山不断挤出的白色乳汁。泱泱涓涓的水及其汇集的河流，对人和万物的滋养无与伦比，是润泽，也是贯穿。这大地的血液，上天的恩赐，使得世上的生命得以葳蕤，也充满光泽。甚至，水之于人和万物，大抵就像精神和灵魂一样的东西。

大地的每一处，之所以令人喜欢、陶醉、忘乎所以、心旷神怡，除却其自然所有，更重要的是其中的人文历史。三国时期，康定名为打箭炉。这个名字，大致也与诸葛亮及他的蜀军有关。三国时期的小国蜀国，国祚虽短，但影响弥深，尤其对于西南地区而言。按照现代的研究成果，康定之地原为羌人驻地，司马迁《史记·匈奴列传》中称羌族"原在敦煌祁连间"，由此看来，这里的羌人大抵也是由西北地区迁徙而来的。

历史上，民族和民族之间的兼并此起彼伏，从没间断，惨烈异常，也属于正常。在"以力为雄"的游牧者看来，尊奉、践行"以暴制暴，以战止战，以战养生"的策略是延续其生存、扩大资源拥有量的不二法门。历史上民族的迁徙无非来自四个方面,一是战败之后的无奈搬离,二是扩张之后的绝对占有,三是自然气候改变导致的不得不另寻佳地,四是内部纷争使得弱小部落不得不"避之锋芒,养精蓄锐"的妥协策略。

羌族是最为古老的民族,他们的衍生及壮大的时间,要早于匈奴、月氏和乌孙等。传说中,道教的广成子以及治水大成又为夏朝开国君主的大禹,甚至蜀国第一个王者蚕丛等,都源自羌族。因此,将康定乃至甘孜地区称为羌族的另一个生存之地,应当是没有异议的。这一高地的原居民,对甘孜来说,无疑具有开辟之功。还有现在定居在那曲的牦牛部落。这种以图腾崇拜为信仰的游牧族群,可能是甘孜地区最早或者与羌族同在的一个部落。

高海拔地区坚韧生命之一牦牛,和人类的关系,到现在仍旧密切。以牦牛命名的人们,肯定是对牦牛充满感恩之心的。人不可独存,生命和生命之间,一直是相互依存又相互猎杀的关系。有时候我奇怪地想,马、牛、羊等家畜,不仅与人类关系密切,也是最驯服的动物,常被宗教称为良善的代表,甚至将其比作信众的形象。而人不仅用它们的生命为神灵献祭,自己还要啃食它们的血肉和骨头。这种矛盾,实在难以理解。人们已经习以为常并且不以为然,甚至,有些人已经过不了没有肉食的生活了。

自我矛盾、冲突、杀伐、戕害、仇视、记仇不记恩,以德报怨、以怨报德等,是人类由来已久的秉性,也是世间祸福的根源所在。多年之后,唐帝国在此设立府衙,以为统摄。唐帝国这个庞大、兴盛一时的巨大王朝,给人最强烈的印象是繁复、开放、雍容与曲折。整体看起来,就像是一座山峰的两端,前后的渐强与之后的渐弱,高峰的短暂甚至荒谬,都饶有意味、令人深思。

吐蕃是公元六世纪兴起于今西藏山南泽当、琼结地区的藏民雅砻部，他们的首领名叫达布聂赛，其子囊日论赞。父子二人居功至伟，德行仁厚，带领民众，实力不断提升，疆域连年扩大。至松赞干布时期，他们击败了苏毗（西藏北部和青海西南部）的古羌人，又慑服了羊同（今西藏北部）等，从而成为西藏高原的实力最强者。

至墀松德赞，吐蕃的疆域之大，兵力和民族（人口）之多，当世罕有其匹。先后破党项、白兰、吐谷浑等，取其旧地；又向西征服克什米尔地区，向南兼并尼泊尔。康藏、川藏尽归其有，且还包括今四川西部、滇西北等大片地区。

这一切，都是在唐帝国安史之乱之后，历史给予的吐蕃一次空前绝后的发展机遇。与之相对，唐帝国全面深度萎缩，突厥、回鹘等也逐渐衰落，西起葱岭，东至陇山、四川盆地西缘，北起天山山脉、居延海，南至喜马拉雅山南麓，都在吐蕃的统辖之下。

无论哪个王朝，其兴也勃焉，其亡也忽焉，是一个历史铁律，也好像是人类历史冥冥中的"定数"。道家言："天地之道，极则反，盈则损。"经过了几个世纪的沉默，党项和羌再度崛起，即后来的西夏。作为一个效仿宋朝而又与宋对峙的王朝，西夏的命运也如同大多数游牧政权。成吉思汗的蒙古壮大，西夏便成了它铁蹄下的灰烬，时间的风一吹，曾经的庞大与伟雄便消失无踪。

王朝覆灭了，其民众不可能一个不剩，全部死于蒙古铁蹄之下，总有一部分人侥幸逃脱。于此间迁徙至甘孜道孚县的木雅人，就是党项和羌的后裔，可能人数较少，选择如此高绝寒冷之地生存繁衍，大抵也是无奈之举。斯时的打箭炉，已经是茶马古道上的重要节点。其间往来的人们，除了商贾就是军人了。就像汉唐帝国对陆上丝绸之路的维护一样，经济往来，特别是在民族和部落众多的地区，军事上的保障必不可缺。安史之乱后,吐蕃和唐朝便以大渡河为界,而打箭炉在吐蕃境内。

从现在的角度看,康定此城,难以说得上是最好的生存和生活之地。三山之间,最宽处恐怕不到800米,最窄的地方,也就是200米左右。左边的跑马山上,岩石参差,荆棘和荒草遍布,极难攀缘。我想,古人在此建城、居住,不断传递人间烟火,主要是其特殊的地理位置,如要冲、可供休息的地方、山脚下、水流边可以定居之处……诸多原因,使得康定在横断山脉,尤其是川藏走廊上,拥有了无与伦比的地理与人文地位。

无论再广大的区域,对于人类来说,最重要的还是其在某地生存和生活并形成的文化风习及文明历史。正如《易经·象传》所说:"刚柔交错,天文也;文明以止,人文也。观乎天文,以察时变,观乎人文,以化成天下。"天文与人文化育泽被,而成"天下"。因此,可以说,凡是认同中华文明,并且以中华民族方式"思想"与行事的,就是中国人。至于其他的分野和区别,不过是自然和气候环境的结果。

世上最好的植物是人,是人的生育能力,以及对气候和自然地理的适应,尤其是文化和文明。这一点,直到现在,它的有效性甚至强势性依旧明显。最初的康定,肯定也是无人的静谧之地,当它成为在此生存繁衍的诸多族群的来往通道时,打箭炉应运而生,逐渐成为茶马古道上一个有名的驿站。人们常说,某某某地方,是我们世代生活的家园。其实这句话有问题,大地的本质是人类和万物共有共享的,不可能是某些人或者某一群人的,尤其是在一国之内。人们热爱家乡故土,是一种美德,但这种美德后面,隐藏着一定的狭隘性。

这种狭隘也是冲突的原发点之一,因此,在这个越来越大同,世界相互融合，共同参与文明的进程与创造的背景下，任何以民族、地区、族群为出发点，进行各种各样的自闭和封闭、自我确认而排斥他人，张扬独一文化和文明，拒绝与世界对话、合作交流的非理性行为，都是促狭且有害的。美国学者斯蒂芬·格罗斯在其专著《民族主义》中总结说："（民族主义）它相信民族是唯一值得追求的目标；这种肯定常常导致一种信念，即民族要求不容任何质疑和任何妥协的忠诚。这种关于民族的信念一旦成为主导，便会危害个体自由。另外，民族主义经常宣称其他民族是自己民族不共戴天的敌人；它把仇恨植于外来物，无论对方是另一个民族、一个移民，还是一个可能信仰另一种宗教或说不同语言的人。"

就此，斯蒂芬·格罗斯又说："政治的任务是出于对社会集体利益——尽管难免有些模糊——的关心，通过理智地践行文明美德来对不同目的所要求的不同生活方式做出巧妙的裁决。"这样的方式，我觉得是最可取的。此外，人类最大的力量和智慧，还是其数千年来创造的文明文化，如包容、理解、互助、和谐、仁慈等，这才是用以去除存在于人心甚至信仰中的狭隘性的根本方法。

虽是六月中旬，一点也不灼热，风沿着折多河，掠过两边的各种建筑，一往无前地吹拂。康定城极为干净，尽管有饭馆不断分享牛羊肉的味道，但总体上的感觉是清爽的。我沿着陡陡的街道走，左顾右看。实在说，在各式建筑日渐雷同的今天，康定仍旧保持了它杂糅的建筑风格及民族民风。其中有佛像，也有清真寺。康定的包容性显而易见。这似乎也和它长期作为重要驿站与战略要地有关。

走到一处，看到一尊白色的雕像。是一位站立的将军，手握长剑，美髯，一身戎装，目光果毅而又智慧。下面的石墩上写着"岳钟琪"三个大字并其主要事迹介绍。岳钟琪，为四川提督岳升龙之子，岳飞第二十一代孙,在清代,他是唯一以汉族将领节制、指挥过八旗部队的人。历康熙、雍正、乾隆三朝,死后,被乾隆称为"三朝武将巨擘"。其一生主要功绩是,以游击将军出四川而康定,至拉萨,阻止准噶尔部对西藏的侵扰与策反。以参赞大臣之名,协助年羹尧征青海和硕特部首领罗卜藏丹津,先断敌后路,次年二月奇袭罗卜藏丹津大营,平定青海。受命为宁远大将军率师出西路,会北路靖远大将军傅尔丹进攻准噶尔部游牧地伊犁。平定西藏珠尔默特那木札勒叛乱。与傅恒、阿桂等人指挥了第二次大小金川战役,以平定该地区叛乱,并实现改土归流告终。

对于岳钟琪,也有人说他是汉奸,最重要的一点,便是靖州书生曾静劝其反,岳钟琪将之告发并押送北京。这未免有些牵强。斯时,清朝已经稳固,反之则会使得诸多黎民百姓复入水火之中,有违天命与人道。从另一方面看,岳钟琪既为清臣,率领将士造反,是为不忠不义、贰臣贼子。

在彼时官场上,岳钟琪与鄂尔泰、张广泗等人素来不睦,经常相互弹劾和攻击。鄂尔泰参劾岳钟琪说,"专制边疆,智不能料敌,勇不能歼敌",张广泗参劾他"调兵筹饷,统驭将士种种失宜"等等,欲置岳钟琪于死地。公元1733年,经鄂尔泰联合其他大学士共同参劾,雍正判岳钟琪斩立决,又念其忠心、作战勇谋兼具,改为"监斩候"。五年牢狱后,乾隆继位,释放岳钟琪回成都。此后,他赋闲十年,再被启用,用以征伐叛乱,直至平定重庆陈琨的叛乱。回成都途中,病死在今四川资阳。

在大小金川战役中,岳钟琪参劾张广泗"玩兵养寇,信用良尔吉及汉奸王秋,泄军事于敌"。张广泗被押解进京斩首。朝臣之间的妒忌、争斗,说到底是相互排斥,也是皇帝用以制衡群臣的策略。

岳钟琪为岳飞之后,而清帝国则是金人后裔。岳钟琪不断被参劾和策反，这大致是最大的原因。从现在的角度看，岳钟琪所为是正确的。冤冤相报，是愚者所为。冰释前嫌，是智者之路。岳钟琪为清帝国平定多处叛乱，忠君不贰，也是一种节操和境界。今康定市为岳钟琪塑像，大致是想告诉后来者，这是一位与康定渊源深厚的清朝将领，也是一位顾全大局、顺应时势的英雄。

在岳钟琪的塑像前，我躬身，向这位英雄的后代，同时，也向那些在康定或途经康定的杰出之人，包括军事家、政治家和商业家，以及死难的将士们。康定之地，从来就是民族的走廊，也从来就是民族融合、互利合作、团结一致，求得更好生存和文明进步的孔道。岳钟琪及其同道的作为，显然是符合历史发展规律和人道主义的。

甘孜和阿坝，是川藏联系最为紧密的地方，同时又连接甘南、迪庆、青海、甘肃等省区，这一带的民众，以藏族居多。历代王朝在此用心勠力，也是有道理的。岳钟琪之后，还有一个名叫陈渠珍的清朝将领，在其《艽野尘梦》一书中说："打箭炉……相传诸葛武侯南征时，遣郭达于此设炉造箭，故名。其地三面皆山，终日阴云浓雾，狂风怒号，气候冷冽异常，山巅积雪，终年不化。三伏日，亦往往着棉袷焉。……一入炉城，即见异言异服之喇嘛，填街塞巷。闻是地有寺二十八所，僧众二千多人。居民种族尤杂，……又有英法各国传教士甚多。"

陈渠珍所述景象，是清朝末年了。

在此之前，甘孜境内，就发生过多次袭扰、抢掠官家的事件。地点在今甘孜新龙县境内，古称瞻对的地方。《清史稿·清高宗实录》记载说："上下瞻对，在雅砻江东西，夹江而居，各二十余寨。东有大路二条，西南北共有大路三条，俱属要隘，界连四瓦述等土司。凡瞻对之出入内地者，俱由四瓦述地界经过。"其民众尚武，经常为争夺地盘相互攻伐，"性情蛮横，盛行抢夺"。公元1744年，清朝部分官兵从江卡换防至此,被地方土司抢夺。四川提督庆山上书说,每每官兵经过瞻对,都会遭到当地的"夹坝"抢劫,其中,下瞻对土司班滚所指示的"夹坝"尤甚。"夹坝"藏语意为"盗匪"。1745 年 6 月,在多次晓谕、劝告无果的情况下,清朝开始对瞻对用兵,并于次年八月获胜。班滚或被烧死,或乔装得脱。

瞻对之乱,并不是川藏道上孤立的事件,其中意味,颇可斟酌。尽管被清廷一举剿服了,但它的影响是巨大和深远的。瞻对之役,直接导致了阿坝州境内大小金川土司之间为抢夺地盘而进行的一系列斗争。与瞻对情况相同,阿坝州也是民族众多,由于地理上的狭窄,生存资源的匮乏,民族与部落之间经常为抢夺地盘和资源而大打出手。清朝在成都的总督府,要负责调停他们之间的纷争。瞻对之役并没有起到杀鸡骇猴的作用,反而使得大小金川土司之间的明争暗斗日趋白热化。清朝不得不派出兵力,前后耗时十八年,方才将之平定,实现改土归流。这其中,主要的将领是傅恒、阿桂和岳钟琪。其他参战的将领如张广泗、大学士讷亲等,因为久战无功和任用间谍为高级参谋,因而被杀。

康定两边的山上,有许多玛尼堆、风马旗和经幡,这种藏地的典型标志,使它既有一种宗教的神圣,又有信仰的虔诚。在康定街上走的时候,我忍不住想,这座城市,这块地域,是出产上好文学作品及影视产品的富矿之一。无论是哪段历史往事,都可以演绎成精彩的故事。而每一个故事,都是多情的、跌宕的,也都是悲壮的、有意味的。仅仅其中的险要、旖旎、特别的自然风光、特殊的地理文化和多彩的民俗民风,就是一大亮点。晚上吃藏餐,肉食居多,我不怎么喜欢,却偏爱奶茶。这大致是出生于北方的缘故。北方人的血统是混杂的,尤其是河北山西北京一带,因为长期作为王朝的边疆,又多次遭受屠城之惨祸，移民的速率极高。如我家乡县志就有记载说，自明洪武年间开始，移民活动持续了两百多年的时间。也曾是辽宋的边疆，即使在中央政权比较强盛的隋唐时期，于太行山活动的，大都是契丹、女真、库莫奚、室韦、鲜卑、乌桓等游牧民族。喝酒，和朋友说一些话。藏族朋友极其豪放，酒与歌声，还有美妙的舞蹈，是最令人欢乐的。

新都桥，其实我不陌生。此地被摄影爱好者称为天堂。也是自康定向上的第一个台地，田地里的庄稼青青，杨树刚刚换了一身绿装。远处的山峰被阳光照亮之后，显得格外端庄。新都桥的美，是粗犷中的细腻，高寒之间的春色。车子飞奔而过，到塔公草原。游牧者最好的牧场，正值青草崛起之时，葳蕤铺排，天然油绿，其中的野花黄粉成片，白和黑的蝴蝶在其中飞飞停停。站在山包上极目远眺，只见远处雪山，如天使仙女，也像菩萨金刚，以素洁的表情，注视着天地万物。在塔公寺内，我真正领略了虔诚的信仰。那些磕长头、转经筒、诵经的人，让我看到了生命和精神的另一种意义。

无论是哪种生物，只要来到人世，就是有使命的，哪怕只是繁衍下一代。我也始终相信，世俗生活之外，人的内心和精神需求才是最重要的，当我们没有了灵魂的要求，就是行尸走肉了。在很多时候，所谓的护佑，其实是人在自己护佑自己。无论是极乐的升迁，还是痛苦的下坠，唯一能拯救自己的，还是自己，特别是自己的心。在寺庙，最好的事情是闭目冥想，然后再坐下来，面对虚空背诵一段经文，如《般若波罗蜜多心经》《楞严经》《地藏经》《大悲咒》。只有在这样的境界，可能才会对其中的奥义有所觉悟。《楞严经》中说："不见内故。不居身内。身心相知。不相离故。不在身外。我今思惟。知在一处。佛言：处今何在。阿难言：此了知心。既不知内。而能见外。……"然而，我是愚笨之人，对经文久不能解，默诵几句，只能算是对自己的安慰。

夜里的康定，只有折多河的水声，起初听众声喧哗，静下来则犹如诵经。没有一点其他杂音，入眠，仿佛进入了另一种境界。即佛家说的，无我无相，也无有不有。既像是一种飞行，又似乎在尘埃中冷看世相。早上醒来，从心里冒出的第一句话便是，好一场物我两忘的睡眠！由康定去海螺沟，被许多人追慕且渲染的地方。我去，只是为了朝拜贡嘎山。这座山，兄弟很多，平均海拔都在6000米以上。越是人迹罕至的地方，越是会被认为是连接人间与天庭的通道，或是神灵们的居所。

到磨西镇，这个名字与《圣经》中的"摩西"有些雷同，但出自古羌语，意思是"宝地"。磨西镇中，有一座天主教堂。如此建筑，在磨西镇显得尤其突兀。所有的宗教信仰都应当是为人类的幸福而服务的，相互之间没有太多的藩篱。重要的是，宗教的指向永远是人内心的良善，以及对他人的尊重、关怀，期望罪孽的被救赎，作恶的能够在此警醒，放下屠刀，立地成佛，或作为"上帝的儿女"。到景区，乘坐缆车向上，大地主见抬高之后，贡嘎山越来越清晰，除了少部分还没散去的白雾，整个巍峨的雪山以俊美、伟雄的姿势向我敞开怀抱。

那一刻，我忽然流出眼泪，有一种感动，莫名的，不知为何，但很强烈。我一定被什么击中了。而能击中我的，只有这庞大的自然存在和人们对它的神性赋予，是神性之中的宽厚与慈爱，是人在自然面前的敬畏，对他人的念想与感恩……因为，我们能够与所经历和看到的一切在某一时刻相遇，就是奇迹，就是恩遇。上到一号营地，大雾仍旧丰厚，团聚于山间，亲热得不明所以。再到三号营地，方才看到普照世界的阳光，那么清新、澄明。我忽然觉得自己来到了一个崭新的境界。这里没有人，只有自然和热爱这样地方的生物，没有聒噪，只有风冷冷地洗劫。

看到贡嘎山，条状的白云如银色腰带，将之缠绕。下半部金黄，上半部洁白。这种自然陈设，本身就具备了天庭的意味。黄色的大抵是人间，白色的肯定是神仙所居。神仙的传说遍地皆是，可谁也没有真正见过。越是不可见的，人们越是向往。越是拒人于千里之外的，人们越会以为他们的修行已经等同于天地。在贡嘎山前，我只想在心里默诵："这世上的一切，都是天地的恩赐。世间的人们，都将在仁爱中，获得心灵的快乐。"仰望着蜀山之王，不由得想起关于仓央嘉措与理塘的传说。其实，仓央嘉措这样的修行者，才是真正有信仰的人，超越了宗教与人世俗套之后，我相信他一定获得了内心的大宁静。

可惜的是，在海螺沟，无论我站得多高，也看不到海拔4000多米的理塘。只能在心里不断默念仓央嘉措的诗歌："洁白的仙鹤啊，请把双翅借给我，不飞遥远的地方，只到理塘就回。"实际上，仓央嘉措的故乡在西藏门隅宇松地区乌坚林村。传说中，他心爱的人故乡在理塘。我还记得，前些年在拉萨，特意去了八廓街的玛吉阿米，喝了几杯酒，也学着那些虚妄的男女，缅怀仓央嘉措，并在留言簿上写下几句歪歪扭扭的情诗，算是对仓央嘉措的尊敬与怀念。也记得，当年从理塘走过，当时只顾着拿着相机胡乱拍照，根本不知道仓央嘉措曾经为理塘写过诗歌。

藏地之山都是神圣的，与贡嘎山相对的是色达的五明佛学院。我的一位好朋友，曾在那里待了两个月。她可能不怎么信佛，只是想去色达体验并想清楚一些纠结内心的问题。她每天绕坛、诵经，过高度自律的生活。与笃信佛教的室友结下了深厚情谊。我觉得她是了不起的。回到成都，她把在色达绕坛时的崖柏手串送给了我。很多时候，我带在身上。每次一摸到，就感觉到一种力量。用佛家的话说，好像是无形的加持，让我在很多时候感到安全和有信心。

我至今没有去过色达，先后去了石渠、九龙县。群山深壑之间，居民很多。大多是曾因躲避战乱而入深山生存的人。——在海螺沟，想起这些，忽然觉得，甘孜之地，其实也是历史上那些逃难和迁徙的人心中以为的安全之地。在极端的情况下，安全才是人的第一需求，尽管当下的世界已经令人无所遁形，再高再隐蔽的地方，也难逃科技的追踪和窥视。就像康定这座城市，从茶马古道的驿站、军事要冲，到现在的旅游集散地，每一个地方及其民众，其实都受限于具体的时代。相比而言，当下可能是最好的历史时期了，科技的主要功能是为人服务的，比如，从雅安到康定已经是全程高速了，时间大为缩短，驾驶的难度也相对缩小。

任何事物都有多面性，隧道和桥梁技术的发展，使得天堑成为通途。但科技对自然的破坏，也是无与伦比的。在科技主导的年代，任何人已经不可能再避居一隅，过隐居的日子了。全世界的人，都被无形中纳入了一个巨大的透明的网络中，无所遁形。这对于每一个民族、每一个人来说，是消除狭隘民族主义最好的方式和时间。世事浩荡，顺之者昌逆之者亡，斯乃铁律。

返回成都的路上，我竟然睡着了。觉得自己身体很轻，还有一种说不清的通透性。在康定——甘孜，无论哪个角度，都像是进入了另外一个世界。一切都那么新鲜，又似曾相识，那么神奇，又司空见惯。我想到，人总是会在某一自然和人文环境中恍若隔世，脱离当下。事实上，我们所在的，其实是同一个世界，我们邂逅与观望到的，也都是另一个自己，乃至俗世之外的另一种存在。

稻城记

万壑连纵,白雪冠盖。我把脸贴着舷窗,朝下看的时候,视觉触到成群的雪山,匍匐如蹲卧的象群,白雪在其上如一块白色镜面,映出天空甚至天庭的一切;更远处的雪山,正在次第升高,深壑中的条状白冰弯曲如弓弦。看到这一景象,我猛然觉得通体清凉,紧接着又泛起一阵灼热。我知道,清凉出自骨头和灵魂,灼热则源于内心和精神。大凡高原之地,都是清凉的,如《道德经》言:"归根曰静,静曰复命。"这巍巍高山之巅,上入虚空,下扎人间,万物规避,唯独宇宙、天空、雨雪和风笼罩、经行无羁,并且存留得当,无尘无垢。当然还有日月星辰,这些至高之物,与雪山一起,构成了大地与天空之间最生动的现实影像与虚拟连接。我这样一个凡俗之人,一生只能在低地及其人群中混迹,而那些微小的雪粒,总可以凌绝万空,与众多存在之物,成为一种标高。蓦然做如此之想的时候,内心便灼热起来,有一种惭愧和不安,还有隐痛与渴望。

阮籍《大人先生传》说:"崔巍高山勃玄云,朔风横厉白雪纷,积水若陵寒伤人。"如此绝地胜景，既苍迈超拔，又柔软细腻，婉约与豪放，虚无和实在兼具，难怪每个人至此便会身心张扬，顿觉"绝顶星河转，危巅日月通"。

由成都而稻城，短短几十分钟，飞机这一只奇怪的大鸟，携带着人类的科技智慧和超群动力，掠过平原、低地和丘陵，以横贯的姿势，不断穿云破雾，朝着横断山之中的稻城亚丁机场。这座机场，据说是世界上海拔最高的，从前，人们骑马或者步行而来，沿途的艰辛不言而喻，生死都在瞬间。就像多年前的都白狼羌、元朝宣慰司的游牧人和军士们，在他们的那个时代，任谁也不会想到，后来的人们真的如空中铁鸟、巨大飞鹰一般，从空中抵达。这一点，对于发现香格里拉的约瑟夫·洛克来说，也是不可想象的。

这是横断山脉，此名源于黄懋材，这个秀才，矢志于经世之学的才子，谙熟地理测量的学者，在英国企图蚕食西藏之际，与武举章鸿钧、长沙聂振声、慈溪裘祖荫，及跟随、厨役等，于一八七八年七月初七由成都启程，深入缅甸、印度、孟加拉、新加坡、越南等地，两年后返回香港，总行程两万余里。其间，绘制《五印度全图》《西域回部图》《四川至西藏程途》《云南至缅甸程途》等。他的事迹，堪与唐代怛罗斯之战中流亡的杜环相提并论，而论作为，黄懋材显然胜于著有《经行记》的杜环，可惜的是，两者的书籍大都散失。

杜环于怛罗斯之战中成为俘虏，黄懋材肯定途经稻城，或者直接从巴塘、理塘一带，蜿蜒直上而去。他的壮举，对于横断山脉来说，是一次崭新的发现和命名。仅此一点，他就已经不朽了。令人不甘的是，他所在的年代正是清帝国衰落之时，兵荒马乱之中，朝廷尽管也谈及边事，但对于西方列强的蚕食、侵略和勒索，已经回天乏术，只能逆来顺受了，枉费了黄懋材万里勘察的苦心。1890 年，黄懋材在上海辞世，年仅四十七岁。也正是这一年，清政府驻藏大臣升泰与英国印度总督兰斯顿在印度加尔各答签订《中英会议藏印条约》；两广总督张之洞为了抵制洋铁入口，开工兴建汉阳铁厂；曾国荃在南京创办江南水师学堂。

仁人志士已矣，为大地进行广义的命名，这是何等的荣耀之事！黄懋材像一位为万物命名的诗人，无意中说出，成了恒久的流传，自此，东起邛崃山，西抵伯舒拉岭，北界位于昌都、甘孜至马尔康一线，南界抵达中缅边境山区，面积60余万平方千米的高原大地，有了一个形象而又诗意的地理学命名。

飞机悠悠，稻城在望，群山之中孤立于山头上的稻城亚丁机场，若不仔细看，与其他山岭无异，缓缓降落之中，我看到了奇崛的山岭，孤独地连在一起，好像在坚守着一些互不相干的契约。山坡有些黝黑，有些苍黄，有些洁白，有些平坦，有些尖锐，有些巨大，有些窄小，它们以森立的方式，在横断山之间，深扎于大地，仰望苍天。其中的稻城，就在青藏高原的东南部，横断山脉东侧，藏语的名字为"稻坝"，即山口开阔处的一面坝子之意。顾名思义，稻城应当与稻子有关，然而，水稻之于稻城，也只是一种植物学意义上的梦想，并非实有。《西康图经》载："光绪三十三年，因在此地试行种稻，故改名稻成县，预祝其成功之意。"

海拔4144米的机场，一路向下，山势走低之时，草木开始丰茂，其中最多的，应当是红杉与马尾松，还有一些类似杜梨的灌木。红杉身姿婆娑，在较为圆润的山坡上，到处翩翩起舞，马尾松就像一个个胖乎乎的小女孩，分别站在山坡上，翘首观望，似乎在欢呼不同地方人们的到来。越是向下，植被越丰密，尽管已经是深秋了，这高原之地的诸多草木仍旧保持了繁茂的景象。其中似乎还有杨树、柳树和白桦树，叶子已经变黄或者变红，黄得叫人心碎，红得令人悲壮。我从车窗看到，不由得感叹，再高的地方，仍旧有生命和生灵不断地适应并超然、茁壮生长，进而形成一种生物圈和自然景观。

李白诗说："不睹诡谲貌，岂知造化神。"没来之前，我以为高海拔的稻城，可能只是雪山巍峨，沟壑纵深，再加上贴近的天空与近在鼻尖的云朵等令人震撼，以雄壮之美而令人心生浩瀚和苍茫，没想到，稻城之地，也是草木并发，花朵遍地，诸多细小之物也在其上风吹草低、芸芸众众。山路婉转，如羊肠，如弓弦，自上而下，亦自下而上，弯度大的时候，身体会跟着摇摆，随即发出惊呼。高原之地，处处奇峻，险象环生。忽然看到一座黄金色的寺庙，赫然于山根下，与周边的树木、山岭形成鲜明对比。不由得惊奇，也觉得，人在高原上的信仰，是与天地同在的，贯通万物与所有生命的一种非凡力量，对于人的生存乃至精神的支撑与鼓舞，当然也是一种无与伦比的照亮。

稻城县金珠镇果真在一面坝子里，虽是高原，其建筑规模丝毫不逊于低海拔的任何一座县城，那么多的新式楼房，两层或者五层，均匀而又规整地陈列，"金珠"之名，为解放之意。傍河、桑堆河从中或者从外围流过，远处乃是贡巴山。见到久违了的藏族作家格绒追美先生，他带着我们去参观博物馆，其中最醒目的，便是皮洛遗址出土的石器，这是典型的旧石器时代遗存，阿舍利技术产品。新华网2021年9月27日刊文说："中国旧石器考古专业委员会组织9名知名专家论证认为，稻城皮洛遗址揭露出中更新世末至晚更新世以来连续的地层堆积和文化层位，不晚于距今13万年，保留了'砾石石器组合—阿舍利技术体系—石片石器体系'的旧石器时代文化发展过程。稻城皮洛遗址的空间位置同样重要，它填补了关键空白区和缺环，对于认识远古人群迁徙和文化传播交流具有特殊价值意义。"

皮洛遗址位于金沙江二级流域傍河旁，其地三面邻水、一面靠山，远处则是古冰川漂砾地带。我们去的时候，山坡上的青草已经枯萎，似乎一地焦黄的绒毛，地面上散落着挖掘之后的泥块和砾石，旁边还有一排修筑的房屋，打开，进去，可以明确看到挖掘现场以及八个层面的旧石器出土现场。由此可见，人类在地球，或者说地球上的人们发展史绝非数千年甚至上万年，而是要以十万甚至百万年来计算。2023 年 5 月，我在甘肃泾川，看到一颗 3 万至 5 万年前的出土头盖骨，专家称为"泾川人"，并称，那是一位 20 来岁晚期女性智人的头盖骨，而且是蒙古人种。

  地球或者说自然界，人的未解之谜比比皆是，大地每一处，似乎都有令人百思不得其解的秘密与奇迹。这些秘密和奇迹，都是地球自我造化的结果，而且，它们的构造尤其精密和神奇，完全超越了人类迄今为止的科学技术能力甚至自以为是的能力和"智慧"。站在日光薄弱的皮洛遗址，风从横断山脉深处跌宕而出，仔细观看，可以觉察到它们运行的纹路与横扫一切的姿势。冷风透骨，忍不住哆嗦，但心里的疑惑愈发蓬勃。在我们无法想象的远古时期，究竟是怎样的一些人，在这高地上生存，因地制宜，制作了如此之多的石器，如石斧石刀等等，用以生产生活。我也注意到，那些石斧石刀都比较小，用现在的人手去握，也觉得不称手，过于轻巧。

  与现在的我们相比，那时候的人们是不是矮小、身单力薄？否则，又怎么会使用这样的石器呢？也或许，人的进化不仅是越来越发达的脑部，可能还有身体各个器官和肢体，即从小到大的过程。那些关于巨人、变化神通无所不能的记载和传说，大抵是一种带有渴望性的想象。这里的海拔为 3870 米，那些十多万年前的人，到底是从低地攀缘而来，还是从更高的海拔逐渐向下迁徙，进而分布于大地的各个地方呢？这也是一个谜。

  日光稀黄，在高原，再强烈的光芒也会在暮晚之时被无形消解，再高的地方也会随着大地沉入黑夜。车子继续向下，夜幕中，可以看到附近的山坡上，植被越来越多，树木也越来越高大。我也明显感觉到，先前的不适慢慢消失，身心顿时舒畅起来。十多年前，我曾爬上过海拔 5000 米的高山，比如山南的亚堆扎拉山，川藏线上的大东山、觉巴山等，当时没有什么反应。现在很奇怪，在海拔 4000 多米的稻城亚丁机场，没什么不适的感觉，到海拔 3870 米的金珠镇，却觉得头脑发木，行动迟缓，心跳异常。

  人的身体肯定是慢慢退化的，这就是不可抗力，就像沿途枯了的草木、飘零的落叶、折断的草木等。相对于巍巍雪山、浩荡江河，人真的渺小，完全可以忽略，唯有天空、大地永恒，其他的事物，都不过是一时的。由此想，万物的存在，其实都是为了承接更多的人和其他生物，并不是为了特定的某一些。天地的公正就在于，"天道无亲"，也就在于"高者抑之，下者举之；有余者损之，不足者补之。天之道，损有余而补不足"。

  尽管在群山之间，看起来有些逼仄，深入其中，才发现，稻城有些广大，而且有些地方比较平整，整体上的感觉，犹如在一片陌生而超拔的极地之上，车子在黄草匍匐的坝子上紧张行驶，四周的群山高低不一，呈馒头状堆涌，表面也是金黄色的。有些草甸上，可以看到黑毛的牦牛，羊只倒是稀少。这些高海拔的生灵，它们的一生都和高原融为一体，成为所有高原地带的标配。我们去参观的，是中科院稻城太阳射电成像望远镜（DSRT）所在地，在这里，领略到的，是科学对于宇宙的探测极其令人惊奇的景象，观测太阳的爆发活动。工作人员介绍说，"DSRT 是我国自主研制的太阳射电监测'综合孔径相机'，工作在 150~450MHz 频段。该系统采用独特的圆环阵列构型和原创的单通道多环绝对相位定标技术，可以高质量监视太阳的爆发活动，实现连续成像成谱观测，为太阳物理和空间天气研究提供自主数据。"

我没有想到，在稻城，居然还有这样的科技活动。地球之于宇宙，何其渺小？这种渺小让我顿时觉得占人所说的命如草芥、微尘的说法，都是夸大之词。再去"拉索"，藏语为"好"和"欢呼"的意思，这是一家收集"宇宙线雨"，探究宇宙起源、天体演化的高能研究所，位于稻城平均海拔4410米的海子山上。在那里，我第一次听说了缪子这个名词。据介绍，"拉索"拥有世界上最灵敏的超高能伽马射线探测装置、世界上灵敏度最高的甚高能伽马射线源巡天普查望远镜，以及能量覆盖范围最宽的超高能宇宙线复合式立体测量系统。

工作人员说："在LHAASO发现了1.4PeV的伽马光子，这是人类迄今为止探测到的最高能量光子。"对于这些，我只有懵懂的份儿，也觉得，宇宙之于地球、地球之于人，好像一个巨大的排列与成比例的微缩，这种微缩好像始终有一个参照物，即，地球以宇宙为母体或者大的背景，而人则以地球为终极，以此类推，一直到微生物，大致都是如此。而越是微小的事物，它的运行规则越是难以看清，无法把握。这让我想到老子《道德经》所说的"道常无名，朴。虽小，天下莫能臣"，也想到微生物——细菌的强大威力，尤其是对诸多生物的不动声色的灌注、操控与影响。面对如此的科学探测与研究，内心莫名沮丧，也觉得，人在这个宇宙当中，真是万变无类、不值一提的。唯有精神和灵魂，或可堪与地球乃至宇宙中的神秘存在及其力量勉强并置。

高原的黑夜动作略显迟缓，但全黑的时候，却是瞬间。山岳愈发深邃严峻，头顶的星群宛若不规则的谶语，布满人类仰望的无尽瞳孔。在冷空之中，如大海中的鱼鳞之光。车子在山间道路忽左忽右，倒是不怎么颠簸，但总是给人一种心悬之感。稻城黑得只有风声与远处山顶的积雪的时候，到洛克小镇，其实是香格里拉，全息覆盖的夜色沿着傍河朝着低地迅速流窜。相对于金珠镇与皮洛遗址，这里海拔2800

米，我的身体是可以承受的，不像在金珠镇那般不适，还得时不时吸氧，方才觉得舒服一点。酒店之外，傍河的水声带着更高处的牦牛、神灵与光的消息，在耳边潺潺、哗哗、叮当不息，尤其是午夜时分，听起来好像有人轻轻撞响铜铃。

所谓的洛克小镇，当然源于约瑟夫·洛克，这位探险家、博物学家，他对于香格里拉的发现之功，也可以看作近代以来，西方人对东方大地探险行动的另一种收获。十九世纪初期，工业化的西方对古老的中国充满了好奇，他们一拨拨地涌过来，各怀目的，最根本的目的，大抵是渴望发现新的地理版图、物种，以及文化、科学层面上的"遗世之珠""人间秘境"，继而在西方乃至科学的世界里，创造自己的"文化的、科学的、探险的""学术帝国"。约瑟夫·洛克之作为，本质上与斯坦因、伯希和、科兹洛夫、斯文·赫定、贝格曼等人没有大的区别。这种地理、文化上的大发现，至今为人津津乐道。由此，也有人谈论起中国古人缺乏对身外之物的探究与发现意识，这一点，似乎可以成立，可又不尽然，中国的《天工开物》《齐民要术》《本草纲目》《伤寒杂病论》《梦溪笔谈》《徐霞客游记》，也做了极其详尽的博物与研究工作。

香格里拉镇的晨阳薄弱，好像一层金色锡纸，洒在峡谷与山坡。早晨，乘车去香格里拉途中，草木一色秋天，顽强的绿紧贴着树枝根部，尽管摇摇欲坠，但它们仍旧在风中主动揪紧，好像可怜的孩子。站在悬崖边上的观景台，远远看到"三怙主"雪山，藏语为众生供奉朝神积德之圣地，三座雪山分别名叫央迈勇（文殊菩萨）、夏诺多吉（金刚手菩萨）和仙乃日（观世音菩萨），扑面看到的时候，内心凛然，似乎看到了三尊君临大地的天神，有一种沉肃、惊骇的情绪。普凡之人，在高原总是自卑的，自然的瑰丽、奇伟、博大和神秘，让人不得不自觉微小与羞愧。我看到，"三怙主"雪山左右的高岭也都奇峻异常，沙鲁里山横贯甘孜，还奔腾到了凉山，它的宽度和长度构成了横断山脉中特点显著的残山山脉。

詹姆斯·希尔顿《消失的地平线》一书中写道："康维眼前渐渐呈现出一条长长的山谷轮廓，两边绵亘着圆丘状起伏的，看上去令人愁郁忧伤的低矮山峰，黑黝黝的山色鲜明地映衬着瓷青色的茫茫夜空。而他的视线被不可抗拒地引向山谷的正前方，就在那里凌空高耸着一座雄伟的山峰，在月光的朗照下闪烁出烟烟的辉光……这该是世界上最美丽、最可爱的山峰。它几乎是一个完美的冰雪之锥，简单的轮廓仿佛出自一个孩童的手笔，且无法估计出它有多大、多高，还有它离得到底有多近。它如此地光芒四射，如此地静谧安详，以至于康维有那么一会儿甚至怀疑它到底是不是真实的存在。"

这一段描写充满了诗意，但似乎又不够贴切。"三怙主"雪山向下的山岭，像是一群朝拜者的头颅或者弯曲的脊背，一座一座，宛如莲花。正是早晨，薄雾轻绕，白色丝绸一般，在擦拭黝黑色的山体。到香格里拉镇，高大建筑中陈列的，大都与发现此地的约瑟夫·洛克有关，还有不同版本的《消失的地平线》《发现香格里拉》(《发现梦中的香格里拉》)等等，还有一些当年洛克拍摄的照片。那种黑白色调的图画，好像时间的标本，从中可以看到旧年代稻城的一些样貌和生民的精神状态。他的这种探险及其文学记录的意义就在于，自然和人在某个时空当中的具体形态。自然不断改变，人也不得不跟随其中，只是，科技的发展使得自然越来越无处藏身，人对未解之谜及其他方面的探索，尽管是科学精神的一种体现，但其本质是自私的。在某些层面，比如人类的终极命运、天性和本能的逐渐丧失等，科学的反面可能比正面的效应更叫人担忧。

峡谷草木丰茂，冲古寺的金顶在败了的草木中愈加熠熠生辉，撩人眼睛。到洛克小屋中小坐，依稀可以想到那位博物学家当年在此生活的种种情景，炭火盆、形似马槽的卧床以及木制的柜子等，一切都好像是当年的。站在一边屋顶，可以看到央迈勇雪山，那白色巨锥上，天空蓝得风雨不透，被撕开的云朵，带着柔软的棱角缓慢飞行，好像要赶赴一场神仙盛会。几个人乘车到"三怙主"雪山脚下，驻足仰望，不由得倒吸一口凉气。山顶云雾如百兽奔窜，山腰大雪紧裹，犹如一个巨大的粮囤，边角圆整。而另一座则头尖如剑，似乎是一顶带翎毛的头盔。

山下的草坪巨大，两边的山崖光秃、险峻，只有沟谷底部，生长着诸多红柳灌木与高低粗细相间的树木，黄色的叶子飘飘扬扬，借着风的手掌，在世外之地抛撒金币。我站在穿骨的风中，只觉得天地玄黄，宇宙洪荒。岩石兀立，层叠林立，犹如石化兵卒。更远处的巨大山口，好像云雾的制造机，不停朝着天空推送白色的冠冕或者衣袍。那云雾，好像一页一页的人类历史和大地旧事。

在自然面前，一切都轻飘如烟，缥缈无定。突然一片黑云覆压头顶，雨珠噼啪，密集而下。回程路上，草木飒飒，落日骑着绝世的霞光战马，以万里奔袭的方式，将一天的时光抛在雪山大地上空。

行至谷口，雨停，东边突现彩虹，横跨半个天空。山顶的积雪与黝黑色的山上，瞬间有了许多红绿相间的暖帐，其中似有人影晃动，长裙长袍，载歌载舞。我站在一丛满身黄叶的灌木丛中张望，顿觉美不胜收，惊呼仙境。诸多游客也驻足抬首，发出惊喜之声。宋人张榘诗说："双阁护仙境，万壑渺清秋。"这分明就是化外之地、神仙居所，就是梦中方可抵达的神妙之处。山谷内人头攒动，分别拖着一抹夕阳，仰首彩虹，一时间，四野无声，天地霎时间寂静，人在其中，肉体脱落，灵魂轻盈。我看到更远处的雪山，在逐次降低的山谷对面层叠的高峰上，闪着沉默的白光。

汽车爬坡时的声音是沉闷的,风声使得整个香格里拉都充满了热闹的响动。回望中的香格里拉,"三怙主"雪山似乎一只展翅欲飞的蝙蝠或者苍鹰,夕阳的光照在它们背后形成圆形的金色光圈,背后的天空变得幽蓝,且隐隐地透着沉重的压迫感。夜幕再一次全部淹没在横断山脉之后,群山变得肃穆,好像一群超海拔的雕像,如聚集的众神,如虔诚的信徒,如齐诵的僧侣。个个身形伟岸,头颅圆润。仔细谛听,整个香格里拉小镇中,似乎回响着丝丝缕缕的音乐声,好像群山及其身上万物的集体晚祷。我站在窗前,看着对面在黑暗中渐渐清晰的山体上,蓬松的草木把岩石包裹起来,荆棘的尖锐朝着虚空伸张,而在其根部,沙砾闪着晶莹的光,好像一群密集的尘世之眼,向着身边万物,不停地发出温和的探询与诘问。

平武记

唯有大地乃人和万物的来处和去处，也唯有深入大地及其越来越罕见的秘境深处，才能冲洗尘俗中越来越沉重的精神和灵魂。与几位朋友同去平武，一个川西北深山中的小县城，多年前，我还在遥远西北的时候，就得知了这一地名，并心生向往。我想，这就是人心的力量，也是人和人某种无可回避、必定相会、熟稔并热爱的机缘。沿着京昆高速一路北行，两个多小时后，我们一行人到达德阳市罗江区白马关，拜谒庞统墓。庞统自然是三国名士之一，诸多后人之典范。白马关的森森碑林之中，古树之下，香火旺盛，这令我觉得欣慰，时隔千年，还有人祭奠庞统，当是一种美德。"忠、诚"二字始终叫人心生敬意，尽管有无数的助纣为虐、杀人如麻，但人类的历史本就是一种残酷的演进过程。

其中的"忠诚仁义""良禽择木而栖，贤臣择主而事"作为个人的美好品质，应当坚持并无限地发扬光大。而在这个时代，包括我自己在内，很多人已经丧失了这条基本的道义和品性。我们习惯了当代思维,独独忘了人之根本。中午时在白马关吃饭,是那种农家菜,有些像新疆大盘鸡,还有四川人常吃的耗儿鱼,极尽麻辣而味道十足。店老板看起来也是一个实在人,憨厚、腼腆。

只是没去看落凤坡,庞士元丧身之地。

庞统之人,据说是三国最丑的。先天的形貌也可能带来厄难。几次投主,皆因长相丑陋而不得用。人之以貌取才陋习久矣!太史公言,"相马失之瘦,相士失之贫"。素来天不生无用之人,以庞统之才,当然不在诸葛亮之下,而诸葛亮也好、庞统也罢,人有所长也必有所短。"凤雏"过于心切,带兵取西蜀,行军至落凤坡时不幸罹难,只能以时也命也来慨叹之。倘若庞统没有殒命于此,日后与"卧龙"诸葛亮同殿事君,小小的西蜀,说不定还要发生一些什么奇怪的事情。两个有才之人一起共事,恐怕是很难的。庞统早夭,哀荣不大也不小,一生可圈点的功绩虽然也很少,但也是一代名士高人。每一个时代中,类卧龙凤雏者,古来世不二出。

由罗江而德阳、江油,一路上,车子沿着某座无尽之山根部奔行。河水虽小,但沟谷奇大,两边的山坡被绿草、巉岩、繁树、流水、村庄、田地不断披挂和占据。山谷之水,乃至涪江之支流,曰通口河、平通河、清漪江等。古人说,两山之间为谷,谷狭长而又蜿蜒,水从各个山坳流出,于低处峡谷汇聚,继而奔行。沿途又吸纳和接受了更多河流的加入,起初涓涓,继而潺潺,再而哗哗,大者轰轰,一路遇山掉头,越险滩而飞溅,于平陆则泱泱,入江河而急湍,奔大海则汪洋。水之润泽、潜隐、喧哗,自觉因势利导、因地制宜之姿态,诚如老子《道德经》所说,水利万物而不争,处众人之所恶,故几于道。

路途婉转,多处山体陡峭,悬崖垂直。我想,这平武之地,果真生猛、奇崛,一个人或者一群人于其中,如蚂蚁之于大象、微尘之于土丘。四顾之间,可以明确地感到一种隐藏的高耸与雄伟。川西之地,奇崛绝伦，参差凌厉，古人说蜀山幽深繁复，鬼神莫测，端的是很有道理，也如李白诗《蜀道难》诗句所说："地崩山摧壮士死，然后天梯石栈相钩连。上有六龙回日之高标，下有冲波逆折之回川。黄鹤之飞尚不得过，猿猱欲度愁攀援。"

清朝初期，平武隶属于龙安府，《清史稿·四川土司》记载，"顺治初，因明制，领县三。雍正九年，改绵州之彰明来隶。西南距省治六百五十里。广七百七十里，袤五百二十里。北极高三十二度二十二分。京师偏西十一度四十九分。领县四，土司一。平武、江油、石泉、彰明。"如果我没记错，我们车行这一地带，皆为历代王朝重兵把守的要津。其中，隋唐和元明清时期，朝廷在这里设有威州、松州等军事单位，强盛时驻军数万，虚弱时则撤兵或者被当地土司兼并。川西之地，多为藏以及党项羌、吐蕃、回纥等民族之后裔居住，常一族一山一寨，分割盘错，长期以来，为各种资源利益，自相雄长，历代都有借助川西地区之深涧峻岭、狭窄谷地，相互攻伐的民族力量。

沿着涪江支流持续上行，路边的村庄像极了这世上的卑微之人，蹲在姿势威武雄壮的大山根部林木繁茂处，临河而居。对面也是山，危崖高耸，连绵如巨扇，有的高达几十丈，有的斜披倒立，有的伸头缩胸，有的身披茅草荆棘，有的光秃并直立如铡刀。我惊呼，觉得自然造化之神奇莫测，天地人间之奇崛多姿，不由得在心里暗想，人在这样的地方生活，虽说山水尽有，土地肥沃而不缺稻米蔬果、飞禽走兽，用以吃喝，但其地质是凶险逼仄的。倘若再有大的地质灾害，其中诸多生灵着实叫人担心。好在，上天有好生之德，人借助地势而求得生存发展的能力和智慧也早已足够。

其中一段路程，好像在悬崖峭壁上行走，急转弯很多，向内，岩石峭壁，向外，则是数丈深渊，稍微不留神，后果难以设想。到平武已是傍晚，见到了范晓波，江西散文家，闻名久矣，今日得见。随后杀出大胡子诗人蒋雪峰。此人略胖,一脸美髯。大致是 2005 年,我与他在北京邂逅,言谈甚是投机。晚餐时见到阿来、舒婷和陈仲义。言谈间酒杯往来,尽欢而散。平武夜间的安静好像很蓬松,蓬松中更有清新,那种空气,是诸多草木气息共同作用的结果。那种气息当然是混杂的,是万物吐纳的会合,诸多生命在夜间生命的交融。在这种环境中睡眠,一切都是安谧的,甚至接近神境的。

阿来本就是川西人,其家乡在马尔康梭磨河畔,他的文学书写基本上都和川西北、横断山脉有关,当然还有成都的。读他的作品,总是思绪万千,生出更多的想法甚至冲动,无论是小说还是散文,阿来已经在逼近罕有的高度。舒婷的诗歌早些年读得甚多,在朦胧诗歌的年代及同代诗人之间,她是最明亮的那一个。

次日一早,日光好像很吃力,在平武县城显得有些疲惫和无可奈何。去看报恩寺。这深山中之古刹,规模之大,保存之完整,令人匪夷所思。当地人说,此庙乃明朝时期龙州宣慰司土官佥事王玺有图谋为王之心,在龙州即今平武县龙安镇,仿北京故宫修建的宫殿。后被朝廷发觉,改名报恩寺。在明代,宣慰司既是布政司的下一级地方行政机构,也是都指挥使司下与卫大致相当的一级地方军政机构,大致相当于府或卫。土官佥事似乎就是一个地州级的巡视员,最多正六品。就是这样的一个小官,何以有谋逆之心与举事之才?

从整个平武的地形地貌看,若是在这里当一个小皇帝,也是有可能的。地利可却十万精兵于山外,联合川西各地的地方武装,左右可以伸缩到甘孜、西藏、青海和甘肃等地,虽偏安的性质严重,但国人历来有宁做鸡头、不做凤尾的"王寇之志"。小官王玺当年被派驻到此地之后,见此山水屏障,进而萌发此意,也在所难免。再加上"龙安镇"这个名字,若以古老的风水之说,当也是一个龙兴之地。

此庙为清一色楠木结构宫殿式建筑,这在川西地区极为少见。它的雕刻绘塑，极尽精工巧制，超凡绝伦；各个佛像造型也别具特色，姿势、神态优美生动。最令人惊喜的是大悲殿内的那尊千手观音，高有八米之多，正面皆由一根巨大楠木雕成，纹路精到、巧妙；身后还有1004只手，姿态万千，壮观不已。

再去王朗，白马藏族聚居地。关于这一民族的由来，至今没有定论。如果他们的先祖果真是氐羌的话，起初的发源地和驻地应当在河西走廊、青海、西藏交界等处。唐帝国建立之初，李靖等人曾率军大败吐谷浑。而氐羌最初依附的部落便是吐谷浑。吐谷浑一部分内迁，还有一部分归附了当时颇为强大的吐蕃。白马藏族自称"藏王的士兵"，也可能是吐蕃王朝强盛时期派驻在这里的守边人的后裔。他们一定不是原生吐蕃人，而是被吐蕃击败并归附于它的其他部落，年代久后，便以此为使命，代代相传，为表忠心，改族而入。

道路凶险异常，车子越走越高，笨重的车辆，载着满车的人，但我一点都不觉得可怕，反而以为，在高山之上行走，有一种越升越高的冒险乐趣蕴藏其中。其实，无论在何时何地，危险无处不在，天地之间的事物，尤其是人在很多时候的某种遭际和厄难，发生只在瞬间，根本无法预料。眺望窗外，我才有点后怕，这一天的行程几乎都在半山腰上，还是那种松软的、随时都有可能塌陷的土石路，不由得倒吸一口凉气。我看到，四面的山上植被依旧繁茂，诸多的草木覆盖了大地的每一寸，就连巨大的石头，也被植物的根茎和藤蔓完全性地攻陷了，成为草木的一部分。

有一段路程极其坑洼不平，使得车子剧烈摇晃，好像随时都有倾覆的危险，车上的人们不由得发出惊呼。司机却说，到平武来，必须学会胆大，高山行车，哪有不惊险的呢？众人无语。司机也是全神贯注，开着载着几十人的大轿车，从低地逐渐向上，一路攀山越岭，居然把我们带到了海拔3100米左右的雪山，只见雪压如刀之壁立峰刃，似天神昂然屹立。雪洁白得让人心如水洗，灵魂也似玉石一般晶莹剔透。

这就是雪宝顶，藏语意为"夏旭冬日"（东方海螺山），为苯波教七大神山之一，海拔5588米，为岷山主峰。西南为卫峰玉簪峰，东南则矗立着海拔5359米的四根香峰和5440米的小雪宝顶峰。这样的地方，肯定是人迹罕至之处，同时也是岷江、涪江发源地。我在了解乾隆年间发生的大小金川之战的时候，曾记得，阿桂、傅恒、岳钟琪、张广泗等指挥官曾派出军队，由此一带向着金川等地进发，因为山高，寒冷异常，再加上莎罗奔之部堵截，部队在翻越此山的途中死伤惨重。任何历史都是人类历程的一部分，而且，历史上每一个人的磨难，时隔千年，今人仍旧能够感同身受。只是，天地的本质就是"无胜于有，有生于无"，如此循环往复，无始无终，这不仅是人的宿命，也是天地之大道。

站在林中，借着松林的缝隙，仰望雪宝顶时，我身心肃穆。那无数白雪组成的世界似乎真的充满了神迹。凡是人无法企及之地，必定是高贵的和圣洁的。自然本身就是一个宏大的存在，其运行的轨迹和奥秘至今秘而不宣。山峰之上更有山峰，朝着不同方向，每一座山峰都是象形的，如龟背的，人就称为龟背山，如鹤顶的就称为鹤顶山。人看起来是为大地命名的，实际上，在自然眼里，人也不过是昆虫与猛兽、植物与水流，亦不过是变幻的云彩与光照。

时值中午，太阳隆重，但感觉还是很冷。在高大的松树林中行走，时不时可以看到动物的粪便，水塘和水洼边缘，印着诸多动物的蹄印。转到一道山沟里，阴冷，树林庞大，金黄的松针足有数尺之厚，顿时有天地玄黄之感。作家阿贝尔说，这片庞大的松树林至少有四百多年的历史了，是青羊、山鹿、牦牛、棕熊、熊猫、狼、雪豹等动物的生存场所，当然还有翠雀花、杜鹃、珙桐等。这时候，遍地蒿草已经开始发黄,远看如黄金铺地,天造地设的灿烂金帐。清澈流水不住地穿山越谷,声消石击。我们几个人在其中大声叫喊,声贯长空,万山回应,甚至连高高山顶的积雪也吱吱有声。在空旷之地,最美的事情是安静地放纵想象,渴望一场绝妙奇遇。复而再入深林,青苔结满树杈,如铁生锈,苍老之人裹衣。苔藓湿滑,汹涌地面,年年摔落的松针竟然不见。

夜宿白马藏乡,篝火、羊肉、蜂蜜酒,最美的该是那些白马女子了。初见宁夏女作家阿舍,她也是多年旧友,散文和小说尤其好,而且她是那种具有成长性的作家。我一贯觉得,在这样的地方,面对如此美好的人,不喝点酒,显然是一种冒犯和辜负。白马女子每一位都很漂亮,落落大方。我也觉得,生活在高地的人们,骨子里都有一种天生的好嗓音与好悟性,歌声高亢、嘹亮,一呼百山应,一跳万物动。而我自己是那么笨拙,即使有人带着,也还不是不会唱不会跳。

晚上和吴佳骏、李存刚同居在三人大间,隔壁是著名的阿来。三人或严肃或诙谐或调侃或庄重地说了一些话,关于你我他,还有大家,关于写东西,关于爱情婚姻、当下的现实生活、世道人心,甚至人类的终极命运,等等。只是喝酒多了,不住地喝水,厕所远还是旱厕,连续起夜三次,每一次都觉得自己被冻得缩成一团皱纸。

早晨七点醒来,吃饭,再上车返回到虎牙,凶险之谷,狭窄之谷。我再次想到,此地长期为唐帝国与吐蕃的边疆,剑南道节度使崔宁、李德裕等曾在这里大败吐蕃;另一个节度使章仇兼琼为在朝中有内应,将杨国忠送到长安。历史上的人,总是千奇百怪、不约而同地出现在恰当的历史时空的某个节点,他们的所作所为也都暗含了所处时代的恰当环节。这一些细思极恐,人和人类的一切,似乎都是早就被设计好的,一切看似偶然,实则必然,看起来风马牛不相及,细想起来,又缺一不可,甚至严丝合缝,恰如其分。

按照这个思路，我觉得，到平武，肯定也是我个人生命中早就预设的，有着无可推托的偶然性和必然性。想到这里，蓦然觉得，世间一切都是神奇的，也都很有即时性，甚至有点宿命的感觉。跟随众多同行者，踩着厚厚的青草直入涮涮河，只见峡谷幽深，巨石高崖，流水湍急；只是植被丰盛，草木苍然。及至瀑布处，却觉新奇。数道小瀑布自山崖溢出，再而持续激射，如同上帝流泪；另一瀑布则显得暴烈浩荡，由半山崖一黑洞中涌出并纵身向下，分成四小股，飘然落身于崖底巨石上，水粉四溅，如重度之雾，数米之远仍润人脸颊，也使人心生甘泉。

再一个夜晚的平武龙安镇也是极其安静，连旁边山坡上落叶的声音都能听到。空气清新得让人有瞬间禅定的感觉，身心顿时轻盈，凡尘俗世如梦如幻。第二天返回的时候，有些恋恋不舍。对于纯粹的生命来说，平武之地，绝对是一个适合人生活的地方，恬淡，自在，与喧嚣隔绝，又能自给自足；与山水同体，与草木相依，才能真正融入自然，从中获取和感受到一种无上的灵性、安静、放松、美好、觉悟。在这里，极容易让人想到海德格尔在"大地上的诗意安居"之说。诗意的安居，从来就是一个勉强的理想化说法，只是对少部分人的内心起到鼓励和安定的作用，而我们面对的大环境则是，人的欲望从无止境，世界和人类的文明也会由此不断嬗变和递进。

次日一大早，原班数友告别平武县城，再次路过报恩寺时，古刹庄严，清静清凉，不由得心生禅意。四周山峰高低不一，纵横如龙。沿着通口河向下，道路依旧曲折而凶险，诸多村镇在山间坐落，河水于门前的河谷和河沟向下流淌。我想到，这就是汇聚的力量，就是水的"道"与"德"，也是万物的"常"和"无常"。我知道，这条河一直到江油之后，以灵巧和丰沛的原生姿态，汇入涪江，而涪江流域之广之深，俨然一首自然颂歌，由低吟而高亢。沿途之曲折、之吟诵、之弹唱,在每一段或激越或低沉或优雅,或铿锵或美妙,或悦耳或急湍,都是那么道法自然,自然而然。

记得它曾在绵阳城中弯绕而流的姿势,看起来似乎不动,但持续归海是所有水的渴望以及使命,当然,沿途润泽和浇灌万物,是水与生俱来的天性和本能。中午时分,再回到白马关,吃饭的时候,站在山顶上,仰望深邃高大的川西平武和整个横断山脉,有一种强劲的威压之感,也备觉亲切。尤其是雪宝顶以上的雪,还有神秘而朴素的浩大天空,好像一只朴素而又温暖的手掌,在心上甚至灵魂中不住地摩挲。

崇州常璩：方志鼻祖

血缘里的文脉

那是一个秋天的午后，一个苟延残喘的中年人，叫他的夫人取出一个木匣子，并把他们仅有的八岁儿子喊到床边。这位即将去世的中年人，名叫常耘。其祖上颇为显赫，先祖名常廓，出生于江原县，后迁居到繁县常家坎村居住。这个常廓，曾为功曹，在其县令被人诬陷下狱之后，诬陷者以严刑拷打令其作伪证，而常廓据实从心，甘愿受酷刑，坚守良知，绝不从恶。一年后沉冤得雪，升为郪县县令。

如此家风，令人钦佩。这江原县治所所在地，在今四川崇州市之江源场。江原县、繁县、郪县三地相距不远，都是一衣带水的"蜀中之地"。可那个年代，纷争不断。其主要的王朝是司马懿及其后人建立的晋朝，可是司马氏治下，各种势力林立，将相各怀异心。即便是偏于西南的巴蜀之地，也是战乱不断。

这些，暂时还和常耘一家没有太多的联系。自感时日无多的常耘让妻子郑瑶（其实没有留下姓氏，姑且以郑瑶称之）从小木匣子里取出一支铁笔，然后对他八岁的儿子常璩说，此物乃祖上传下来的，用这支铁笔写字，日久之后，力透纸背，且运笔如神，若能时常使用，多年后，必定能够写得一手好字。这句话更深的意思是，我们常家不仅是大家族，而且是这巴蜀之地最先以文化立身，进而强族，教化后人的先驱者之一。他们的太叔公常宽，一生的主要作为和建树，便是撰写和整理了《蜀后志》《典言》《后贤传》等地方志、笔记、文献考据等书籍。

常耠在临死之前，将铁笔传于唯一的儿子常璩，用意不言自明，即要他继承先祖遗风，不仅要做一个读书人，而且要在文化和思想上有所建树。

丈夫去世，郑瑶承担起抚养幼子的职责和义务，异常艰难。她以织布、耕田为生，让常璩继续学业。常璩至孝，又读圣贤书，当然会严格遵守儒家伦理，独自一人，在父亲坟地旁边，搭窝棚而居。

三年后除去孝服，常璩回到家里居住。也就在这一年的冬天，某日清晨，早起的常璩刚一打开门，就发现两个人倒在他家门前。他吓了一跳，上前一看，只见一个女孩和一个妇女饿晕在地。他回家叫来母亲，郑瑶跑来一看，拿了一些米水，灌给妇女和女孩。

待到妇女和女孩苏醒过来，诉说来由，也是令人心酸。妇女的夫家姓冯，她自己姓赵，女儿名叫冯珍，在魏晋时期，也有过一段颇为显赫的家族史，后定居略阳。但冯家家道中落，且夫早死，在这乱世，余下她们母女，在原地待不下去，也随着流民到处觅食，以求活下去。郑瑶见母女俩无依无靠，想着自己也是寡居，不如把她们留下来，也是功德一件。再说，家里也多一个帮手。郑瑶这一做法，冯氏母女肯定感激不尽。

与此同时，常璩也听从母亲的意见，拜西山（青城山）清风洞开私塾教学的大儒范长生为师。

追慕先贤的远行

在清风洞书院的日子，常璩最喜欢阅读和学习的，是其先祖常宽的《蜀后志》和司马迁的《史记》。《史记》对于中国史书的开创之功，可谓旷古烁今。而常璩最感兴趣的是司马迁对于西南夷历史的考证与记述，而司马氏之"亦欲以究天人之际，通古今之变，成一家之言"，使得少年常璩有了一种使命感。19岁那年，常璩的恩师范长生受成都王李雄的盛邀，出任其偏安政府大成王朝的丞相，参与政事。范长生为成汉政权的丞相之后，帮助李雄制定和实施了不少善政，使得巴蜀和南中、汉中等地的民生状况有所改善。

这一年，在家族长辈常松的撮合下，常璩与干妹妹冯珍结为夫妻。因为知根知底，且一起长大，冯珍对常璩的抱负是绝对理解和支持的。两人新婚不久，常璩便想效仿先贤司马迁，到更广阔的河流山川之间，游历大地以增强体质，开阔胸襟视野；遍睹人文，以壮大心志，丰富人生阅历；穿山越岭，走州过县，以体验不同地域之民生状况及民俗风情。

公元314年秋天，常璩打点行装，准备上路。

他去的第一站是江州，即今天的重庆。那时候，陆路不便，只能乘船。而江州，当时是巴人的主要聚居地。巴人，人群构成比较复杂，其来源至今扑朔迷离。在重庆及其周边，尤其是武陵山区，自古民族众多，多不可考，至今成谜，大致有廪君族，作为盘瓠之后的五溪蛮，氐羌之后的太暤巴人，此外，还有以濮、賨、苴、共、奴、獽、夷、诞、獠命名的族群。

一日，常璩在一堤岸边上，与一老者相逢。其白须黑面，身披蓑衣，语调和发音与蜀地有近似的地方。常璩与之攀谈，老者向他讲述了关于巴人的传说。其实，早期的巴国之地，与中原地区的情况有些类似，即各处有诸侯国，或者叫方国，各自独立，然后推举一个势力大、有德行的为天下共主，借以统领，参与作战等。当然，这些方国之间也时常爆发兼并和利益之战。

常璩从老者口中了解到，从前，廪君之族势力越来越大，其居住的"武落钟离山"已经严重拥挤，只好向外扩张。先是从清江上游的夷水乘船而下，至盐阳，与盐水女神假意联合，之后发兵攻占其地盘，又穿过大溪河向北，进入巫山，再从乌江支流郁江，进入武陵山区，再至涪陵建都，后转移到了江州。廪君之巴人最终还是被更强势的楚人一再击溃，不得不退到垫江，即今重庆合川。再而，又退到阆中等地。

在攀谈中，老者还说到了巴人之中的英雄巴蔓子将军及其事迹，敬佩他的忠义精神。不论在哪个年代，忠孝节义都是受人尊敬的品质，从中也可以看出，儒家文化在西南地区的深入程度，基本上教化或者说已经成功改造了昔日西南夷大部分人群的精神向度与思想意识。

听了老者的一番话，常璩对"武落钟离山"产生了浓厚兴趣。辞别老人，乘船至涪陵，然后溯乌江而上，至彭水，就进入武陵山区了。武陵山原名髑髅山，一直到唐朝天宝年间，才改名为武陵山。可是，"武落钟离山"已经是一个残存的传说，具体地址已经无法找到了。失望之余，常璩去了摩围寨，观赏了一种比较原始的舞蹈，并参观了他们的巫师作法的全过程。

如此一番周游，不知不觉，两个月时间过去了。返回江州后，常璩又去了夜郎国的故地，也就是彼时的南中地区，位于蜀地西南方，囊括了今天的贵阳、昆明、西昌、毕节和昭通等广大地区，也是令人神往又充满惊险的地方。

常璩一路跋山涉水，至夜郎国，从当地人口中了解到，先前，有一位名叫尹道真的人，于夜郎开设学堂与私塾，教化民众。多年后，黔地与滇地之民也深受影响，形成了较为浓厚的文化氛围。

大成小国的太史令

这一次远行，对常璩本人来说，肯定是一次生死历险。当时的南中之地，山寨林立，族裔纷纭。他曾无意中被獠人捕获，在哀牢山中做了一段时间的奴隶，随后，因为自己颇懂医术，治好了他们当中的瘟疫患者，才被释放。在回程路上，途经大凉山，又被捕获，卖给羌人头目，为其做奴，随后又被卖到夜郎山，费尽周折方才脱险。这一次游历，常璩勘查和了解了巴人之地与南中、夜郎、滇国等地的风俗人情，以及民族构成及其流变的历史，当然也对各地的物产及其分布、功效，以及各地迥异的民风习俗等有了深入的了解，为他修史提供了丰富的真实考据和见证材料。

四年后，常璩回到了常家坎。看到常璩平安回来，一家人欣喜不已。

公元318年，受其恩师、大成国宰相范长生的倾力举荐，常璩充任大成国的"太史令"。此时的大成国，疆域虽小，但在李雄治下，因为仁政惠民，兵马和人事安排较为妥帖，因而显露出一些繁荣稳定的景象。

太史令这个官职是从汉武帝开始的，司马迁之父司马谈便是第一任。后又分左右，左史记录的是动态的国家大事及民生、祥瑞、灾祸、战争、皇帝及其臣子的现实性变化等，右史负责记录皇帝及主要臣子的言论、民众的意见反映等。常璩左右皆负责，还可以随军出征，伴随王驾，建言献策，等等。

作为一个小国，及至常璩赴任，史官只有他一个人。常璩亲手对库中的书籍分门别类地进行了整理。其中，不仅有诸多儒家、道家的经典著作，还有《汉书》《三国志》《三巴记》《蜀都赋》《风俗通》《益州记》《前汉记》《南中异物志》《益部士女传》《辅臣传》等前人书籍。这对常璩来说，如获至宝。

常璩的内心是博大的，起初，并不十分情愿到大成朝内做史官。常璩读过的书籍中，对他影响最大的肯定是孔孟之学，两位先贤的家国政治主张，深刻地影响了常璩。他与当时的许多饱学之士大致有着相同的心愿，即渴望一个大一统的国家。然而，常璩处在巴蜀这样一个政治环境中，为了修史的理想，再加上诸多人情，不得不暂时入史馆，做一个观察历史进程的文史官员。

在成都日久，常璩发现，大成国虽有李雄当政，但因战功而倨傲，甚至产生自立为王之心的王公将相大有人在。

大成朝中，太傅李骧属下的大将李凤作战有功，据梓潼不出，且不听号令，其兄之子李稚对李凤又很忌惮，多次派人密奏李雄。李雄猜忌，便决定亲率大军到绵阳督促李骧出兵讨伐李凤，大军开拨时，常璩作为太史令随军前往。

这一场内部战争，以李凤失败告终。回到成都，常璩着手撰写大成王朝的大事记，接着补写西晋时期先益州刺史，后自立为太平王的赵廞，以及益州刺史罗尚任期内所发生的大事。这个赵廞，既是李雄父亲李特的合伙人，也是相互攻伐歼灭的仇人。罗尚是忠心于西晋的将领和地方官，在与李特和李雄等的斗争中，以病死告终。短短几十年间，益州的政权更迭相当频繁，且多数王朝国祚都极短。

就在这时候，常璩遇到了对他修史有着较大影响的一个人。这个人名为曾胜，是赵廞和罗尚期间的文史馆馆员。在书写赵廞和罗尚期间发生的大事的时候，有些内容模糊不清，也难以考证和确认，常璩便想到曾胜。

曾胜是一位具有高度文化自觉的读书人，也醉心于记录他所见证的历史和时代变迁。曾胜对常璩修史的严谨及雄心很是欣赏，便将自己多年的心得和方法、技巧等倾囊相授。

忧国爱民的散骑常侍

公元320年前后，成汉李氏最好的皇帝李雄依旧在任，但与各个地方的军事势力之间的冲突也多。晚年，李雄最终确定李班为太子。李雄死后，李班尚未继位，便被李越和李期伙同大臣田褒等人谋杀在先帝李雄的灵堂内。

翌日，李期矫诏继位。李期生性残暴，又多疑，对于忠于李雄和李班的臣子，进行了一轮又一轮清洗。常璩也被流放到哀牢山，妻子冯珍随他同行。当地郡守尹亮，居然是汉章帝时期、夜郎人尹贡的后人。读书人相见，惺惺相惜。常璩以其早年游历之见识和了解，帮助尹亮解决了獠人经常抢劫以茶换盐的普通民众的问题。他建议各居住区的民众结对抱团，以人多的方式，对抗和解决獠人的侵扰。

这一次流放，也让常璩对南中风土人情等更为了解。为推行圣贤教化，常璩在南中开设了多个学堂和私塾，招收学徒，传播儒家和道家学说。其间，常璩深入哀牢山中，探访獠人；又去夜郎山中，与尹亮等人一起，勘察多个民族和地域的人文风情。

李期靠阴谋和杀戮得来的政权也面临着诸多威胁。其中，前太子李班的舅父罗演，与依旧忠于李班的臣子们计划以牙还牙，杀掉李期，夺回政权。因为忌惮勇猛善战的李寿，李期先是派人毒死了李寿的养弟安北将军李攸。李寿自感危险临近，私下联合几个地方郡守，又以自己的儿子、时为翊军校尉的李势为内应，采用罗演之子罗壮的策略，一番苦心谋划与运作之后，顺利登上了皇位。

　　李寿主政，常璩奉命回到成都，官拜散骑常侍，继续负责修史。

　　李寿做了皇帝后，也开始骄奢淫逸，五年后病逝，其子李势继位。常璩仍旧负责修史，完成了巴蜀、南中等地史志的初稿。打了几次胜仗后，李势开始纵情声色，独断专行，成汉王朝也出现倾颓的迹象。

　　公元345年，巴蜀和南中之地灾疫横生，民众食不果腹，流民再起。然而，李势沉湎于酒色，不闻不问，以至于民心渐失。常璩感到，这样的一个王朝注定也是短命的，随时都会崩溃。他尽己所能，充任了赈济灾荒主管的角色。另一方面，在曾胜的协助下，常璩坚持对巴蜀和南中之地历史源流的梳理，以及文章的撰写。他感到，这是他一生真正的使命，是他年少时追慕先贤司马迁和常宽，发誓著成不朽之作、传之后世的必由之路。

　　很不幸，曾胜也在此时去世了。常璩悲痛欲绝，亲自为曾胜送行。

　　因为李势的苛政，引发了南中地区獠人的不满。他们聚集起来，与李势政权对抗。常璩自告奋勇，亲自到涪陵，独自面见獠人首领，以其机智和义正词严，取得了獠人的信任，獠人遂罢兵休战。

　　斯时已经是东晋时期了，桓温带兵伐蜀。先前，李势仗着蜀道难行，判断桓温这一次出征很难成功，便没有做战略上的防备。谁知，桓温以非常规的心态和作战方式，居然顺利突破成汉军的防线，深入到了梓潼、绵阳等地。

　　李势这才命李福、李权和昝坚等人抵抗。

搞笑的是，昝坚领兵傻等，没有和桓温的军队接上火。李势见大势已去，再加上常璩、王瑕等人极力劝谏，只好写降书，自缚双臂，开城投降。至此，大成汉朝宣告灭亡，融入东晋。这也是常璩长期以来的梦想，他个人深受孔孟思想及中原思想文化的熏陶，奉儒家文化为正统，自然而然地，便会对再度焕发了一些生机的晋朝产生好感，并极力说服李势，归附于晋朝，从而使得割据多年的巴蜀及南中之地，再度回到了比较统一的中原帝国怀抱。

失意者的经典之作

常璩等人跟着李势，以降臣的身份去南京，他肯定是抱着一定的信心和期望的，更重要的是，他想以一个蜀中良臣的身份，进入东晋的统治阶层。这也难怪，常璩从小对大一统或者说中原文化的向往，有一种寻根式的心理或者说精神皈依的冲动。可世上之事，事与愿违者多。常璩这样的人，到南京后，根本就无法进入东晋的政治高层。一方面，整个晋朝都是士族阶层的天下，西蜀之地的人初来乍到，想要真正地融入其中，是很艰难的。另一方面，东晋的统治集团并没有把投降的成汉李氏及其部属放在眼里，把他们养起来，无非是做给其他人看，尤其是还在反叛，寻求恢复成汉王朝的范贲、邓定等人。

面对此景，常璩有些心灰意冷，对于晋朝的内部统治和阶层固化，不是轻易可以解决的问题。常璩只好静下心来，取消进取为官的打算，专心做自己的事。

此时的常璩，因为归晋，站的位置又不同了。

按照当时的意识形态和行政疆域，他之前的历史书写需要做大的改动，首先，是皇帝年号以及纪传体例等问题。如，既然归附晋朝，成汉李氏的年号就不可再用；既然作为藩属，成汉李氏的几任皇帝就不可以再用"纪"的方式了，必须列入传的范畴；再一个，就是叙述角度，以前是巴蜀李氏大成汉朝俯瞰和条分记述，现在则需要大幅度地扩充。

面对这个难题，常璩前后思量，最终还是觉得，对巴蜀和南中等地的历史书写才是他的强项。这时候的常璩，基本上已经完成了巴汉记、蜀记、南中记、梁州等地方志初稿的撰写，下一步要做的，便是盛汉王朝李氏兴衰更迭的历史，即《蜀李书》。

天有不测风云，因为他的恩师范长生之子范贲聚众反叛，且又在成都称王的悖逆与不轨，也牵连到了常璩。所幸，一番审讯之后，常璩无罪出狱。

经过这次磨难，常璩愈加心灰意冷。几经思量和修改，常璩所著的史志打通了巴蜀之地从神话传说时期到东晋初年的漫漫历史演进和变革，历数先朝往事，指点兴衰，总结诸种大事对后人的警示启发，为能臣良将、忠义贤孝及贞女烈士等作传，记录众生当中那些舍生取义、言而有信，道德操守高尚的人。

公元 361 年，常璩完成了一生中最重要的著作《华阳国志》之后，自己的生命也到了日暮西山的时刻。此书刚刚写成不久，便广受赞誉，多方传抄。后世凡涉及西南地区的官方史志，以及个人的历史笔记，内容多引用自《华阳国志》。因为这本书，将常璩称为千百年来中国地方志鼻祖、唯一一位以地方志书写而称雄历史学界的先贤大师、文史巨擘，丝毫不为过。

预感到自己将要作别人世，常璩写信给自己的女儿和女婿，希望能够在临终之前见他们一面。女儿等人不日赶到南京，陪侍左右，数日后，常璩与世长辞。妻子和女儿等人护送常璩灵柩，乘船回到了故里崇州常家坎安葬。 代文豪巨匠，最终魂归故里，长眠在神奇丰饶、文脉流长的巴蜀大地。

天边的壤塘

好像在天边。

过都江堰、赵公山、紫坪埔。迎面是一片巨大的废墟，以及废墟之下的亡灵。他们还在呻吟、嘶喊，注目、仰望和思想；滔滔岷江在山谷里呼啸奔腾。映秀镇之后，接连的隧道，雄峙对列的陡山，无形中给人一种强力挤压之感。这是我第二次踏入横断山脉之阿坝地区。感觉中，这一带的山脉好像高原上逃亡而来的一群史前巨兽，以不同奇诡姿态，在昆仑山之下，大地隆起之处，形成一个奇异且又庞大的兵阵。众多的草木和人群，河流和山岳遍布其间，构成了一块特殊的、美妙与凶险的万物存活之地。早在几年前，我搜集并阅读了诸多关于阿坝州的资料，尤其是发生在雍正和乾隆时期，前后持续十八年的大小金川之役，以及20世纪30年代的中央工农红军长征、50年代初期的川西剿匪，这三个历史事件所牵扯的阿坝历史及其纵深，都是饶有意味且富有文化、政治、地理乃至人类学意义的。

阿坝也叫嘉绒地区，总面积八万多平方公里，北有崛山，南为邛峡山，大小金川河贯穿全境。整整一天，山路如龙盘旋，从沟底到山腰，再到山顶。其凶险程度，总是让我想起《清史稿》上关于此地的一段话："地则险阻异常，山则壁立千仞，水则怒涛万顷，溜坡陡磴，恶箐阴森。"坐在车上，车在山上，一侧深谷源涧，一侧巨石森立，每一寸道路简陋而又曲折。我想到，难怪当年的大小金川战役如此耗时费力，先后有四十多万清兵参战，主将换了几个，才勉强与当地土司及其多个民族组成的本地武装打了一个平手。20世纪50年代的黑水剿匪也是如此，我人民解放军先后三次调集重兵围剿无果，后在彭德怀的西北军区空军配合下，才得以肃清周迅宇等残匪。唯独中国工农红军在此胜利会师，并一路开赴延安，最终获得了全面胜利。

由此，对于阿坝及其所属每一个地方，我始终心怀惊惧。一种是来自一个弱小人类的敬畏，一种则是源于确切的自我渺小感。大地何其幽邃与丰富，一个人无非是其上的一个无足轻重的过客。到壤塘，忽然下起了雨，不大也不小，使得草地顿时有了泥泞之感。车子离开公路，进入一个巨石耸峙的沟谷之中。远远看到一缕白烟盘旋而起，在雨中如伸展懒腰的蟒蛇。同车的朋友说，这叫"煨桑"，即用柴草点燃青翠的松柏枝叶而燃起来的白色烟雾，是藏族人民欢迎贵客的一种礼仪。

每一个人都是地域的产物，而人群依据地域渐渐形成的文化和信仰，无疑是大地上最美好与最生动的景象。阿坝与邻近的甘孜、甘南等地区，不仅是青藏高原向下的一种地理缓冲与切换，也是东方人群及其文化信仰、生活习俗的一种递进与嬗变。在草地的帐篷中坐下来，雨珠如白色的珍珠，从苍冥的天空下落，接连与青草乃至青草中的乱石、草芥和牛羊粪便亲密融合。同行的一位作家也说，这壤塘，感觉就像天边。另一位说，从成都到壤塘的过程，总有一种层次上升的扶摇之感。到了之后，却又觉得，这里好像只是去神秘天空的一个重要驿站。雄浑的山脉与狭长的沟谷，连绵的植被与飘浮其上的生灵和寺庙、人居，都有着一种如梦如幻的神灵境界与仙人意味。

　　吃东西，手抓羊肉等等，尤其是油炸的人参果，无疑是一种上好的美味，也更能体现在壤塘的仙境意味。少顷，阴雨骤停，太阳重生，金黄的光辉从容铺排，照得远山近水一片辉煌，树叶和草尖上的露珠晶莹剔透，成群的蝴蝶呈螺旋式飞升，一些不知名的鸟儿羽毛擦着树巅和高坡上的岩石飞行。当地的朋友说，这里是壤塘县的宗科乡。距离县城壤巴拉塘还有40公里的路程。

　　壤塘县位于大渡河上游，总面积6863平方公里，与青海班玛并甘孜州的色达和炉霍等县接壤。壤巴拉塘是藏语，翻译成汉语为"财神的坝子"之意。藏传佛教中的黄财神名字叫作藏巴拉色波，其形象全身金黄，头戴花冠，束有发髻；嘴角两撇胡须，下颌有一撮短胡须；上身袒露，下身着裙。左手抱着一只大猫鼬（又名蒙哥、狐獴，小型、花面的哺乳动物；喜欢群居，性凶猛），鼬嘴含宝珠，象征财富。黄财神两腿作弯曲状，端坐莲花上。左脚踏一只白色海螺，意为他有举杯入海取宝之能。人皆以为，财神就是掌管钱财的，拜之便可获得数量不等的财富。事实上，在藏民看来，予人财富只是财神的一个表面能力，而人生所谓的财富，则是福德、寿命、智慧。我觉得，这种解释才符合宗教乃至"财神"的本意。物质为人生所需，毕竟是浅薄的，福德和智慧才是人生最大的财富。

　　趁着日暮，乘车去石坡寨观看日斯满巴碉房。当地朋友说，这是阿坝州保存最为完整和年代最为长久的藏族民居。临近，见一精美建筑依坡而立，侧看如沉穆之世外高人，姿态端庄而又古朴。其外墙均用不规则石片砌起，在落日余光中，宛如片片龙鳞。从底部向上爬去，站在二层的房顶上，环顾四周，群山蜂聚，植被青翠欲滴；寨子以下的河滩上油菜花开，青稞整齐。我想，在这里生活的人都是安静的，也是有自我精神追求和俗世规范的。他们并不嫌弃偏远与高冷，而是用一种古老的、游牧与农耕并存的生活状态，在人间高地进行着生命的繁衍与轮回。

日斯满巴碉房整体北高南低，呈长方形布局，共九层，下大上小，共高25米，自二层起层层靠北内收成台，北石墙自底直通顶部，但顶层面积很小，仅有底层的六分之一大小。依照藏民习俗，底层为牲畜圈，二层分南北，即北厨房、南客厅；第三、四层是睡房；五层为佛经堂，六层以上为杂物库房。每层的走廊为木质，用于晾晒粮食；三、四层还建有木质吊脚厕所，并设有窗户和若干个小窗口，其军事作用显著。按照藏民传孙不传子的习俗，该碉房已历十三代人。其建筑年代，大抵在元末时期。站在上面，苍鹰在逐渐灰暗的天空中鼓舞风流，寨子里的人们三三两两聚在路边或者某个院落聊天，或者看着我们这一群陌生来客。

世界越大同，万物越无所遁藏。尽管人类都渴望与更多的同类交往，以一种融合共通的态度来完满这个世界，但很多时候，人又是十分唐突的。有些唐突带来幸运，有些则带来不安甚至破坏。离开日斯满巴碉房的路上，我一直有一种愧疚感，以往那些到此一游的满足感荡然无存。何以至此？究问内心，又说不出原因。回到宿营地，篝火燃起来了，慢慢增大的火焰，在空旷的青草台地上，像一群倏然向上散开的美丽女子，舞蹈着，翩跹在星空笼罩的壤塘县宗科乡的夜幕当中。

随即是舞蹈，当地的藏民男女一起。他们的舞姿让我格外羡慕，那些笨拙的男子的身体也格外轻盈，每一个都像天使。女子们扭腰、踢脚、身姿之美，超越所有的舞台上的表演。游牧民族的歌声和舞蹈，是最能打动人的，也是他们在艰难岁月甚至绝境当中用以鼓舞和安慰自己，激励精神和抚慰灵魂的最好"武器"。是的，在高原，在游牧民族后裔面前，我宁愿把舞蹈、歌声称为"武器"。正如道家所主张的

"柔软胜刚强"。唯有柔软和慈悲才具有通行于世和打通不同文化与信仰的非凡力量。

夜宿藏民家里，户主是兄弟两个，极其热情。晚上，宗科乡的副乡长——一个年轻的藏族小伙子和我们同住。睡前，喝茶聊天。听了他的一番话，我忽然觉得，有文化的藏民也是非常优秀的。他对政治、文化、教育和基层牧区建设发展的看法和思考，令人服膺且心生感慨。他说到了一些真实的现状、一些难缠的具体事情，还说到了自己在这个位置上的一些作为，特别是在处理牧民和牧民之间一些琐事争执上的方法技巧和态度，都很符合当地的社会实情，又非常具有启发意义。我们还谈到藏传佛教，特别是壤塘的历史文化。这位年轻的藏族副乡长说，宗教的唯一目的就是叫人向善的、和谐的，是人心中最高和最后的一道美好的屏障与阶梯。对此，我们深以为然。这位副乡长还说了当地几位大活佛的精彩事迹，其中不乏神仙意味，更多的是对普通人的教喻。

凌晨睡下，一切安静。小小的藏族寨子当中，除了几声犬吠，黑夜像是一个巨大的曼妙之物，在紧靠高山、濒临河流的寨子内外覆盖和漫浸。早上起来，我面对主人家墙壁上的佛像，恭敬站立、鞠躬。那一刻，我深信肃然，有一种虔诚的明净感笼罩身心。离开主人家的时候，我向他们表示了敬意和谢意。他们一脸憨厚，说：这里很少人来，昨晚和我们聊得也很愉快。还特别强调说，很少人能够对他们的现实生活感兴趣，更少人愿意与他们敞开了聊天。我知道他们说的是客套话。其实，这里的牧民对于马尔康和成都等地并不陌生，甚至，他们长期就住在马尔康和成都等地。但他们所表现出的谦卑、热情和温和的态度，令我们心生温暖，并且由衷地感激。

出宗科乡，沿着公路，向着壤塘县城行进。杜柯河在一侧的河谷里激越或者平静。我看到，这一带，似乎没有一块平阔之地，山山相对，逼仄勾连，河流在其中向着低处不作声色。但苍翠的树木和遍地的青草令人心旷神怡，满鼻孔的青草气息乃至牛羊新鲜粪便的味道。到半途停车，仰望建筑在山岭上的村寨，其险要与精工、美妙与结实，大致是世上所独有的。人必然是环境的产物，也必须依照地域地势才能很好地生存发展，安顿好自己的身心和灵魂。壤塘县的藏民们，以自己的超常智慧和韧力耐心，把自己的起居生活之处安放在半山腰并奇崛的山岭上，其勇气和匠心，令人叹为观止，心生景仰。

路过一座寺庙的时候，我仰望，浏览，庞大的建筑，红色的喇嘛，坐在阴凉处聊天的藏族民众。这一切，显然与内地形成了鲜明区别。我没想到，活佛居然很年轻，而且非常帅气，个头还很高。他轻声细语，讲解寺庙之历史，并说到藏传佛教觉囊派的源流等问题。我发现，凡是得道的僧道，都是安然的，也是朴素的、谦卑的、充满神意而又心怀敬畏的。我们先后与年轻的活佛合影，并在新修的高大寺庙前虔诚合十。上车后，大家一路讨论，我觉得，阔大自然界和宇宙之中，人类绝对不是唯一至高无上的生灵，在我们之外，肯定还有许多不可显示与不可抵达的事物。比如神灵，比如人类无法拆解的秘密与唯有智者、修行者与灵魂才可以相通的实在而又缥缈之境。

壤塘县城所在地名叫壤柯镇，一座位于群山之间开阔平地的坝子，四边青山，中间河流。不长的街道上店铺林立，不多的民众在浓烈日光下的各式建筑阴影下端坐，或者手摇经筒。当地朋友说，香拉东吉山是《格萨尔王》中神山之一，当地民众至今奉之为心中的圣山，传说是金刚手菩萨的化身，其形状犹如"众"字，周边还有88座山拱卫，仿佛金刚手菩萨的侍卫。人们对于自然物神灵层面的赋予源自敬畏，是人类最初融合于自然时一种自觉的肉身和精神、灵魂反应。

从历史上看，壤塘也是一个偏僻的地区，在公元前310年，西汉统一西南之前，壤塘是真正的化外之地，称为牦牛徼外。从字面看，这个地方显然是远古中央帝国无力发现和顾及的地方。汉武帝之后，西南地区渐渐明朗，壤塘自然也在其中。从资料上看，隋唐之后，壤塘被称为剑南西山，长期为吐蕃的领地，同时也是唐帝国的边疆地区。关于隋唐与吐蕃，乃至突厥、铁勒、薛延陀、南诏等民族和部落的历史，其惨烈与浓烈程度令人唏嘘。好在时间是向前的，人类最好的美德便是宽容、和解、合作、互助、共享。在今天，壤塘与阿坝、甘孜和甘南地区一样，同为藏文化与汉文化的过渡区，也是民族与部落在漫长的历史时期自然融合的高地与通道。

壤柯镇的海拔 3700 米左右，人在上面，有一种飘浮的感觉。我似乎听说，在高海拔地区反应强烈的人，是身体好的缘故，反之亦然。不知道这个有无科学根据。在壤塘，我时常觉得紧张，后脑还有一种被紧抓的眩晕与不适。有时候觉得全身发软。这是我从前没有过的现象，记得 2013 年 5 月到山南，还可以在海拔 5000 米以上的垭口拍照、抽烟，快速地走动和说话。而今……我感觉到时间对于生命的强悍力量，也意识到，时间是不会饶恕任何生灵的。万物都是它的俘虏。好在，在壤塘，我时常感觉到一种强烈陌生感，哪怕在成都可以随处看到的芙蓉花或者蜀葵，在我眼里都恍若隔世。

牧区博大辽阔，犹如雄浑诗篇。车子从县城出发，向茸木达乡、南木达乡，以及上壤塘、中壤塘和下壤塘等地进发。盘山路，远处隐约的雪山峰顶，翠鸟在松树之上的曼妙飞翔与鸣声，都是自然的，也是人的，是生命在大地和空中的一种活着的姿态与表达情感的方式。抬头的天空湛蓝，云朵潜伏在高山之巅，用飞龙、奔马、狮子、麒麟等富有神意的形状引人惊叹。到一所幼儿园，孩子们穿着藏戏服装，其中几个，可爱得让我心疼，忍不住抱起照相。她们都很温顺，脸上漾着浅浅的笑意。世上的人群中，还有比孩子更好的人吗？孩子，是父母乃至层叠先祖的灵魂显现与肉身翻版。

人的肉身是物质的，物质会灭，灵魂则是永生的。关于这一点，中原的道家与藏传佛教乃至一切宗教的基本教义都是相通的。道家说，从混沌中来，还到混沌中去。关于这一点，阿坝州文联副主席庄春辉先生是一个对宗教文化研究极深的学者。他告诉我，藏传佛教中一些佛教用品上的符号，也大都采用了道家的一些理论和形状。可以这样说，汉民族和藏民族，其本源肯定是一家，是华夏民族之后。只不过，生存之地迥然不同，导致了文化信仰和生活习性的区别。事实上，人类无异同出一家，无论民族、无论信仰。

棒托寺始建于元代，背靠格萨尔王修行过的瞻巴拉山。瞻巴拉山本身就像一尊巨大的佛像，雍容沉静，博大神秘。面对的则是象山，作为大渡河支流的则曲河在这里形成了一个巨大的颇有意味的"U"字形状。象山探出的如象鼻子一样的山脉探入其中。这种地形，肯定是修建庙宇的好地方。棒托寺最宝贵的，莫过于元代佛塔（上有千手千眼佛、释迦牟尼佛、无量寿佛、莲花生大师、佛、绿度母等大量精美壁画）和镌刻在石头上的《大藏经》，分《甘珠尔》《丹珠尔》两部，所用石片超过50万张。目前为藏区最完整的石刻藏经。

得到应允，参观棒托寺现任活佛的起居室。在一座独立的小院子里，花草茂盛，看起来简洁而又普通，一切都很平民化，但也用上了电视、手机、冰箱等现代设备。墙壁上张贴着一些佛像，其中有棒托寺前任活佛的相片。我发出赞叹，也觉得，其实，在偏远之地修行也是一种不错的生活。一个人有信仰，并且甘愿为信仰而笃行终身，就是幸福的，也是幸运的。在寺庙内，人会恍然觉得，外面的世界虚弱不堪，一切都是幻象，也都是那么不堪一击，没有意义，唯有皈依在佛祖之下，于朝霞夕阳乃至山川河流之中，与草木共鸣、与神灵密语，才是有价值和安妥灵魂的。

进入南木达乡之后，大地平阔，微微起伏的山岭峰峦紧凑，疏朗有致。这里是壤塘县的主要牧区，与宗科乡等农耕与游牧并存的地区形成区别，即这一带主要以放牧为主。中午时分，在帐篷里吃饭喝酒，众人欢乐时，我特意去骑了一次马。对于马和骑马的热爱好像源自天性。我始终觉得，在自己的精神当中，肯定还流淌着游牧民族的血液，是那种于高天阔地纵横驰骋，并且唱着悲歌与情歌的情愫与民族基因，让我对马这一生灵葆有热爱的情感。可惜的是，这些马已经被驯化了。现代文明无孔不入，机动车也开始在牧区替代了马匹和骆驼。尽管如此，骑在马背上，胸中豪情顿生，也有一种悲壮的情绪，在周身沸腾蔓延。

斯时，日光浓烈，车辆奔行，不一会儿就到了夏炎寺。这座寺庙，位于高台之上，其形状宛如莲花，四周群山拱卫，近前翠峰有序凸起，还有一道山岭，形态如一条苍龙探水。其形势，刚柔兼济，自在开阔，又留有余地。更可喜的是，当我们来到之时，天空中竟然出现一道圆圆的彩虹，而且在天空正中，从寺庙的檐下看，正好位于寺庙的金顶之上。众人惊呼，纷纷拍照。一位觉囊派喇嘛说，这种情况并不多见，你们这些都是有福之人了。我也备感惊异。虽说，天空永恒，健而康达，其变化也无从捉摸，但此时于天空的彩虹，称为佛光显然是恰切的。

大地之上，宇宙之中，总有一些冥冥的暗示。道家有天垂象之说，释家也有相同的说法和现象。好像是源出一脉，并无太多的分野。我也相信，在无边的人生乃至宇宙自然之中，很多事物和现象不唯是一种无意的显现，其中肯定包括了更多的隐喻，甚至有着无法的诸多征象。夏炎寺全名为"夏炎扎西赞拉贡巴寺"，也叫"夏炎吉祥历神寺"，建成于公元1784年，即乾隆四十九年，其创始人为阿旺·更嘎求觉喇嘛，母寺为藏洼寺。其中，夏炎寺陈列的藏传佛教文物及其丰富和珍贵，但极少公开。参观时，我能够明确地嗅到隋唐时期乃至明清和民国时期的某种特殊气味，如隋唐时期那种浓烈的羊绒味道，明清的羊肉腥膻，以及民国时期的上腥。

这不是亵渎，而是一种直觉的，或者说内心的嗅觉。我倒是觉得，像夏炎寺这样的偏远寺庙，对于当地民众以及藏传佛教来说，其历史文化乃至现实意义都是无与伦比的。觉囊派是藏传佛教萨迦派第五代祖师八思巴（名罗卓坚赞，或译洛珠坚赞，为乌思藏萨斯迦人，即今西藏萨迦县）的徒弟衮邦·吐吉尊追所建立，与宁玛派、萨迦派、噶举派的一些主张相似，但与格鲁派完全对立。宗教也有歧义，是好事也是坏事。人不相同，认知也不尽然。多一些对宗教乃至人生本义的阐释，对于众生来说，是非常有益的。我在夏炎寺徘徊良久，彩虹的佛光也持续很久，直到我们离开，佛光依旧清晰、浑圆，围绕日光，在湛蓝的空中，好像一个永恒的神话，在昭示和引领着仰望它的人。

就像去海子山的路上，佛光萦绕心头，久久不去。其实，每一个人心中都有一个神圣的宗教，也都有一些高贵且又慈悲的神像和佛像。只是，很多时候，我们被庞杂的世俗淹没了，而没有时间仔细检点和翻阅内心。当地朋友说，海子山也是富有神意的，海子山上不止有一面海子，而是35面。传说是位于今青海境内的阿尼玛卿雪山圣洁的王后，对这一方土地和人民的护佑。海子山主峰名为尊玛，海拔4760米。是壤塘、马尔康和阿坝县交界处最高的山峰。

一行人吃力爬上，对面的草甸上，牦牛遍布。海子背后的峰峦寸草不生，唯有接近湖水的山坡上，长有零星的草木。而在湖边，大片的青草当中，野花烂漫，些许的芳香在风中流窜。到海子边上，俯身，可以看到硕大的淡水鱼，黑色的，还有花色的。它们在明净幽蓝的水中自由生息，天长日久，也都具备了某种仙气。众人在海子边照相，嬉戏，还有的，干脆躺在巨石上。尤其是同行漂亮女性，在海子山，长裙和围巾飘起,便都成了衣袂翻飞的美丽仙子。我也照了很多相片,以各种姿势。在如此的海拔,如此的水、青草、野花、鱼群、清风当中,距离尘世异常遥远,觉得自己完全成了世外之人,与以往和今后毫无瓜葛。

事实上,这绝不可能。我也和大多数人一样,是彻头彻尾的俗人。我贪恋芜杂的现实生活场域,也更爱与我关系紧密的每一个人。我甚至觉得,一个人绝对不只是他自己,而是属于他的亲人们的。很多时候,我又极其向往宗教的那种澄明境界与无为人生。这种矛盾,是全人类共有的,是每个人都无法挣脱的两极。返回时再去中壤塘乡的觉囊派文化中心。这大致是觉囊派在壤塘最为集中的宗教圣地。斯时,日光开始下落,山峰上的乌云镶了一层金边,光彩夺目。就在我们的车子转向中壤塘寺庙群的时候,我蓦然发现,远处天空中的乌云有一块像极了一对比翼齐飞的凤凰,在高空中向上舞蹈。我说给其他人,车内一片惊呼,接着是拍照的咔嚓声此起彼伏。

在寺庙当中,人完全净化了,而且有一种说不出的敬畏,同时还有沮丧感。这种沮丧大致是源于自我的诸多限制以及对神仙和佛陀世界的向往而不可得。当地朋友说,这里是觉囊派三大寺庙的坐落地,分别为确尔基寺(1378年建)、泽布基寺(1456年建)和藏洼寺(1657年建)。三大寺庙之后,便是壤巴拉(黄财神)神山,正面为卧象山,则曲河由东向西。这三大寺庙当中,文物众多,多数是元以后各朝代所有。其中,确尔基寺内佛像众多,释迦牟尼像高达七米,为该寺镇寺之宝。寺内经堂四周墙壁上绘有《遍知十四师徒》《释迦牟尼画卷》《时轮金刚》《莲花生威仪像》等47幅唐卡。而最令人敬仰的是活佛肉身,在高高的塔上,还如活着一样,据说,指甲和眉毛都还在生长,牙齿也是。这样的得道高僧,是令人羡慕和尊敬的,他们用毕生的心力来修行,他们一定抵达了传说中的佛国,成了永世长生的菩萨之一。

趁着夜幕,回到县城,小小的坝子里,灯火灿烂,四周群山静穆,形态庄严。去看当地藏民演出的藏戏《文成公主进藏》,剧情人人耳熟能详,但现场的表演更加逼真,尤其是戏剧中的音乐,人物的表现形式,以及藏语唱腔,都令人耳目一新,浮想联翩。关于文成公主进藏的历史,历来是伟大的颂词。事实也确乎如此。在历朝的和亲政策中,勇往蛮荒之地与游牧部落牺牲的女性,王昭君之外,就是文成公主了。两位和亲者不管其自身幸福与否,她们某种程度上的"有利""移风易俗"等功绩看起来是建立在个人,特别是和亲者与当时当政者的和谐程度上,事实上,则是和亲女性背后的"家国"各方面能量在发挥作用。

临近县城的则曲河边,有一座浮桥,浮桥过后,便是一块开阔的草地。是一个类似农家乐的地方,老板颇喜欢舞文弄墨,为千年的树木写了一副对联,很有文采。坐在松软的草地上,河水哗哗,松涛激荡。这里大致是壤塘县唯一的消闲去处。坐在阴凉的草地上喝茶聊天,自有一种惬意之感。尤其夜里,河流的声音越发响亮,月光之下,似乎滚动着蟒蛇和巨龙。说不清楚原因,我格外喜欢河边的那一片草地,特别是在壤塘时,于此静坐与吃饭的那些短暂时光。以至于第三天乘车返回成都时,我还请司机师傅特意从河边绕了一圈,远远地看着奔腾的则曲河、茂林中的草坪和小木屋,难舍之情油然而生。也从心里觉得,壤塘这个地方,看起来远在天边,其实在每个人的心里,因为它的干净、纯粹与类似原生的种种神秘和美妙。我暗暗对自己说,下一年或者别的时候,一定再单独来一次壤塘,再细细地浏览一番,争取把它真的装进心里,放在自己灵魂最干净的那一部分当中,用以回想与珍藏。

汶川记

再一次去威州,即现在的四川阿坝州汶川县,已经是七八年之后了。十多年前,我平生第一次落足巴蜀之地,去的第一个地方,成都之外,就是汶川的映秀镇了。那是 2010 年 8 月份,岷江再一次摧枯拉朽,汪洋恣肆,以泄天的暴雨,在大地上酝酿和汇集了超大洪水暴虐万物,尤其是在这里生存的众多生灵。刚刚于"5·12"地震中开始复苏的映秀镇乃至整个川西地区,又遭受了一次自然灾害的蹂躏与摧残。在两岸狼藉、涛声如雷的映秀镇江边,我采访了以在"5·12"汶川大地震、舟曲特大泥石流、岷江特大洪涝等重大灾难中表现优异,被全国表彰的黑水民兵群体。面对那一张张朴实的面庞,语言中类似传奇的惊险经历,在他们生与死的故事中,多次忍不住哽咽流泪。也就是在这一次,我认识和体验到了整个川西北丰富和丰厚的历史文化,尤其是人们的坚忍及其富有传奇色彩的民族风习。

也是第一次知道,汶川之前曾有过绵虒、汶山和威州等名字,当然也知道这里是治水先祖与大夏开国之王大禹的故乡。这个在历史上有着诸多神奇传说的君王,于鸿蒙之际,开创了大夏王朝,且为中国乃至人类历史上最早的治水天才与有德之人。他的睿智和贤明,是上古华夏民族智慧的又一次有力体现和完美阐释。我常常想,彼时,在古老的大地上,山川纵横,巍峨连绵,其中沟壑何止万千道,天降之水淅淅沥沥或如珠如箭,最终集合成滔天大河之后,就对人类产生了巨大威胁。

而一个人,在他有生之年,能够心怀天下,胸怀众生,所作所为,都是激昂的,也都是有利于更多人的。司马迁《史记·大禹本纪》记载说:"以开九州,通九道,陂九泽,度九山。"天下九州之地理划分,至今仍是科学的。这也是上古人们智慧的体现,同时也充分说明,我们的民族,在人类的蒙昧时期,已经具有强大的文化力量,以及适应和改造自然的超强能力。这不能不说是一个奇迹,一种令人匪夷所思的历史往事。

太史公司马迁《史记·大禹本纪》中也说,大禹治水,由冀州开始,凡中华之地,水患之灾,大禹不辞辛劳,亲而治之。可以说,大禹的足迹遍布中华大地,即使远在西北的河西走廊乃至青海的河湟之地,也留下了大禹治水的事迹和传说。这样的一代伟人,其先祖是羌族,最为古老的民族之一,他们先前于西北的敦煌祁连山之间,与后来的游牧民族乌孙、大月氏、匈奴有过长期的割据与争战,即便是青藏高原上,也有他们先祖的传说与历史痕迹。

而在汶川,羌族的历史可能更悠久一些,据现在的考古研究,建立蜀国的杜宇也为羌族人。扬雄的《蜀王本纪》记载说:"后有一男子,名杜宇,从天堕,止朱提。有女子名利,自江源井中出,为杜宇妻。乃自立为蜀王,号曰望帝。"这里的"从天堕",可以理解为从岷山之上迁徙到成都平原的意思。从大禹、杜宇等人无可证实的传说及其当世功绩上看,汶川这个深处横断山脉的逼仄之地,在早期的中国西南,人们已经形成或者说掌握了较为先进的文化和生产工具，特别是在养蚕、丝绸织造技艺等方面，以及对天文地理的了解与领悟等方面，俨然超越了周边的很多部落与民族。

那一次，在映秀镇的岷江边，看着地震后新建的住宅，青砖白墙的楼房，在一派绿色江边和山根，呈现出一种新生的迹象。只是，在河道里汹涌吞噬的洪水，浑浊而且充满破坏的欲望。尤其是地震留下的废墟，还有附近滑坡之后的狼藉和凶险，让我感觉到这一带生民的顽强。对于自然灾害，人类还是渺小的，但是人类和草木一样，有着生生不息的传统与力量。那时候，我就想去汶川县，深入大禹的故乡，以及传说的姜维城。且说这个姜维，也是羌族人。作为大禹的子孙，姜维既善战又有一颗忠心。偏安的蜀汉虽然已经灰飞烟灭了，姜维依旧继承诸葛亮的遗志，力图恢复刘汉天下。可是，他和诸葛孔明一样，也是一个生不逢时、时不我与、虽有心力不逮的英雄。他个人最终的悲壮结局，堪称一曲绝唱。

几年后，我们开车再次经映秀镇而入汶川，只见两边高坡耸天，每一面坡都显得异常陡峭，几乎是牛马难登。山上的植被也不算丰厚，其中的岩石和悬崖很多，似乎也都是悬着的，完全不像北方的岩石山，即使悬崖也是坚硬的。而这一带的山峰，大都是由沙土和巨石堆积起来的，看起来高大崎岖，但多数是松软的。这也难怪，汶川乃至阿坝等地区，遇到大雨天气，总是会发生泥石流、滑坡、塌方等现象，有的甚至规模很大，令人触目惊心。这一系列自然灾害，对这里的人和其他生灵，造成的威胁甚至伤害不仅是巨大的，而且充满了不可抗力与突然性。从这一点上看，在汶川，或者说汶川的自然地理构造，像极了人生，充满了各种蹊跷和奇崛，还有突如其来与不可逆转。

路过绵虒的时候，我被虒字难住了，查字典才得知正确读音。紧贴着雄峙的陡坡与奔腾的江水，车子绕来绕去，彼时，都汶高速还没有修通，只有数个隧道可以供来往的车辆穿行。

还没进汶川县城，就看到高大的大禹塑像。这位头戴草帽、身披蓑衣的古圣贤，其姿态完全是慈祥的、和善的，也是亲民的，更是睿智的。古来圣贤，其实都是朴素近道的。因为，在中国的传统文化中，每一位圣贤，都是集中了天地精华乃至所有美德的人。大禹当然也是。车子停下，我走到塑像下面仰望，那一瞬间，我感觉到自己发自内心的虔诚，也感受到一种亲近圣贤的安静与美好。

汶川县城一边滔滔大河，一边依山而建，看起来很小。走进去后，又觉得这座城市很大，道路虽然不平，人在其中，却能够强烈地感受到一种别样的风情。羌族人民古老，凭借着的是他们传之悠久的历史文化，是他们在天地之间的勇猛、智慧，也凭借着他们对于一方水土的热爱。有些街道上，挂满了羌族人的手工艺品，还有银饰与风干牦牛肉、各种菌子和水果等。据说，汶川一带的樱桃或者叫作车厘子、苹果、桃子等水果尤其好吃，水分足，甜，且外形光滑、晶莹。

太阳快要落山之时，庞大的山峰不断挪动着阴影，江水在县城之外的滔滔声越来越清晰，宛若天地之间滔滔不息雄浑无匹的歌唱。我们几个人找了一家餐馆，吃这里的羊肉和牛肉。我最喜欢的还是这里盛产的各种菌子和蔬菜，爽滑可口，且充满了别样的新鲜味道。羌族人自家酿制的米酒有一股粮食的清香，喝起来也不怎么辛辣，反而有一股甜味，很舒服的感觉。我知道，这样的米酒是不可以多喝的，要是不知其厉害，过分贪杯的话，一醉就是几天，即使清醒了，也觉得身体还是软的。

入夜时，同行的几位女眷买了羌族的服装，还有鞋子，个个都是兴高采烈的，到酒店休息，也还在各种装扮和摆弄。我总是觉得，其实这种行为很好，反映的是一个民族对另一个民族的喜欢，也传达着文化和文化之间的亲近与融洽。站在阳台上，仰头便是满眼的星辰，一颗颗的，寂寞地亮在这大地山川之上，也高远地显示着宇宙的广阔和博大。尽管是夏天，风吹来，却凉凉的，犹如清水细若游丝地拂过身体，让我感觉到一种说不出的清爽感。这汶川，这巍峨连绵的山里，是与成都是两种境界，一喧嚣而溽热，庞大而又熙攘，一则清风群星，高山雄峙，水声滔滔。一身处其中，同类如过江之鲫，难能寻到一处安然之所；一坐落山中，濒临大江，时刻能够感受到大地自然的细密气息。

黎明即起，到处都是清凉的，唯有附近山腰以上的云雾，丝带一般缭绕不散，姿态还很美妙，有一种说不出的轻盈与灵秀。这让我想起古羌人的蚕丝与丝绸。日光从山顶移到山坡，慢慢走到县城和江水之上的时候，我们去到姜维城。其实只是古迹，可对于历史的怀想，是每一个后来者不自觉的文化行为。姜维之忠勇和最终的悲剧，尽管有人诟病其愚，可人类历史的发展，往往很需要这样的人。倘若人人都见风使舵，甚至遵循良禽择木而栖的政治游戏，那么，人类的身体和精神里，一定会缺少充满钙质的信仰。因此，面对这老去的姜维城，我的思绪是复杂的，而且惋惜多于指责、喟叹多于埋怨。

历史上的人，总是会受到当世特点环境的限制，同时，当世的环境也是塑造他们的基本因素。倘若以现在的眼光去打量历史，其实是不够公允的。如姜维，再如清时的改土归流，以及前前后后持续十八年之久的大小金川战役，都是有其特定原因及结局的。还有红军经过此地的战斗，以及解放初期，我人民解放军在阿坝地区进行的剿匪斗争等等，都是可歌可泣和可圈可点的。我也想，汶川这样的一个偏僻之所，几乎在每个重要历史时期，都经历或者说参与了时代的变迁，这是非常了不起的。

再去卧龙自然保护区。横断山脉在亿万年前的地质变化，使得这一带的地理地貌具备了复杂和神奇的构造。卧龙自然保护区，就像一个巨大的谜语，或者说上天给予的一种奇迹，使得这里植被繁茂、鸟兽聚集，仿佛神一样的存在。其中的大熊猫，当然是最有趣的，也是最珍稀的。那些为数不多，但看起来异常可爱的家伙，在树下玩耍和在树上睡觉的憨态，让人忍俊不禁，又觉得很有趣。大致，也只有大熊猫才会如此，它们在深山密林中的生存，笨拙而富有灵性，常常令人联想起很多事情，比如，生命在漫长时间中的过渡与进化，保持自身的各种能力以及与其他动物的相处情境，等等。

当然还有金丝猴，这些最接近人类的灵长类动物，在人面前，它们仍旧保持了有史以来的灵巧和顽皮，当然，还有一些心机。我常常想，猴子也好，大熊猫也好，其他的动物也好，它们肯定有着超越人的某种能力，比如耐寒、捕猎的手段、繁衍的方式，以及人类难以觉察的语言等，都是神奇的，也都是自成系统的。

说地球不唯人类独有，人类也不过是其中的一个物种而已，当然已经成了铁定的事实。

在回成都的路上，我们分别买了不少水果，还有猴头菇、牛肝菌等菌类。忽然觉得有些遗憾，这一次，我们在汶川待的时间太短了，很多地方还没有好好领略和体味，就匆匆离开了。比如闻名遐迩的萝卜寨，最具有羌族特色的寨子。也没有在汶川好好地住上几天，在它的县城和村镇，体验一下真正的汶川当地人的日常生活。这好像对汶川，尤其是大禹和姜维的一种大不敬。

所幸的是，相比过去，成都距离此地很近，再加上都马高速的修通，再来汶川乃至走遍整个阿坝，都是一件轻松愉快的事情了。因为，汶川乃至整个阿坝地区，就像是深藏的一个巨大的谜，她的神奇与丰富、幽邃和广阔，尽管有着逼仄的地形地貌，其中的历史文化乃至民族传说，自然的演变，人们的迁徙和汇集，合作互助与兼容并存，在漫长时间中形成的那些独特的风俗习惯与精神信仰，特别是镌刻和飘荡在各处山间的传奇故事，当是令人心醉，也肯定是充满各种趣味与现实意蕴的。

若尔盖的七个情境

傍晚的黄河第一湾

傍晚的若尔盖县唐克镇,柔肠百结的黄河第一湾。云朵好像苍茫大地的另一种冠冕和幕帐,当然也是大地和天空的分界线,在川西北高原,落日奋力撕扯的云层之上,以明明暗暗、不偏不倚的光谱,照耀大地,古来决然、轰然、怆然、了然、迥然、必然、倏然的黄河,在唐克镇以西湿润而广袤的大地上,持续进行着柔婉而又极致的伸腰运动。她在这里的姿势,如一幅旷世的丝绸;也似乎是仙女的彩带、苍天的广袖,那么婉转挥动,便是万千妖娆与柔媚;也像是众神于此专设的坦途,苍生的灵魂聚集性的舞蹈。

这无际的泱泱之水,摧枯拉朽的百川汇集与席卷奔腾,由巴颜喀拉山脉北麓的各姿各雅山开始,啸聚、飞舞、逶迤、深潜、飞升、散溢,从一开始,她就是一种懈怠了诸多神迹的带动和汇集行为,也是一种广阔的滋润和生死教育,乃至决绝的引领,富含包容性的杀伐,一种"道"的创造与文化的累积与塑形,一种往复不尽的构成与冲刷,一种流动的镂刻,一种肉身和精神的带领与滋养,一种灵魂的召唤,一种精神围拢，一种上帝角度的左右逢源，纵横人类历史文明全程的象征和隐喻。

我总是觉得，浩荡黄河于川西北高原的这一次优雅的停歇，是对万物的另一种深度垂怜与悲悯眷顾。她来得太快也太辛苦了，一路上的风雪、峡谷、荒滩与村镇，衔泥带沙的路程，她在持续催发，也在不断生养；她在放声召唤，也在无休止地汇集。她在静夜的骨缝中放声呜咽，也在沿途的峡谷与滩涂之间，不断歌唱。曼妙的、轻盈的线条，在大地上形成一道隆重的曲线。此刻，我和很多人站在行将落幕的傍晚，若尔盖大草原当中，黄河闪光的身体，宛若天上宫阙垂下的黄色绶带，肃穆、灵动、自由而又注重规则。她的内里柔润、弹性，始终保持着持续向前的力量。她貌似愁肠百结，却又在自在地疏通着莽苍大野；她看起来犹豫迟疑，可又有着犁铧与闪电的深度与广阔。

站在索克藏寺后面被绿草集体包裹的山包顶上，我看到的黄河第一湾犹如大地上的棋盘与沙盘。她在推演川西北与青藏高原、横断山脉的自然变迁，以及这一片土地上人类及万物的现实生活与灵魂构建。有人发出呼喝之声，尽管很小，似乎也惊起了大批黑颈鹤与野鸭，它们从草原飞起的姿势，像极了古代的羽箭和长剑，似乎也是今天的地空导弹与空空导弹。这种景观，贯穿了整个人类，游牧和农耕于此深情一抱，用心揖让，然后各自盘旋数公里，分头远行。

无论是骑马的军士、商贾和探险者，还是迁徙而来的农耕与游牧者，都在这里用俗世的肉身，超越尘世的信仰，迎着持续、坚硬、腥味浓郁、令人惊醒的大河长风，与无尽的黑牦牛、白绵羊、黑颈鹤、藏鸳鸯、旱獭、野兔、白鹳、梅花鹿、小熊猫、黄河鱼，以及狼毒花、绿绒蒿、蔷薇等繁盛的动植物一起，在天地之间，日复一日，生生死死，生生不息。

天色即将转暗的时候，忽然一道金光，从乌云的缝隙泄露，在弯曲的河面上弹起一群金色的光芒，似乎一群向上的精灵，在若尔盖草原，九曲黄河之上，飞奔着、碰撞着。我似乎听到了清脆的金属击打的声响，铿锵、婉转、激烈，仿佛一阵悠然的天乐。此时的黄河第一湾，草原和天空形成明暗对比，唯有河流及其弯曲的身姿明亮、透彻，诸多的星星沉浸在其中，逐渐圆润的月亮也跃入其中，以丰润和硕大，想必已经照亮了整个黄河与长江遍及中国的每一根血脉与骨骼的沧桑内心与铁质的灵魂。

唐克镇午夜的月亮

夜间的事物在窗外显现，可因为乌云，很多事物及其表象、内里均不被凡人看见。在唐克镇，川西北高原数日，每个夜间，我从不关窗。灯光彻底熄灭，我站在窗前，外面的草原上貌似寂静无声，大地如此沉雄、辽远与雄阔，无际的平坦之中，只有群草在暗中起伏，它们与身边的同类，以及众多的野花、隐秘的昆虫一起，以柔软而微小的肉身不断制造出旷世音响。可惜我不是它们的一分子，我看到的事物，只是一种神奇的寂静，摄人心魄，宛若幻境。

天空与大地在此处合拢，穹庐之广，只有它自己才能感知；大地之深，也只有它自己能够测量。黝黑色的草原，宛若一块巨大的疆场，从它诞生的那一天开始，多少军团的马蹄踩断了草根？多少战靴折断了花朵？多少奔跑的汉子带着他们的女人和孩子，失踪在这软糯的高寒之地？多少无辜的牛羊，无意中深陷草地，灵魂飞天，白骨犹如匕首，不断向着草原的底部冲刺呐喊。

风冷，带着浓烈的草腥，我打了一个寒战，继而恐慌。在高海拔之地，所有来自低地的事物，必然都有些焦虑和担忧。好在，唐克镇宾馆里独有的地暖让我的身体感觉到另一种干燥的温暖。闭上眼睛，脑海里出现了几个情境。

先前，我和很多人一起爬索克藏寺后面的山冈途中，忽然看到一只蹲在窝边吃东西的旱獭，它肥壮、慵懒、警觉，又很自在、惬意。它自顾自地吃，旁若无人的憨态，令人心生爱怜，偶尔抬头看看周边的一切……肯定也看到了我们，但它毫不惊奇。

入夜后的若尔盖草原之上，有几条河流和海子以其自身辉映天光，与其他事物形成了明与暗的区别。它们弯曲或是浑圆的身子上缀满了天空的星辰，像是另一个天空，或者样式别致的盔甲与衣装，其中的鱼儿不断跳跃，吞掉河面上飘着的草籽和花瓣。那种出自内心的悠闲，是大地天籁的具体表现。

早先的下午，一个面孔黝黑的男孩，站在一群黑牦牛旁边。他直立的身子与牦牛一般高，可他脸上的笑容是牦牛所有的。一头黑牦牛路过他背后的时候，具体不知道因为什么，特意停下，用鼻子嗅了嗅男孩，然后打了一个喷嚏，继而发癫似的快跑了几步，很兴奋的样子。它可能闻到了自己熟悉甚至可以让它全心臣服的味道，也可能是对同在高原之人的某种情感认同。

我睡着了，但感觉自己的身体总是在飘浮。蓦然惊醒，房间里亮亮的，犹如黎明。我转身，看到了一轮即将圆满的月亮，硕大、明净，悬在若尔盖草原之上，犹如一盏巨大的灯笼，照彻天地的神光，把草原映照得更黑了一些。我自己也只穿了内裤，月光打在身上，发暖，又令我羞耻。我索性平躺，渴望月光把自己全部照见。月亮是女性的，也是母性的。她的照耀总是发生在最黑暗的时刻，让我们在最寂静的时候还能够看到自己，特别是眼前和身后的诸多事物，也帮助大地苍生能在人间最幽深的时刻，持续打开自己，进行自我意义上的检点和反省。同时，也让不得不夜行的人和其他事物，不至于迷路，更不至于深陷沼泽，躲开可能会遭遇到的各种凶险和冷箭。月光与日光，本质都是护佑。

借着月光，我也看到了自己有些衰老的肉身，臃肿的腰部，尽管还没有明显的皱纹和松弛迹象，但借着月光，我忽然感觉到人生的倥偬乃至肉身的不经折腾。同时明确地认识到，肉身虽然凡俗不堪，人生的种种美好与劣迹都与它有关，可它是唯一的，也是独一无二的。它是独立的王国和疆域，具有强烈的气候，甚至政治的属性。它肯定有自己的内政与边疆。每一条肉身，都是需要呵护与捍卫的，既强调弹性的扩张、柔和的对垒，更强调尊重、爱的接触与深入。

我起身，再次站在窗前。此时的月光，贴着若尔盖草原，向西挪动身子。这是午夜十二点三十八分。我赤身站着，幽邃的月光从我身上碾过，它神灵般的光芒直达草原和我的灵魂深处。我听到了大地之上之下的喧哗与孤独，也看到了天庭之上的高贵与阴冷。身在唐克镇与黄河、长江一侧，我再一次感觉到午夜的大寂静与人在午夜草原小镇的、迥于他处的独特的幽邃与空旷。

草原的细部

很多的美与愉悦，其实与肉身无关。从一棵草开始，到另一棵草。一棵草和一棵草的背后都是一棵草，然后才是无数棵草。草是草原的唯一灵魂，也是肉身唯一的景象。从车子进入红原草原开始，我就被这无际的青草震慑了。柔弱的草，以集体的方式，呈现出一种通天彻地、无往不至、无坚不摧的大力量与大境界。它们根根直立，在农历五月中旬的川西北高原，用手拉手、心连心的组织形式，构建了一个天籁一般的翠绿疆场。

我发出惊叹，那声音并没有出口，而是从内心和隐秘的灵魂，雷声般的喷薄而出。在低海拔地区，各种野草也很多，但它们是零星的，不成阵形的，类似于气量狭窄的割据者。在高原，众草是连在一起的，个体与群体，我和你，你们和我们，相同和不同的命运，形成了巨大的向心力。其中的黄色花朵，好像是野菊花，它们在绿草中的朴素点缀，让全然翠绿的草，立刻有了别致的生机。那些看起来有些柔弱的红花绿绒蒿更为独特，单独的花朵似乎经不起草原长风的吹袭，总是低眉俯首，一副自怜自艾的样子。狼毒花骄傲而又霸道，以集束的方式，成群成片地，妄图以自己美丽的外表，诱引着自投罗网或者主动殉情的其他生灵。

更多的白色蔷薇生长在稍微背阴的低坡处，茎秆茂密，甚至有些张牙舞爪。一些蜜蜂在它们的花瓣和花心停下又飞起。植物内在的甜蜜，其实不属于自己。它们一生的作为，都是为其他生灵而存在和进行的。最好看的，还是"深林人不知，明月来相照"的天仙子和"山间绿葱葱，草中红粉粉"的绣线菊与枝干高挑、花开如线的飞廉。天仙子神态雍容，有生而自在的优越感。绣线菊则有些小家碧玉，藏在荆棘丛中，虽然成群结队，簇簇艳丽，但终究显得幽怨。飞廉独自突出群草和其他种类的野花，似乎粗枝大叶的憨直美女，身材壮实，又简单从容。

我还发现，若尔盖草原也生长有红柳灌木，这一树种，在河西走廊乃至西藏一些地区很是普遍。当地人多加在黄泥中，用来覆房顶和打墙。巴丹吉林沙漠深处的汉代烽燧，多也取材红柳，用以加固。其中一些地方，由于红柳长得笔直，木质又很硬实，不怎么容易折断和弯曲，也曾用来做过箭杆。这样的一种植物，在川西北高原甚至河湟谷地见到，我还是有些惊奇的。由此也想到，这星球上所有的高原，其自然壮貌及其生态、动植物等等，大抵是有些相通和雷同之处的。因为，大地从来就是一个整体，无论怎样分布和分割，都无法割裂内在的血肉联系和文化归属。

人当然也在其中。

郎木寺、仙女洞和白龙江源头

穿过一条隧道，视野之间顿时就有了高山峡谷，依旧是青草和花朵的世界，牛羊、旱獭、草原狼的领地。遍山的青草，使得川甘交界之地顿时呈现出两种姿态，一则大地无遮无拦，碧草无垠，牛羊以原始的姿态在其上世世代代散漫；一处则山冈隆起，披覆年年枯荣不已的众多草木。两者依旧是高原，依旧是衔接河湟谷地、青藏高原与横断山脉的川西北高地。相比若尔盖大草原，郎木寺一带的地形更接近青藏高原和横断山脉的本色，奇崛的山脉不断放下姿态，从高到低，一路接纳不同的动植物和分类，由积雪的山脊到群鸟与野花的草甸和沼泽之地，显现的是大地本身的一种包容和慈悲。

这里是罗伯特·彼·埃克瓦尔的《西藏的地平线》一书的诞生地，他将此地称为"西藏的地平线"，无疑是一个诗意化的地理表述，也是极具创造性的命名。一个外国传教士，在二十世纪东方大发现的热潮中，在这一带确立了属于他自己的地理的、文化的新发现，也是了不起的一件事。

现在的郎木寺是一个小镇，一边四川，一边甘肃。我站在旅馆的阳台上，就着逐渐清淡的落日余晖，眺望两座寺院，不由得心生虔敬，这世上所有伟大的事物，自有其内在的逻辑和高贵之处。两山敞开若莲花花瓣的平缓山坡上，都耸立着金碧辉煌的建筑，背靠更为庞大的山川河流，遍地都是青草和树木。低处是郎木寺镇，其间建有同样历史悠久的清真寺。小街道之间，白龙江与洮河在此相遇。其中，白龙江的源头便在郎木寺一侧的山谷里。

郎木藏语为"仙女"，寺庙后面的松树高大，且两棵两棵地生长，宛若夫妇。这种奇异现象，端的很少见到。趁着落日的余光，我和几个朋友去了仙女洞。本想进洞观看，再去探访白龙江的源头，但天色在这时不凑巧地暗了下来。当地作家蒋桂花说，白天进去最好。我们只好作罢。夜间的郎木寺沉浸在空旷的寂静之中，人在其中，感觉像是躺在佛经的某两页之间，有一种神意的安恬。夜半，星辰隐没，有雨声刷刷而至，房檐上的滴水不停地打在低处的铁皮上，清脆、嘹亮，似乎另一种木鱼和佛号。

天光开始擦亮万物之时，我早早起来，和朋友们一起，徒步到仙女洞。蒋桂花说，这仙女洞的说法，其实并不能代表藏语对于郎木寺乃至这座神秘石洞的全部赋予，只是大致的翻译而已。她还说，他们当地有个传说，凡是进洞的人，必须是感恩的人，尤其洞中的狭小石洞，孝顺父母的人，无论胖瘦，都可以钻过去，而且相当于一次重生。反之亦然。

仙女洞洞口很小，只能容一个人哈腰而入。水自厚厚的岩石慢慢浸透，凝结成持续不断的水滴，噗噗地落在同样是岩石的地面上。其中有一块单独凸起的石块，像极了一尊端坐的神灵。其一侧，有一个小洞，目测似乎不能容人通过。同行的散文家李银昭脱了外罩，率先钻入，从另一边出来。

我也随后钻入，全身伏地，头部先进入，洞中漆黑，我感觉到了狭窄，两边湿漉漉的硬石头卡住了我的双肩，那一瞬间，一种恐惧油然而生，不由得在心里哀叹说，这一次，肯定是卡在这石岩之下了！但又想到，自己虽然常年在外，幼时也曾忤逆过父母，但至今惭愧的是，父亲去世之前，我从来没有好好孝敬他。想到这里，眼泪流出。每一个人都要为自己所做的所有事情负责，每一个人也都会重复他先辈的某些命运和现实际遇。再使劲一钻，抬头，竟然看到了出口。相对于入口，出口有光。我忽然想到，这个洞穴，其实就像产道。每一个人出生必经之地，尽管现在剖宫产甚多，但归根结底，每一个生命，从无到有，都要经过母亲的子宫和产道。

无论是谁，我们都不知道具体来自何处。就像这洞口的黑暗，它本虚无，谁也不知自己从何而来，也不知道"我"和我们到底因何而来，但一切的无，经过产道之后，子宫发挥作用，孕育生命，进而把无变换成了有。有在其中孕育，再顺着产道出生，就看到了光亮的世界，一番俗世生活，又重新归于虚无。老子《道德经》中说："道之为物，惟恍惟惚。惚兮恍兮，其中有象；恍兮惚兮，其中有物；窈兮冥兮，其中有精；其精甚真，其中有信。"

人之生死，若有若无，混沌往复，无始无终。尽管一身泥水，我仍旧是欣喜的，不由得心里想，我是一个已经快五十岁的人了，能在郎木寺仙女洞"重生"一次，也是一种机缘和造化。尽管，我们不必对某些传说无条件的相信，但对于天地万物和把我们带到这个世界上的人，必须心存敬畏和感恩。

白龙江源头其实很近，穿过两山耸峙的峡谷口，只见白水泱泱，清澈、激荡。脚踩卵石掠行，至一块巨石背后，蒋桂花说，这里有一双凹凸的石槽，捧水洗之，可使眼睛明亮，她幼年时候，有人用此处之水治好了青光眼。我们依言而行。人们对于美好事物的向往乃至对自身的爱护，应当是一种美德，而天地自然之间，必定有神奇之处。再溯水进入峡谷，在老虎洞下，从山体中汩汩喷涌而出的，便是白龙江源头。我没有想到，一条江的来处，竟然只是一股不怎么澎湃的泉水。而它成了嘉陵江、大渡河乃至长江的源头水源之一。事物从来都是神奇的，也都遵循了由小到大、积少成多之规则。

站在白龙江源头，我忽然感觉到一种遥远的抵达和贯穿。

潘州古城与求吉乡红军战斗遗址

虽然残破了，但土墙还在。从西汉开始，川西北高原就被纳入了中央帝国的范畴。历代王朝对于属下疆域的统治，从积极的一面说，乃"天下之大，生民一家"这一理念的延续和坚守。令我没有想到的是，即使武功极弱的北宋，也在这里设立过相应的军事设施，并驻扎了军队。如今的潘州古城，依旧坚固的城墙内外，长满了碧草野花，城中还有人开垦了田地，种植了青稞和常见的蔬菜。

这潘州古城，大抵和吐谷浑有关。这个曾经崛起并横行于今之青海和祁连山境内的游牧民族，在隋代曾经与杨坚、杨广父子的军队有过战争。吐蕃崛起之后，又融入了比他们更高地域的民族当中。想来，这潘州，当年也曾是唐代的某个羁縻州所属之地。历史向来蹊跷而又出人意料，潘州古城处于甘肃、四川和青海之间，在冷兵器时代，大抵也是王朝和部落的门户所在。王朝看重这地方的，是它的自然优势与战略地位。想必曾有不少将领和士卒，从遥远之处，从戎边疆，所为的，也都是家和国。无论在什么样的朝代和时空之下，人总是要有些情怀的，一人而惠及众人，一众而兼济天下苍生，当是一个很高的理想境界。所幸的是，从古至今，在我们的国度，世世代代有人秉持此心此念，苦寒边地，铁马金戈，逐鹿沙场，马革裹尸。

站在残墙之下，峡谷之中，到处是森林与绿草，云朵不断以柔和的方式，迫近眼帘。在高原，云朵是距离额头和人心最近的事物，它们有形，但不构成暴力。在移动中为大地遮蔽强烈的日光，也会适时地把天宇和太阳的光亮接送到大地之上。

抚摸残墙的时候，我似乎能够听到骏马奔腾的嘶鸣，感到铁甲沾血的疼痛。对于军队和军人来说，其存在的根本价值就是以战止战，以强大的战力有效甚至彻底遏制任何战争的发生。在巴西会议遗址参观的时候，面对一帧帧照片，我不由得流下眼泪。红军长征，在松潘草原，非战斗减员最多。有些战士，睡着睡着就没有了呼吸；更惨烈的，八百多红军战士，集体牺牲。那种惨烈和悲壮，足可以惊天地泣鬼神。

更不可思议的是，有的战士知道自己要死了，便把衣服脱下来，叠整齐，放在干燥的地方，留给后面从这里经过的战友穿。还有的，把食物省下来，留给有希望活下去的战友们吃。这种精神，相互温暖的力量，是可以穿越时空、打通人间所有壁垒的。人在绝境中对他人的关爱，人在死亡面前的慈悲，想必在这里，在红军身上体现得最为深刻全面。人性的光亮在草地上迸发，堪称与日月同辉。

开国上将王平在其《王平回忆录》中说："红三军在草地里走了整整七天，终于进到班佑。我们红十一团过了班佑河，已经走出七十多里，彭德怀军长对我说，班佑河那边还有几百人没有过来，命令我带一个营返回去接他们过河。刚过草地再返回几十里，接应那么多掉队的人，谈何容易。我带着一个营往回走，大家疲惫得抬不动腿。走到河滩上，我用望远镜向河对岸观察，那边河滩上坐着至少有七八百人。我先带通讯员和侦察员涉水过去看看情况。一看，哎呀！他们都静静地背靠背坐着，一动不动，我逐个察看，全都没气了。"

1935年8月29日，红军在现求吉乡包座与胡宗南部队展开激战，用一天一夜，共歼灭敌军4000余人，俘获800多人。同年的9月2日，毛泽东、博古、周恩来、张闻天、刘少奇、彭德怀、杨尚昆、李富春、徐向前、陈昌浩、李富春、凯丰、傅钟等人在求吉乡召开了会议。毛泽东作报告，强调红军要加强领导，建立与群众的关系，重新进行"三大纪律、八项注意"的教育。这是转折的开始，也是胜利的开始。和朋友爬山到包座战役遗址，只见群山连绵，虽然不高，但也重峦叠嶂，到处苍翠。想不到，这高原之地，名不见经传的偏僻之乡，竟然也和伟大的长征有着深刻联系。这对于后人来说，当是一种无上的荣耀，更是一种精神和信仰的激励。

再回到若尔盖草原，在一望无际的平坦和翠绿之中，我心情沉重，不由得想到，这草原如此美好与茂密，大致是吞没了太多的英雄身躯之故。大地的肥沃与万物的茁壮，在很多时候，都是由其他事物喂养的。红军过松潘草原的牺牲与悲壮，才使得今天的红原和若尔盖草原如此雄奇与俊美，也才如此辽阔和深沉。快到若尔盖县城的时候，一边的斜坡上出现了无数黑牦牛和白绵羊，还有数匹骏马，在流淌的宽阔河水里撒欢、喝水，甚至用嘴巴捞取河里的水草吃，然后上岸，撒开四蹄，在草原放肆地奔跑起来。那种姿势，美到了天边，也美到了草原和大地的心坎上。

路过阿来旧居

路过马尔康市梭磨乡马塘村的时候，看到阿来旧居。依山坐落的藏式建筑，在初夏的日光中显得独立而又清亮，其房后山势高而温润，左右敞开，蜿蜒向下，端的是一处上好的居家之地。我也总是觉得，所有的作家都是有确切故乡的。阿来当然更是。停车，站在草坡上端详，想起他年轻时便写出的《尘埃落定》《旧年的血迹》等作品，不由得肃然起敬。人们总是以为人在具有俯瞰力的都市，才能写出惊世之作，也才能很快地得到认可和推广，其实这只是错觉。所有伟大的作品，大抵都是在极端的落寞中产生的，甚至是无意识中的神来之作。

  这山水之间的小房子和庭院，几乎融入了整个山野。大地带给人类太多的东西，其中绝大多数是恩典。阿来在这奇崛的山间出生、长大并成为名动当代的一位作家，其中的原因很多，我觉得，他出生和成长的这片堪称神奇，甚至独一无二的地域可能是其中最大的因素之一。阿坝此地，山水逼仄，奇峰突兀，沟谷纵横，又民族众多。水是大地上的贵族，它是对众生无私无止的滋润和催发，也是一种流之久远的"天地之道"的象征。水主灵性和变通能力，山则反映和塑造了生民的内在秉性甚至精神。阿坝境内所有的山，不论大小，大都是两两相对，千回百转，其中草木繁杂，且葳蕤丰富，动物的种类也较其他地域更多，也更独特。这里的人们，要么威猛耿直、血性彪悍，要么内秀通灵，随时都迸发出艺术和想象的奇思妙想。再加上诸多民族文化之间的相互碰撞、交流和融合，使得这里的人，具备了其他地方所不具备的精神和思想上的复杂性。

  而这种复杂性，以及深刻的洞见、"拆解"与"建构"，正是文学创作所需要的，而山水之清澈苍翠，生民现实之艰难与命运之奇诡，可能是成就阿来这样一位作家的另一个因素。对于这样的人，我是满怀钦敬与羡慕之情的。钦敬的是，他在芸芸众生中发现了比其他人更深邃与高渺的东西，如人性幽微、生命的强韧与脆弱、情感的多变与现实的波谲云诡、世界和人类的命运蹊跷与不可言说，如此等等。更重要的是，作为作家的阿来，具备了比他人更为宽广的胸怀与深刻独到的研判能力。羡慕的是，这样的一个逼仄山间与偏远之地，居然出现了阿来这样的、当今具有鲜明标志性的作家。对于马尔康市梭磨乡马塘村、阿坝,乃至整个中国和世界,这该是怎样一种无与伦比的福分?

上次在贵州,一位作家朋友称阿来为中国文坛的"西南王",我个人觉得一点都不过誉,深为赞同,大抵也是没有多少人反对的。在文艺创造这个层面,我相信每个人都是有自己的判断力和公允之心的。

由此来看,小小的马塘村,也是了不起的,对于中国当代文学,更是功不可没。

这个村子,不多的人家,简朴的房屋,沉浸在一片毫无别异之处的山坳之间,四边山岭虽不怎么高大,但奔纵的气势,隐隐地携带着一种"迥然于世"的气象。就像阿来的诸多作品,撇开他早已名动中国和世界的长篇小说不说,即便是他近年来的散文,也让人看到一种莽苍而又精细、特别而又深刻的艺术气质和精神镜像。可以毫不避讳地说,当今中国许多专业的散文作家,在阿来的散文作品面前,大多也是逊色许多的。一个人的文学气质,可能和他的成长环境有关,更可能和他人生初始的文化浸染有关。想来,阿来文学创作及其作品的优异和卓越,尤其是在诗歌、小说和散文上,诸多具有超拔性的创造和建树,大抵和这个马塘村乃至马塘村所在的大环境有着密不可分的联系。

阿来旧居一边的油菜花正开得烂漫,灿灿的一片,房前屋后青草昂然勃发,其中摇曳的蔷薇、万寿菊等花朵也在粲然开放。阿来旧居一侧的山坡上,有一股清澈的泉水,似乎从山上的某处叮咚而来,在一个小水潭里,持续溅起洁白的水花。我们几个同行者站在写有"阿来旧居"的大门下合影,然后转身,又鞠了一躬,不为其他,而是向所有秉持良知,以非凡的才华不断创造出优秀作品的人,致以由衷的敬意。

在若尔盖草原

在草原上走累了,我想坐下来,可又怕委屈和侮辱了那些青草和花朵。这些草,刚刚长高,就像孩子,它们粉嫩的身体当中,包含了太多的大地汁液或说骨血。可惜的是,面对如此之多的青草,我不知道它们的具体名字。在草原,草才是真正的王者,甚至是统治者和暴君。它们霸占了整个草原,迫使人们用它们的名字,来为这一片大地命名。这是群草无声胜有声的胜利,同时也是众草的全面胜利。

无边无际的草,在某个地方集中起来,以一棵接一棵,层叠无际、紧密无关的方式占领苍茫大地,是天地一个了不起的创造,也是大自然赋予人类的一种景观与净土,更是牛羊和其他生灵衍生和传承的家园与疆场。在草原,我方才真正体验到了《道德经》中"柔之胜刚,弱之胜强,天下莫不知,而莫能行"的本意。草及野花,它们本都是大地上至柔之物,天生柔弱,具备了任人宰割的悲剧性,不论是牛羊,还是风雪,啃食它们,打击甚至杀死它们。但它们以集体的力量,形成了草原,野火烧不尽,春风吹又生。这种强大的生命力,像极了人世间所有的事物及其无尽的轮回。

若尔盖草原从前的名字,统称为松潘草地。原本水泽遍布,牛羊难以立身,即便是灵巧而凶猛的鹰隼,也不敢轻易下落。美丽而脆弱的草,形成了一个假象,一种看起来无所不及的覆盖与支撑,殊不知,它们美丽的身体之下,更多的是湿地和沼泽,一方面是不动声色的深陷和吞噬,另一方面,又对地球有着异乎寻常的调节作用。

令人觉得神奇的是,决绝磅礴的黄河千回百转之后,在这一片大地上进行了一次柔媚的伸展运动,用线条的方式,把自己内心最柔韧与慈悲的情怀释放了出来。这就是唐克镇的黄河第一湾。我想,这里所说的"第一湾",大抵说她"湾"和"弯"的姿势之美,而不是她自巴颜喀拉山以来第一次做这样的动作。

在草原上,我之所以不想坐下来,另一个原因是,我害怕被群草之下的湿泥弄脏了衣裤,更怕湿泥携带的凉意渗入肉身。这种怕,其实很无聊,还有些矫情。只好和众人一起拍照,显然,这更矫情。我总是觉得,人在某处拍照,看起来用以自我留念,可本质的问题是,山川大地,河流日月,它们见过的人和事物何止千万、亿万?如今的我们也如此这般在它面前搔首弄姿,妄图获得某种生命和心灵的快慰,这无可厚非,但肯定是徒劳且尴尬的。所谓的意义,只对认为有意义的个人产生作用。

我和几位朋友合照了几张,觉得还好。同时也想,生命乃至人生太过倥偬,我们到此处和彼处,其实都只是一些电光石火般的瞬间而已。把自己肉身的影像用相机的方式,镶嵌在大地某一处,最大的效果,也不过是今生到此一游的一份潦草证明而已。按照尼采的想法,这个世界的一切,从来就是重复的。这样的动作和做法,甚至我们在几百几千年前就已经做过了。现在的这些,也不过是一种重复。这令人沮丧。但坡上的牦牛、绵羊和骏马不这样认为。它们的生命和命运也可能是重复的,但它们毫无知觉,在草原上不断游走、啃食、饮水、哞叫、嘶鸣、生养,被其他猛兽杀戮,或者被人宰杀后卖肉……但它们乐此不疲,毫无知觉。

相对于人的清醒,牲畜们的无知和懵懂可能是最幸福的。我站在它们旁边,看远处的黑牦牛拖着硕大的乌云,在暗暝的草原上缓慢行走;近处的黑马个子高大,时不时地奋蹄奔跑一段。天空上的黑颈鹤飞得优美而又诗意,绵羊们看到了,好像很羡慕的样子,冲着天空,发出咩咩的叫声。

俯下身来，还可以看到一些罕见的黑色的蚂蚁和甲虫。这些隐秘的家伙，在稍微干燥的地方，总是走得仓皇，像一群不动声色的难民。唯有蚯蚓是最幸福的，淤泥正是它们安居的家园。……由此，我再一次觉得，人世间那些所谓的好和坏、幸福和苦难，其实都是伪命题，倘若万物都可以适得其所、得尽其用，并且遵循它们的本性和意志，那么，这个世界才是最美好和最幸福的宇宙乐园。

黑水记

万山奔涌，犹如天堂重物猝击而来，这强大的压迫与逼迫，由视觉迅速灌满肉身，进而贯穿内心和精神。不用去看任何资料，也会强烈地感觉到，在横断山脉中，人和车的体积和质量，比不过这山中的任何事物，哪怕是河边的茅草、一块卵石，山顶上的一粒积雪、一株歪树。身边是蜿蜒的岷江，或大或小，以经久奔淌的姿势，体现着大地之物的某些柔韧性和连贯性。沿途的汶川和茂县，从前的威州和茂州，都曾是王朝著名的兵营所在地。大致从西汉开始，川西北，这雄峙抵天、骑乘一方的崎岖之地，便是一片只可闻听传说，实则难以进入的绝域神境。

我依稀记得，唐帝国在此与吐蕃有过多次的战争，剑南道节度使严武、崔光远以及章仇兼琼、鲜于仲通、高适等人，大抵对川西北的地形地势是甚为了解的，尽管其中的多数节度使并没有很好地解决吐蕃寇略与侵犯川西北的问题，但这种格局的形成，对于后来甚至至今的川西北民族和文化，有着实际的、深远的影响，促成了整个阿坝州历史文化和社会现状的酝酿与定型。最惨烈的，大致是清雍正和乾隆时期持续了十八年、前后三次的大小金川之战，尽管这一事件的主战场在今天的小金县和金川县，但黑水等地也卷入其中。清军多次损兵折将，失败而归。这一场战争的旷日持久和艰难程度，从军事角度证实了川西北之地势峻险和民众组成的复杂。《清史稿》上说"恶警阴森，无回马之地"，是对川西北多数地区地形地貌的准确概括。

  黑水更是如此。这地方，我第一次来四川便得知了，是因为当年在"5·12"大地震与舟曲特大泥石流等灾害中表现突出的黑水民兵群体的事迹，倘若不是道路中断，我可能早就去到黑水一探究竟了。这可能也是一个缘分，得益于黑水民兵群体，我大致了解了黑水的地理，以及民众的信仰和生存状态，也知道了此地的大致历史，比如，清朝时期的大小金川之战和建国后川西北剿匪。清政府改土归流政策的实施，结束了故旧王朝在黑水乃至整个阿坝州内的羁縻州制度，进而派驻了朝廷的军队，设置了相应的衙门等，用来维护当地的安全稳定。实际上的效果可能并不理想。这也难怪，阿坝之地，民族汇集，其中既有历史悠久的羌族，也有嘉绒藏族、羌族、回族、汉族、蒙古族等，在这万山汇集与纵横之地，形成了各种族群和势力，其中的文化和文明、信仰与风习，都是迥然不同的。而黑水县，人口大抵是由嘉绒藏族组成的。他们大都生活和居住在高山上，在他们的风习当中，地位越是尊贵的人，居住的地势越高。

  这种与其他地区截然相反的生活方式和理念认知，是很有趣味的，也是有意思的。地势越高，就距离神灵越近，就能够得到某种眷顾与奖赏，同时，高处自然也是一种精神意义上的自然存在，也是距离终极之后的天堂最近之处。可以说，黑水乃至整个阿坝州，历史上似乎就是一个独立的封闭的所在，生存在其中的人们，尽管资源相对缺乏，条件比较恶劣，但他们已经习惯并且很满足于自己所在的这个"自给自足"的人间，这使得阿坝州多数地区，有一些"化外之境"的意味。

关于这一点，从阿坝州的历史中可以得到证实。比如其中曾经林立的土司和头人，以及誓死效忠于他们的族人和平民，等等。如大小金川之战当中，乾隆以傅恒代替讷亲和张广泗，傅恒到任后，上书乾隆皇帝分析战场形势说："（大小金川土司及其部众）又战碉锐立，高于中土之塔，建造甚巧，数日可成，随缺随补，顷刻立就。且人心坚固，至死不移，碉尽碎而不去，炮方过而人起"（《清史稿·土司·四川》）。如此的地势，以及如此的民众，是构成川藏交界处的必然条件。

从成都到黑水的路上，在万山及其沟谷河流的压迫下，我的脑子里回旋着如此的历史往事。对于黑水，我所能了解的，只是1952年，我西南军区公安部队在郭林祥等人的率领下，剿灭盘踞在黑水境内的残匪傅秉勋（曾化名唐有余）、周迅予、何本初及其纠集的数千残众，以及在"5·12"大地震及多次大型抗震抢险救灾当中表现卓著的黑水民兵群体及其事迹。对于黑水的其他，我多数是不了解的，也无从了解。

日暮黄昏，斗大的星辰从山谷的缝隙中挣扎开来，以久违了的明净与硕大，与我的眼睛轰然相撞。这是在成都极难看到的天象。在雾霭中的平原人，既喜欢城市的种种繁华和便利，又时常如浪子般渴望回到真正的自然之间。这种悖论，像极了人生的所有问题，甚至每个人都要迎接的终极。车子在大幅度地甩动，左冲右突，窗外的黑暗使得天地更趋幽邃。在剧烈的颠簸当中，我想睡一会儿，可怎么也睡不着。直到旁边有人大声说，芦花镇就到了。我才振作精神。

确实，黑水县之前的名字叫作芦花镇。而黑水的意思，藏语里即"生铁之水"或者像是黑铁的水。这个名字的诗意性是不言而喻的，且与黑水的诸多历史和地形地貌不怎么匹配。在我的想象中，这芦花镇两边的山上和河边，一定长满了芦花。芦花，其实就是芦苇的花朵，就是芦苇之上的白毛毛。而芦苇，则多长在水边以及水塘、海子四周。我很愿意相信，为这个地方起名为芦花镇的人，不管他是怎样的一个人，本质上就是一个纯粹的诗人。

趁着犹如积雪敷身的夜幕办理入住，吃饭，沉寂的宾馆内外，连一丝风声都没有。有些冷，空调升温的速度极慢。尽管满身的灰土，但我还是不想洗澡。洗漱，在海拔 2350 米的地方，把自己放在床上，很快就睡着了。只是，夜间几次醒来。外面还是没有任何声音，一切都似乎沉在黑水这浓郁的黑夜中去了。在这里，万千的事物都与夜色保持了一种高度的默契，互不惊扰，相安无事。黎明，日光最先抵达群山之顶，抚摸大片的积雪以及茂密的树林后，才会落到芦花镇。

在芦花镇的桥上，我看到了河流，它的名字叫黑水河，也可能叫猛河，或者猛河是黑水河的一条支流。这些其实不重要。重要的是，我发现那水确是有些发黑，是灰黑色的那种黑，几乎听不到流动的冲击声，只见它打着漩涡，持续激荡奔流。一如我到来之前的猜想，整个芦花镇——黑水县城坐落在两山之间，唯一的一条主街道穿城而过，多数的平房散落在几座犹如高塔的楼房四周，街边大都是各种餐馆和宾馆，其中以彩林、奥古、奥太之类的命名为最多。

站在黑水河边，向左看，眼睛被满披焦枯植被的山坡顶得生疼，向右看，目光也遭遇到了近距离的山坡阻击。唯有向前向后，可以看到弯纵奔突的峡谷，群峰错落，那种雄浑与苍茫、逼仄和幽深，使人心生寒意，也顿时觉得，天地之间，竟然还有如此奇崛超迈之地，实在令人匪夷所思。地域及其所载之物，人和其他生灵的存在，尤其是他们于具体地域之间的生活状态与精神思维，确实是自然界无与伦比的奇迹。

尽管初来乍到，并且抱着某种希望，可我还是不怎么想去达古冰山。人去到某一个地方，要将它所属的风景全部看尽，纳入镜头，顺便也把自己的肉身映射在上面，对我来说，也是一种不可助长的贪念。本来错过了时间，诗人蓝晓则又让她自己的车子返回，载我去达古冰川。深邃的河谷之间，日光浓烈，阴影也随之浓郁。这里是上达古、中达古和下达古，藏式的民居坐落在坡上或者河边。不知怎么回事，我老是觉得那河水在倒淌。这肯定是一个错觉。在高原，越是普通的和司空见惯的事物越是具有不可思议的迷惑性。

冰川之下，即海拔4000米以下的地方，植被葱郁，松树高大，郁郁苍苍，在陡峭的山坡上排兵布阵，其姿势，像极了决绝的勇烈之士。越向上，植被越少，也很低矮，灌木丛大致是雪峰与坡体的分界线。乘缆车向上的时候，我注意到，大片的积雪下面，居然长着一大片杜鹃花树，棵棵都很高。可惜的是，它们的叶子还青得生机勃勃，就被连续的大雪厚厚地埋葬了。人世间的事情，大抵也是如此。心怀梦想，渴望匡正天下的，多的是如此的人生境遇与命运。即便如愿以偿，也会很快陡转之。

人间事，皆有其自身规律，人力所为，也都不过是恰逢其时，借力打力而已。如《易经》中的乾卦第五爻名为"飞龙在天"，其意，是人生至高，则是如此，纵横自如，能大能小，能升能降，能隐能显，万般变化，千种自由。随之而来的便是"亢龙有悔"。凡人事物，都有自己的极点。

哈，啊，冰川！雪山！天地有大美而不言。站在这绝域峰顶、满目洁白之中，我只能用一些感叹词，来纾解自己的惊喜心情。我知道这是苍白的，也是矫情的。人在很多时候的惊叹，都是很脆弱的，也都是聊胜于无的心情表达。达古冰川以上，苍天幽蓝，万峰素洁。尤其是近前的达古冰川，厚厚的白雪，敷满了人的痕迹，包括旁边的栈道、咖啡馆和观景台。正面的雪山和山坳在日光中光芒四射，即便是阴影，也在迸溅着凌厉的白芒。这山，也是金字塔形状的，令人联想很多。包括万山之宗冈底斯，也与金字塔相仿佛。我想，这其中，一定有着某些不为人知的奥秘，也肯定是人类至今不解的、富有蕴意的"神意的巧合"。

相对于正面的雪山，我更喜欢眺望远处的群山，都是冠盖缟素的，其高度有着惊人的一致性，一层层，一座座，站在一起，拼成无边的高台。我在想，这一定是神灵们的座位或者卧榻，是天庭练兵的操场，抑或为他们闲庭信步的后花园。再配上那些紧贴其上的各种象形的云朵，简直就是仙境呈现。我也想到，这大致齐平的万山长岭，也像我们的平凡俗世与普罗大众，人先天性是平等的，所有的区别就在于每个人所能达到的高度，尤其是精神境界和意志情怀的参差不同。这也使我意识到，万物和人，其实都是相通的，人所追求的，其实与山岳有着相似之处，即如何不断地接近理想境界与传说中的极致之境，使得自己的身心与俗世功业，铭刻于天地之间，众生心扉。

仓皇乘坐缆车下山，在达古冰川上，我待了不到十分钟。感到心跳加速，这毕竟是海拔4600米的雪山之巅。也感到美景不可看尽，大象不可尽览。为此，我在诗歌中写道："在人间高处／绝美之境，逗留太久，人会生锈，不知敬畏。"到山下，乘车回返路上，又看到诸多的猴子，它们在路边徘徊，大的带着小的，大都不在一起。我还注意到，达古冰川的猴子似乎不怎么靠近人，更不会伸手向人要东西吃。我以为，这是猴子的一种尊严，也是猴子们刻意与人保持距离的结果。

接着是黑水的深夜，一个人肯定是不可以深入到峡谷当中的。夜色与峡谷是一对不动声色的合谋者，而且配合得天衣无缝。遥想当年我人民解放军黑水剿匪的诸多情境，在这山高水纵、密林深涧之地，虽然说有天险可依仗，但地理和自然的存在，甚至建筑物，从来就构不成真正的屏障与防御线。最终，残匪傅秉勋、周迅予、何本初等人，还是没有逃脱失败的命运。由此联想，世代在这高山之间生存繁衍的人们，大抵也是艰苦异常的。也因为地域的艰险凶恶，造就了黑水剽悍的民风。我记得，当年采访黑水民兵的时候，他们就对我说过，他们大都生活在高山之上，地里所产的，只有白菜、土豆等，谷子、玉米和青稞极少。因为住在山上，黑水人练就了一身的本领，攀缘高山，捕猎野兽是他们的强项，同时他们还很忠义和勇烈，有些地方，以当兵作战、牺牲在战场为荣。因此，当年黑水民兵在"5·12"抗震抢险和舟曲特大泥石流救灾当中的英雄表现，就不难理解了。他们的这种血性，英雄主义的传承，在今天是最为难得的了。

我总是觉得，不论在什么时代和情境下，人的忠勇品质总是可贵的。人类之间的壁垒永不可能消除，如国家这种以疆域为标志划分的综合体之间，有矛盾和冲突才正常，若是单极单向，整个人类似乎也不会长久，守恒定律适用于宇宙间的任何事物。人肯定也在其中。又是一夜之后，日光刚上屋顶，去三奥雪山，随行的嘉绒藏族美女介绍说，所谓的三奥雪山，即奥太极、奥太娜、奥太美。奥太极最大，最高，奥太娜若女性，奥太美似乎是他们的孩子。

也可以说奥太极为祖父，奥太娜为女儿，奥太美就是外孙女了。

她还说，三奥雪山是他们的神山，遇到大的灾难或者节日时，这里的人们都会聚在雪山下跪拜和祈愿。他们相信，神山是有灵的，会保佑他们的一切。我觉得，这种信仰非常好，体现了人对自然的敬畏之心，也体现了人在特殊环境中，寻找精神皈依物的精准与可靠。

去三奥雪山的路同样不好走，一路上坡，蜿蜒的小道，陡坡之下，河水如线条。山坡上，还有一座寨子，名叫八家寨，顾名思义，这里住着八户人家。至三奥雪山大本营，当地的朋友说，去年或者前年，八个黑水小伙子登上了珠穆朗玛峰，并在海拔8000米的高处唱了一首他们黑水的民歌。我脱口而出，那歌应当是《拉尼希姆歌》，似乎没有歌词，只有曲调。我记得，当年黑水民兵对我说，这歌也可以看作他们的劳动号子。

三奥雪山——攀登者大本营，山间净是不怎么高大的松树。因为背对日光，一切都黑黝黝的。再返回另一处观景台，三座雪山赫然在眼前，庞大、雄峙、光明、澄澈，我同样大呼出声，面对雪山，人所有的世俗想法都荡然无存了，余下的，只有自感卑微之后的谦卑。和其他人一起照了几张相，我率先返回乘车点。路过一处玛尼堆的时候，飘飘的旗幡蕴含了黑水乃至阿坝多地人们内心的依靠与寄托，当然还有他们一代代人的命运、期冀与理想。

下山路上，嘉绒藏族女子拉姆指着对面长满各种树木的山坡说，你们再提前半个月来黑水，就可以看到美得不行的彩林了。我也知道，黑水最美的彩林就在奶子沟。这是十一月上旬，前些天下雨，使得世所罕见的黑水彩林提前凋零。但我不觉得可惜，也不觉得后悔。去一个地方，哪怕再美，也还是留一些遗憾为好。就像我们下午去到嘎尔庄园，坐在浓郁的日光下，浑身发暖，继而出汗，就着藏茶，与当地的朋友聊一些精神和文艺的心得体会及个人经验，端的是惬意。对面也是雪山，白色的山脊也是直平的，几团白云在其上轻盈，其余，都是阔大无际的湛蓝青天。

夜间，我做了一个梦。一个男人，骑着一朵白云，落在河边的一朵黄菊花上面，像是一只蜜蜂。就要醒来的时候，忽然听到有人喊我的名字，很清晰，很坚定。仿佛就在我的床边。我猛地睁开眼睛，开灯，房间里除了我，家什都很安静。我觉得惊奇。点燃一支香烟，脑子里很是纷纭。我又想到过去年代的黑水情境，尤其是那些流传至今和被记录在案的传奇，无论是怎样的，都觉得很神秘，也有一种持久的新鲜感。

　　黎明时,我们乘车返回,路过黑水河,借着朦胧的夜色,我看到的黑水河似乎更黑了,也还是没有任何声响。车子原路轰鸣,颠簸中,我想起这几天的黑水游历,有些恍惚,还有一些说不清楚的喜欢。我也知道,人在某些时候的思想,其实是稍纵即逝的,也是不当的和没有任何意义的。一个地方对人的影响,尽管不可能隆重深刻,但在类似黑水这样的高拔之地逗留数日,我相信会有一种很刚韧和柔美的东西,已经潜移默化到了我内心的某一部分。

石棉记

途中

隧道是白昼的瞬间黑暗与失忆,也好像是强迫症的间歇性发作。灯光发黄,车子穿行的声音具有现代性与某种匆促之感。十多分钟,就过了泥巴山。对这一座山脉,几年前我就有所耳闻。川藏兵站部的官兵说,还没修通隧道的时候,泥巴山是川藏线运输车队的必经之路。因为海拔高,弯道多,路面窄和泥石流、塌方等自然灾害易发,他们在物资运输过程中,遭遇到了不少的险境,特别是那些壮烈的牺牲,生命的折断与猝然重击,使得每个人都心生恐惧,对泥巴山始终怀有一种无法表述的情感。从这个意义上说,泥巴山隧道的开通,便捷还在其次,许多生命不测因此而避免。

泥巴山主峰海拔 3300 米,垭口 2550 米。即使夏天,抬头也可以看到皑皑白雪,更多的是缥缈的云雾,这大地最好的舞蹈与遮挡,在石棉县显得最为经常和壮观,据不少摄影的朋友说,拍云来石棉是最好的选择。在我看来,泥巴山似乎也是一道地理和气候的分界线。这一次正式去石棉,正是冬季,四川盆地虽然气温在 3 摄氏度以上,但在房间坐久了,总是会有一种冷,似乎沾了冷水的钢丝一样,一点点将身体缠紧,进而透过皮肉使得骨头发出咝咝的碎裂之声。而泥巴山一过,可以明显感到一种温热,像温水一样慢慢地围裹上来。

地理是大自然最为神奇和妥帖的安排。几乎每一块地域,因为山川与江河,都会与其他地方有所区别。在我看来,从泥巴山开始,西南的气候便开始向云南递进了。过汉源县的九襄镇,高山围绕的谷地,城镇坐落在流沙河一侧,缓慢而起的山坡像是一架阔大而紧凑的梯子。阳光骤然明亮,天空也呈现她本来的颜色,与四川盆地冬天的阴霾形成鲜明对比。置身这样的环境当中,晦暗的心情也随之开朗起来。心里也想,这样的环境其实是一个非常有意味的隐喻,即人在大地上始终为过客,住在低处,是为了基本的生存和更好地体验生的过程,而灵魂始终向着高处。高处是终极,尽管它在白昼看起来一切如常,但在黑夜甚至生命的黑夜里,是混沌无限的,是无限的张开、照耀、俯瞰,也是永无穷尽的回收、释放、再造与衍生。

车子奔行,穿行在风中。我极其羡慕会驾驶车辆的人,特别是女子,不仅是因为自己没有那项技术。在我看来,不可控、奔行和飘移的物体都是危险的,我对人类的某些发明创造始终有不信任之感,有时候觉得徒劳。人本来是大地上的万物灵长,双脚行走应当是我们自始至终的本能和姿态。人为的工具虽然仍旧以大地为中心和起落点、匍匐地,但超越大地的行为,总是让人心不踏实。沿途,我问了一些情况,说一些典故。开车的美女有所回答,车速飞快,但以群山相比,再快的交通工具也显得癫狂、可笑、微不足道。

石棉县也坐落在两山之间,大渡河穿城而过。从环境上说,四川的每一个地方都是适宜人居住和生活的。草木繁茂,土质肥沃,种什么都可以生长,不用担心衣食。见到儒雅的王泽清和周万任先生,前者摄影和书法艺术雄峙一方,谦和若虚;后者以地域文化研究而颇费心力，收获巨大。聊天中，也觉得，再小的地方，也有致力于文化艺术的人，他们的年纪可能很小，但对文化的痴迷与所下的功夫，在这个时代，不仅显得另类难得，也使得他们在增加自身文化厚度与广度的同时，使一方地域的"灵魂"得到了持续的丰盈与健壮。

石棉之夜

入夜时分，在街上行走，可以见到彝族、藏族人。蓦然觉得，石棉县也算是一个"混血"之地，处在大渡河中游，贡嘎山南麓，接连泸定、康定、冕宁等地。县文化馆的周万任先生告诉我说，石棉县是一个很有意思的地方，不仅仅因为石达开在安顺场的失败和红军在那里的胜利，更重要的是，这一带始终是民族流徙与定居的走廊地带。不论是彝族还是藏族，他们在这里的文化和生活痕迹依旧隆重。他还给我讲了几个藏族和彝族土司的传奇故事，也说到了石棉县的一些民间风俗。我适才觉得，很多时候，我们对大地上的往事越来越陌生，甚至对土地本身失去了关注和探查的兴趣。在这样一个浮华的时代，人心已经慌乱、飘浮到了无视生存根本存在的程度。王泽清和周万任这样的文化工作者，在很大程度上肩负了一方地域的文化精神传承的重任。

水声清澈，从寂静的街道一边升起，在两岸及其空中打着旋儿，进入到我的睡眠。这种情境，在成都是不可能有的。城市就是人声及其工具的声音，还有铺天盖地的灯光以及各种各样的人工装饰。而在石棉这样的小城，人才可以与自然亲密接触，并且在自然的怀抱当中，体会到人在天空和大地之间那种安稳与扎实的感觉。安然入睡。忽然看到一个怀抱孩子的男人，一身盔甲，头部留长发，领口系着红围巾，从逐浪排空的河水，向着我缓慢走来。我诧异，觉得不可能。因为，河流向来也是神灵的居所，每一个从中站立着走出来的人，不是仙人就是人的灵魂。

心中惊恐，我转身要走，却发现，身边也站着两个穿盔甲的人，一个手持长刀，刀锋在月光下闪着幽冷的光。另一个举着长矛，眼睛好像金刚。我知道自己身临险境，只好原地站立。不知怎么着，那个抱着孩子涉水而来的男人已经走到我面前，眼神和蔼地盯着我好一会儿，然后才开口说，先生，这是我的孩子，现在托付给您！说完，那人便给我跪了下来。我大惊。完全不知道是怎么回事。正要开口，旁边一人嗯了一声，瞪大眼睛，又晃了晃长刀。

倏然惊醒，一身冷汗。开灯，房间寂静，只有大渡河水发出连续的涛声。此时，是凌晨五点半。晨曦微现，在窗玻璃上，昭示着新一天的来临。拿出手机，我在网上搜到了太平军和翼王石达开的一些条目。细读之后，忽然发现，世上所有的失败，内讧是最普遍的根由，不论是一个政治集团，还是一个家庭、家族，甚至一个人。对于那段历史，写的人已经非常多了，复述没有任何意义。

我注意到，公元1863年的石达开才32岁。而此时的他，已经身经百战，在几次大规模的战争中，这个军事天才曾经三次击败曾国藩所部，曾国藩有一次还跳河自尽未果。就当时的局势来看，倘若太平军内部不发生矛盾，主要将领之间不相互屠戮，还像起初那样精诚合作的话，尽管有曾国藩等能人良将，清朝也未必可以再苟延残喘。我还注意到，石达开是太平军阵营中最具有军事才能和战略眼光的。当他带着自己的部队辗转至此，尚还有十多万的兵力。尽管命运至此，但安顺场不应当是石达开折戟沉沙、束手就擒，人生的终曲。可历史和事实就这么吊诡，一个豪杰与战将，却在这偏远的峡谷与大河之间就此被时间掩埋。这太令人惋惜与不解了。

安顺场

英雄只有一个归宿,那就是战场和牺牲。事实上,许多英雄、壮士、良将、能臣不是死在劲敌手中,而是死在自己人的屠刀之下。带着对石达开的种种情绪,在日光浓烈的清晨去往安顺场。到近前,我才发现,当年挡住石达开大军的大渡河居然狠狠地收缩了曾经磅礴的身段,即使不用船,涉水也可以渡过。王泽清先生说,据当地县志记载,1863年5月,石达开大军到达这里后,先是安营扎寨进行休整,原因有两个,一是大渡河水势平缓,对岸并没有多少清军,危险系数不大;二是石达开的一个夫人在此生产,军中一个相师说,此子将来一定是有九五之尊的真命天子,石达开高兴,便下令部队休整,并庆祝王子出生。

无论哪一种事物,处于困境时,如果不顺势而为,遵从自然法则,适应当时具体的自然和人文情势,整个事件和命运必定会发生意想不到的逆转。正在石达开大军懈怠的时候,天公不作美,夜里暴雨狂泄,河水暴涨,石达开多次组织将士强渡不成。下雨偏逢屋漏,驻扎在泸定或冕宁某地的彝族土司趁机烧掠了石达开囤积在马鞍山上的粮草,使其军心大乱;驻扎在今安顺场右侧山坡上的另一个土司以大炮滚石,隔河与石达开对峙。石达开数次派人与之交涉,该土司不为所动。四川总督骆秉章带军赶到,在对岸陈兵布防,并派出官吏,劝降石达开。石达开为保全全军性命,决定投降。

一代猛士与战神,为了属下将士而甘愿投降。石达开的这一悲剧,让我想起了在漠北战场与匈奴主力苦战八昼夜、最终甘愿就擒的李陵。两人虽然相隔了1700多年，但他们的这一举动，同样震撼人心，令人心生敬意。周万任先生说，石达开投降时，有两千将士不愿被遣散，他们是石达开从广西带来的亲兵。在此危难时刻，这些将士甘愿跟随主将去赴死，这种将士同心同命的悲壮，在战场上极少见到。可是，行至半路，骆秉章即违背协议，将石达开属下两千将士悉数屠戮。到成都，面对审讯，石达开慷慨陈词，骆秉章等人哑口无言，不久，被凌迟处死。

参观安顺场陈列，看到红军在此渡河，成功突破敌军封锁的诸多老照片，心想，其实，历史看起来是重复的，但某些细节往往会出乎想象，甚至不合常理。据说，工农红军到此，刚驻扎，毛泽东去拜访隔壁的一位老先生。在昏暗的灯光下，老先生咬着烟杆，一再对他说，此处不可久留，早渡河为吉。红军再次兵分两路，均实现了战斗计划，为后续转移的红军打开了通道，也使得红军避免了重蹈石达开命运覆辙的危险。

站在河边，对面山坡上草木繁密，颜色青青，河水在宽阔的河道中只剩下一个瘦削的身影，泱泱而动，但早就没有了那种气吞万里的凶猛与奔放。发生在这里的两场重大历史事件，总是给人无限的猜想。时过境迁，后来者再怎么想象，也难以与当时的实际情境吻合。人和万物，周而复始，从这一个时空到另一个时空，情境基本雷同。每逢重大时机和节点，一个不起眼的细节往往会凝结巨大力量，既而撬动整个事件，迫使它走向另一个方向。石达开和中国工农红军在安顺场的不同结局，充满了历史的悖论，也有着命运的玄机与诸多可以猜想的可能。

蟹螺藏族

这个名字也让我惊诧。离开安顺场，思绪还没有从石达开和工农红军身上挪开，便又陷入了另一种惊喜中。史载，安史之乱后，唐和吐蕃曾订立条约，其中，西南便是以大渡河为界。斯时，吐蕃的势力扩展到了云南以及云南以外的大多数国家和地区，如缅甸、老挝、越南等等。这个庞大的帝国，也像匈奴、蒙古一样，不唯一个部落和民族组成，还有其他被他们征服并驱使的民族。

由此我猜测，石棉县的蟹螺藏族，是斯时被吐蕃派驻在边境地区戍边的某一个弱小民族呢？抑或是吐蕃和其他民族通婚之后，又衍生出的一支新的民族和部落呢？从我有限的民族流变知识判断，上面的两个说法都是成立的，也是可靠的。周万任先生还提出过另外的观点，他在石棉县专职从事考古和文化研究保护工作，应当是最有发言权的。然而，时间沧桑，大地上的人群总是在融合，不管是战斗和征伐的激烈暴力方式，还是团结和睦之后的自发通婚，都是人种演变迭生的基本渠道。

蟹螺藏族村接近山地，房屋大都是石头建筑。其中有一座碉楼，据说有200多年的历史了。这种建筑，在藏区，或者说山区地带是较为常见的。它不仅居住功能显著，同时具有防御功能。四面的墙壁上，分别留有瞭望孔或者射击孔。从外面看，这种军事防御设施丝毫不起眼，不仔细观察很难发现。进到其中，第一层是用来圈养牲畜的，如牛羊和猪狗鸡等，二层住人，三层也是，四层是祭祀所用。从里面看才发现，那些射击孔和瞭望孔其实都很宽大，看外面异常清楚，附近的一切都尽入眼底。内部是一个较为宽敞的平台，放一张弩机或者轻松射箭、打枪，都没有任何问题。

关于祭祀、苯教、道教、巫师，这些神秘的事物和行为，我一向觉得，每一个民族都有这种传统，汉族也不例外。伟大的《易经》也记载了大量的卦辞。在漫长的农耕和游牧时期，以巫师沟通天地人神，治疗疾病，传达某种意志，都是一种经常的甚至深入骨髓的文化行为。巫师作为人神合一的载体，始终扮演着大地人群与上天神灵之间的使者的角色。巫术可能是一种伪科学，但这种伪科学可能是科学的原始雏形或者触发点，正如弗雷泽《金枝》所说："巫术或科学都当然地认为，自然的进程不取决于个别人物的激情或任性，而是取决于机械进行着的不变的法则。不同的是，这种认识在巫术是暗含的，而在科学却毫不隐讳。"

沿着村后的山道，周万任先生带我去看蟹螺藏族的墓葬。大都是在某棵大树下面倒插一块形如男性生殖器的石头。一家占据了一棵树并一个位置，其他人便不可再占。从树的年龄上可以看出，哪一家迁徙到这里更久。周万任还说，蟹螺藏族是一个极有意思的民族，他们自述说是沿着山脊迁徙而来的，也有的说，他们的先祖或许是逃难而来的。事实上，对于久远的往事，哪怕是祖先的来历和出处，我们很多人都是茫然的。这种茫然显然是时间造成的。当然，文字的记载功能远比口口相传更具有可靠性和神圣性。换句话表达的话，那就是，无论是一个国家、民族，还是一个家庭和个人，把自己在大地上的生活经验诉诸文字，当是令人欣慰，有历史意义的文化传统和精神继承。

石棉

在石棉两天，于城镇和山川之间，我感觉到一种散漫于大地上的自由。王泽清、周万任等人还带我去看了位于县城右侧半山坡上的旧土司衙门。当然已经很残破了，而且置身于大片的橘子树当中。途经时，我才发现，橘子也是要喷洒农药的。一个中年妇女告诉我，不喷药虫子吃，还有其他病虫害。我感到沮丧，空气和大地已经不是从前的了，人为的事物攻占了我们和我们所热爱的一切。

土司衙门虽然被置于荒地，但威势尚在。自古以来，官衙从来就具备威慑的力量。人们在制造皇帝和臣子，乃至各级行政的时候，就把防止民众反抗作为首要任务，在各个方面加以体现。在他们看来，民众不仅愚昧，而且崇尚暴力。由此，我们可以说，以暴易暴是人类一种传承不懈的本性和能力。从门口的石狮子等残留物来看，当年在此为一方最高行政长官的土司，也是相当显赫的。不仅在朝廷中拥有威望和被信任度，也在当地有着至高无上的特权。

第二天上午，我又结识了当地的一些诗人和作家，赖杨刚、岳秀红、鄢晓兰等。在聊天中，我说了自己的两个观点，一是对于我们庸常的生活来说，文化艺术才是真正偎贴心灵，照亮精神和灵魂的。一个小地方有诸多的文人，那么，它就是丰厚的，其厚度和广度，也肯定会无限增长。第二，以文化艺术的方式去展现和挖掘、记录和表达一方地域的民众和自然、社会的变迁，并且力求发现时代背景下的个人生活和各种精神困境，以时代的个人经验和个人的时代经验进行艺术性和典型化的创作，自有其价值和意义。经济是手段，文化才是灵魂。经济解决的是当下的肉身层面的问题,而文化艺术解决的是心灵和精神问题。一个讲求此时我在,一个留诸后世。不可同日而语。

回程车上,我还从资料上看到,石棉县据说是诸葛武侯七擒孟获的地方,现在境内的彝族大都是孟获的后代。作为县级行政区的石棉,设立的时间很晚,命名为石棉,也因出产石棉而得。从这一点来看,这个县也带有浓烈的时代意味。工业化不仅是一场生产的革命,也是一次人对人的强力篡改,包括人和大地事物的各个层面。

与其说人被人裹挟,不如说,人被自己的发明创造一次次深度革新。技术提高生产力,也在摧毁人的本能。在石棉乃至诸多的乡野,我时常有一种身心安妥的感觉。人到一定年龄才发现,年轻时追求的东西,都是不惑之后要极力摆脱的。我时常想,如果有一个可以安妥的人,我宁愿放弃在城市的生活,转而回到农村,过简单的生活。

一回到成都,我的这种心态就消失了,那种居于城市的麻木的优越和自恃又卷土重来。在深夜街灯下,步行回家,我觉得自己的肉身渐渐加重,石棉给我的短暂的轻盈之感迅速被雾霾和嘈杂代替了。进电梯时,我忽然自语了一声"石棉"。我不知为什么会这样,但也觉得,叫一声石棉,除了怀想,也许还有另一种连自己都说不清楚的感觉或者某种寄寓吧。

泸州记

去泸州，长江边上，第一个想到余玠。这位南宋名将，对于彼时的赵家王朝及其偏安社稷江山的作用，比明代的袁崇焕更有效力。但联想到他的命运，与盛唐时期的河西节度使王忠嗣颇为相像。王忠嗣镇守河西及陇右，甚至兼及幽州，奇谋多智，曾一举击溃吐蕃，使之不敢犯唐帝国边疆。深谋远虑，巩固边防，开关利市，为的是积攒国力，与民休息，并上书唐明皇李隆基，陈述安禄山之害，不久遭而罢黜，贬江阴，不过四十五岁病死。可惜，余玠和王忠嗣，尽管两人都武功卓著，但后世名声寥若荒野，几乎不再被人提及。众所周知，北宋武功的羸弱，乃至其重文轻武的立国传统，幸福了一大拨文人，却沮丧了一大群武将。事物的相对性不仅体现在具体细节上，也往往在大的历史上，有着异乎寻常的投射力。

南宋到理宗赵昀的年代，起初是史弥远把持朝政。败臣或败臣之间的一个共同点，便是结党营私，燃烧私欲人情，枉顾天下公理。赵昀上台后，也不怎么管他自家的事。直到史弥远死后，赵昀好像瞬间觉醒，焕发生机，在吏治、财政以及清理史弥远余党等方面进行了一番改革和清除，史称"瑞平更化"。不久，这位皇帝又开始了一边重视和宣扬程朱理学，一边重视肉身享受的昏聩生涯，朝政又落入了贾似道、丁大全之手。每个朝代之兴，其道和根本只在于那么一帮能人良将，败，也是毁在一伙自私自利、自顾弄权的臣子手中。这大致也是一个放之四海而皆准的铁律。

启用余玠，对于赵昀来说，也算一个奇迹。大致是在他清醒时候，采取的举措。有史家说，余玠之于四川，乃至四川之于整个南宋的国运，有着扭转乾坤、增福延寿之功。十三世纪上半叶，南宋的主要敌人，逐渐从契丹、西夏、辽、金转移到了战力最强的蒙古。依照蒙古的兵力和战力，拿下南宋，不过是时间的问题。大致因为这一点，驰骋大半个世界的蒙古在灭金之前，并没有对南宋发动真正意义上的攻击，这才使得这一个歌舞升平、文艺和物质空前的王朝，继续在南方得以苟延残喘。公元1243年，蒙古窝阔台大汗去世。关于汗位之争也使得蒙古内耗严重。

这对于金和宋两家当然是好事。两个已经开始走下坡路的帝国，借此算是获得了一定的喘息之机。不幸的是，蒙古很快就摆脱了自身的困境（当然，这种困境是每一个王朝共有的），弩马铁蹄、飞弹火药，再度在大地上展开了激烈的践踏与飞行程序。冷兵器年代的战争，血腥味道格外浓郁，人对人的屠戮，从来简单而直接。就在这个时候，余玠"横空出世"。这个出身于南宋著名书院之一白鹿洞的武人，曾与卖茶者争执而失手将之致死，后投入抗金名将赵葵属下，并在今江苏盱眙大败蒙古军。

蒙古军开始攻伐四川之时，余玠奉命入川，任四川安抚制置使、四川总领兼夔州路转运使，为当地最高长官。其时，四川各州军阀众多，不听号令，类同散沙。起初，余玠用计谋斩杀了利州即今广元的，凶悍残忍、不听招呼的都统王夔，以此震慑巴蜀各州府军民，使人心归附。又颇费周折，求贤于遵义的冉琎、冉璞两兄弟，使之入帐效力。随后，采纳冉氏兄弟之战略部署，采取依山制骑、以点控面的方略，先后在今重庆合川、四川泸州、南充、金堂和苍溪等地，修筑青居、大获、钓鱼、云顶、神臂等十多座防御性城池。这些城池均依山为垒，据险设防，因为海拔普遍较低，又地势险要，易守难攻，成为南宋四川军民抗拒蒙古军的有效依仗。

如此数年，四川防线形成了以重庆为中心，以堡寨把控各条江河，扼守各个要隘，梯次衔接、相互支援的防御体系。与此同时，余玠针对四川地形及当时军事防御要点，对兵力进行了大的调整，具体为，将四川防御体系分内水（涪江、嘉陵江、渠江）和外水（岷江和沱江）两部分。分别将金州（陕西安康）、沔州（陕西略阳）、兴元（陕西汉中）三地守军迁至重庆合川、四川南充、苍溪等地，守卫"内水"；将利州（四川广元）的守军迁至云顶（四川金堂），用以防卫"外水"。这种以山控水、以点带面、互为犄角、衔接紧密的方式，大致是出自冉氏兄弟之想。由此来看，泸州乃至重庆，与贵州的联系，不仅地理上一衣带水，互为依仗，而且，在民心与整个战略布局当中，也是不可分割的。不能不说，冉氏兄弟的作用之于余玠，乃至整个四川抗蒙的坚守，都有着至关重要的作用和意义。

在此之前，我去过重庆几次，也多次在长江边上路过和逗留，居然不知道余玠，这简直是一种罪过。尽管作为中华文明的两大载体与象征，长江边上的故事、传奇、大剧、悲喜剧很多，我却独独想起了这位完全不知名，几至被湮没的南宋将领。一个人和一个人惺惺相惜，完全不必要生在同时，心和情义，完全可以穿越千年，在某一个不经意的时刻轰然相撞。我和余玠，大致就是如此。从履历上看，余玠这个人的人生并不复杂，其命运，从少小的读书习武到"好争执"，并有失手致人死亡的劣迹（至于他为什么没有因此受到惩罚，则无可考）再到入名将幕帐，再到对蒙古军作战中的优异表现，再到据四川而致使蒙古军受阻，保全了南宋半壁江山之功绩来看，余玠也是生不逢时的。他若早在初唐，一定是位列三公，而且很容易被神话和演义的。秦叔宝、尉迟敬德、薛仁贵等，论胆识才略，特别是在对王朝的有效辅佐上，这些人的武功战略，特别是在贡献的独特性与空前性上，不及他一分半点。然而，他们都获得了很好的后世名声，尽管没有在史书上如何成为典范，可在民间，是耳熟能详，甚至有好事者将之事迹添油加醋，随意发挥，且受众凶猛，绵延不绝。

动车前行，向着伟大的长江，到隆昌，我知道，前面不远的合川，就是著名的钓鱼城所在。蒙古帝国窝阔台之后，英才天纵的蒙哥大帝，便是在这里遭受挫折，久攻不下，染疾或者负伤后，死于今重庆北温泉。四川军民，在对蒙古灭宋的战争中，前前后后坚持了52年之久，扼守了长江上游，切断了蒙古马蹄南下的道路，若不是泸州的刘整投降，忽必烈的军队也未必能够那么顺利地夺取四川，进而灭亡南宋。

而这个余玠与刘整，大抵是南宋后期在四川的主要军事决策人，他们存在，便可保全四川，四川在，南宋也还可以继续维持下去。可惜，余玠受猜忌，不明而死。刘整怕被自己人构陷，转而投诚忽必烈。

关于余玠治蜀之功过，脱脱《宋史》说，在治蜀期间，余玠用都统张实治军，安抚王惟忠管理财赋，监簿朱文炳接待宾客，使得内外和谐，敬重各路学人，轻徭役、体民心，减轻税收，使得商贾欢喜。自宝庆（宋理宗年号，即公元1225—1227年）以来，没有人比他做得更好。可惜他太急于求得太平景象，进贡蜀锦蜀笺，过分讲究排场。余玠长久掌握先斩后奏的大权，却不知道设法避免"专权"的嫌疑，不明白"急流勇退"，招来谗佞小人的攻击。而且又设置了"机捕官"（专门侦听吏民言论的人员），虽然能够查清事实，然而把耳目众人交给这群小人，收集到的情况真假参半，使得手下人大多怀疑恐惧。后来其同事，即统制姚世安，联合宰辅谢方叔和参知政事徐清叟诬告他独掌大权，也不把皇帝放在眼里。宋理宗听信谗言，召余玠回京。余玠不忿，拒接上命。这位名将，在南宋存亡之际，大志未酬，郁郁而终。

很多时候，名将之败，或冤死，或半途而废，中道崩殂，除了时事造化，也有其个人性格原因。人不可太满，"急流勇退，天之道"（《道德经》），余玠之败，还在于他不具备深刻的文化反思与命运认知能力。《宋史》上记载说，淳祐元年（1241年），余玠受到宋理宗的召见，进言说："在当下，不管你是贵族出身的优秀青年，还是原本的土豪富商，或者种地的泥腿子，只要一当兵，马上就被指责为粗人，被称呼为'哙伍'。恳请陛下看待文才武将一视同仁，千万不能厚此薄彼，偏心必然激化矛盾，文武双方之间偏激对立，不是国家的福气。"这一次，宋理宗虽然认为他言论不同凡响，并给予了提升和信任，但从中也可以看出余玠有些以"武人"自居、自豪的意味，说明他从步入军旅和官场开始，就不重视加强自身的"思想建设"，更没有设置"反躬自省""自我惊醒"程序，进一步增强防止一切祸患的谨慎意识。

反过来说，这也是大多数武将的通病。武将当中，类李世勋、李靖及郭子仪者，何其少也？俗世中人、宦海之臣，多的是得势不免骄狂，若无自制与自知，比骄狂更甚之事，也会发生。余玠之败，表面上看是因为个人，其实，还是同僚的私心在作怪。一个王朝起主要作用的臣子，倘若没有了"公心"，纯粹以公权为"私欲"之利器，那么，再好的同僚也难以发挥作用。事实上，历史上从来不缺这种正邪、忠奸之争，乃至其争斗造成的巨大悲剧和损失。

车到泸州，还是下午，到南苑宾馆，近距离看到长江之后，立马想起范仲淹的《岳阳楼记》，其中有句说："浩浩汤汤，横无际涯……至若春和景明，波澜不惊，上下天光，一碧万顷……"范仲淹写洞庭湖，其实也是在状写长江之局部胜景。也还想起李白："孤帆远影碧空尽，唯见长江天际流。"还有杜甫之"星垂平野阔，月涌大江流"。然而，长江在此处，却表现得过于平缓，在两山之间，宛若沉默的隐者，不急不躁，不徐不疾，其静，颇有《道德经》中之清静意味。站在窗边俯瞰，我适才觉得，所谓江河，除了万涓汇集，或平缓或湍急的奔流，还有温驯娴静的一面，尤其是这一条著名的，派生雪山与天际的文明之河。

也不免想起，在这里率部投降忽必烈的刘整，也是南宋名将当中少见的。这个勇猛的将军，原籍汉中，在南宋的战略格局中，其在泸州乃至整个四川的重要性不言而喻，但其最终也没有逃过"窝里斗"和堡垒从内部攻破的铁律，因为惧怕被贾似道构陷，带领属下15个军镇、州府共30万吏民归附忽必烈。其后，又向忽必烈献策先攻襄阳。他这个建议，对忽必烈南下灭宋，是至关重要的一点。随后，蒙古军集中攻打襄阳，守将吕文德和吕文虎率军民坚守六年，最终，在孤立无援的情况下，也投降了忽必烈。

由四川和湖北的格局看，南宋军民对于忽必烈部队，是持有严重抗拒心理的。排除掉民族的因素，从余玠与刘整等人领衔的四川，乃至全国抗金、拒蒙的情况看，南宋尽管羸弱且臣子不堪，但彼时的民心，仍旧没有完全失去。南宋的失败，是朝廷的失败，是皇帝和臣子合谋的失败，与忽必烈等蒙古大军关系不是很大。倘若赵氏朝廷真的励精图治，真心恢复故土，岳飞、宗泽，包括余玠（曾带军攻伐陕西多地并得胜，在汉中受挫退兵），以及孟珙等人，也不是没有军事能力。是北宋以军阀窃国之祖先对武将的天然性恐惧与戒心，成就了两宋的文化、政治和经济的辉煌，也正是这一个"祖训"和传承，使得宋朝从根本上就是一个缺钙与缺铁的王朝。所有的失败，尤其是工朝的败亡，陷阱和坟墓都是自己挖的。更可怕的是，这一个基本的道理，人人都知道，可人人还是无可避免，几乎天天在继续。

坐在江边喝茶，由于大雾，只可以看清对面山峦的轮廓。与泸州诗人涂拥——当地报社的美女聊天时，我说到自己初来泸州的印象和观感。我一直相信，一方地域给人身体的感觉，就是最本源与真切的。初到泸州，我想到的不是酒，而是长江及与之有关的诗歌，还有山川地理，乃至整个城市（地域）在人眼里、身体当中的细微反应。我觉得，泸州是那种可以日日观看消失与来临的地方，也是能够体验到生的快乐与永恒之美的人间一隅。这其中的主要因素，就是它日日面对的长江。水，人间至美至柔之物，也至刚至暴。水润泽万物，也在销毁一切。孔子说逝者如斯夫，其实来者何不又如斯夫？水既代表不复回的光阴及光阴当中的一切逝者，也代表光阴中源源不断的后继者。

云贵高原、四川盆地，长江横穿，与沱江交汇，又有出好酒的赤水河。丘陵与高山，大江与小河，膏腴之地，自然清凉，道家气质明显，气韵安静悠然，这正是文学的本质。尤其是长江和赤水河，这个文化的名词及其含量、重量，以及装载和吞吐量，大可无际，小可入心。并且，泸州的山水地貌，张弛度很大，丘陵、高山、江河与草甸、田野等，组合非常巧妙，富有韵味。再说，泸州好酒，天下闻名，郎酒和泸州老窖，一酱香，一浓香，名冠天下，也是泸州山水在人间另一种具体体现与馥郁之表达。地域的灵性绝对是催发好的文学艺术作品的无形力量，在如此的环境当中，写作，乃至创新并且标高于当地乃至当代，都是极有可能的。

如此侃侃而谈，我完全是随想随说，有些当然是臆想猜测。外地人之于异地，天然地有一种新奇感觉。好在，无论说得对与错，已经不重要了。重要的是,我对泸州,或者说泸州对于我,有一种非常自觉的契合。这种契合,看起来莫须有,其实,当事人还是可以明晰地感觉到。

江边有点冷,但一边的妇女们在舞蹈中一个个眉飞色舞,不怎么好看的动作伴随着通俗的音乐,似乎在宣扬泸州的另一种悠闲,以及人对自我肉身的某种自发性的珍视与爱护,当然,这一切,都是为了生,即更安逸地活着。

少顷,也不由说到就在附近的,建于公元 1241 年,废于 1277 年,在抗拒蒙古军时起到重大作用的神臂城,也是余玠当年治蜀时修筑的,位于泸州焦滩乡老泸城神臂山上,海拔只有 300 米,占地面积却有 1.5 平方公里。神臂城周长 3365 米,地势西高东低,东头接连陆地,三面环水,绕崖水路达九公里之长。江岸上悬崖壁立,山下怪石嶙峋,怒涛涌溅,澎湃激荡,端的是建筑防御性城池的绝佳之地。

在古老的战场,人极容易伤感,也深刻地感觉到,在大地上的一切作为,其实都是虚妄的。余玠和刘整,前者死在一个王朝之下,另一个则以选择阵营的方式,在新旧的王朝当中,都得到了重视和重用。就个人现实生活而言,刘整的命运肯定好过余玠。可对于历史来说,余玠的价值及其功绩,乃至人品、声名、贡献,当然要高过刘整万千倍。人终究是道德的产物。但从实而论,无数的后者,对余玠的忽视或者有意无意的"视而不见"是非常不公允的。对刘整也是。两个前后抗击蒙古的将军,其结局,太令人惋惜。由此我也想到,真正的英雄是籍籍无名的,有名的英雄,不过是偶尔被用来作为榜样,为某些政治集团召集效力者而已,其中的功利性运作与标榜痕迹明显。

晚上,见到诸多朋友。与泸州作家杨雪说起红军四渡赤水,他谈得头头是道。这个重要的历史事件,是毛泽东及当时中央红军的神来之笔,也是红军最终取得胜利的关键一步。四渡赤水的奇迹,在军事史上,应当是一个参照性和典型性重大的战例,也是刚在遵义会议上被确定为主要领导人的毛泽东的"得意之作"。杨雪还说到,泸州的红色历史非常丰富而有特色,如叙永的鸡鸣三省石厢子会议、泸顺起义、太平渡等,都具有非常重大的历史意义和现实意义。我也觉得,红军在云贵川地区创造的历史,有一些神话的意味,从中也可以感受到一种神秘的力量。

待在房间里,也适才觉得了泸州的安静,这种安静是入皮入骨的那种,不含一点杂质,又觉得万般自然与贴切。这也可能,在嘈杂中久了,稍微安静一些,就有了深刻的感受。有那么一瞬,想写几首有关泸州的诗,可刚一站起身来,原先跳出来的诗句就奔窜无踪了。我想,写诗也需要一种神秘的力量,犹如天启,刹那间闪射的光辉,不期然的迅速照亮。而当光辉消失,诗歌也就随之遁形了。

下午去参观泸州老窖老窖池,刚一下车,窖香封喉。泸州的酒,简直是琼浆玉液。那种浓郁的醇香味道,在周身弥散之后,使人有一种飘飘欲仙的感觉。酒这个东西,其实是最靠近灵魂的,是肉身和尘世的助燃剂,它带领人进入的,是平素不能抵达和企及的,既混沌又清明,既热烈又单纯的境界。所谓的酒,其实就是诗,而且比诗人的诗歌普及面更大更广更深,酒引领的,是普罗大众,它从不专属于某一群或者某一个类别的人。当然,酒的分级乃至定价高低,其实都是人用来谋生,进而谋利的一种手段,酒的本质是惠及人类,而不是为少部分人独有。

下午穿过长江,出泸州城区,去到尧坝古镇。这一座古镇,也藏在新的城镇之内,一条老街,还是以清末民初的模样和姿势,用黄色的店幡、木质的门板,热气腾腾的黄粑、腊排骨、腊香肠,以及"周易堂"、慈云寺、武举人旧居、木质阁楼、杂乱的茶馆迎接前来游览的人们。与其他古镇不同的是，尧坝古镇保留了原居民临街做生意的特色。

国内的很多古镇，大都是重新打造的，用以招徕客人。尽管重新打造的古镇在设备设施上更符合现代人的需求，但根本的问题是，既然是古镇，重点在于"古"字。当我们所处的世界越来越趋同，越来越"步调一致""电气化、电子化、数字化"，适当保留一些笨拙的、朴素的、与大地联系更紧密的事物和场所，我想是非常必要的。这也是用以安抚现代人的乡愁及原始情感的唯一途径。

在老街当中，我恍惚觉得，四川乃至云贵高原的民众，生活是极为简朴的，屋内除了桌椅床铺，以及电视、电风扇和电暖气之外，好像没有别的多余物品。这一点，与北方很有区别。大致是北方冬季漫长，又严酷，人们的室内活动多等缘故，人们普遍会将屋内收拾得干净、整齐，甚至舒适与阔绰一些。南方人恰恰相反。

正走之间，看到一口热气腾腾的铁锅，上面放着一些芦苇叶子包裹的长方形的东西。我知道那是糍粑，或者叫叶儿粑。云贵川及两湖大致都有。尧坝镇却称为黄粑。细问才知道，尧坝镇的黄粑原料也是由糯米、红糖构成，包着的叶子叫作良姜叶。售卖者是一位年过八十的老婆婆。她说两元钱一个，我掏出五元给她。她找给我三元，我又给了她一元。恰另一位同行者也要吃，我索性把两元又给了老婆婆。

我一直觉得，在这个世界上，无论何时何地，年长如自己父母者，他们也就是自己的父母了。尽管我能力有限，不可能每个人都侍奉，但遇到了，就一定是缘分，能做点什么就做点什么，但不刻意。

再向前行，蓦然看到一家寺院，红墙高大，门前台阶有些陡峭。门墙上，写着有些仙气的"慈云寺"三个字。我与成都青羊区文联的张中信拾阶而上。寺内只有一位僧人。我径直向上参拜弥勒佛，再韦陀菩萨、观世音、如来。在我很小的时候，佛道便被说为迷信，以至于在内心根深蒂固，常觉得参拜也是行迷信之事。直到去年，方才知道，参拜佛像及神仙并不在于形式，而在于源自灵魂的，对生命和天地的敬畏与感恩之心。再者，躬身乃至磕头，其实也是让自己内心柔软起来的一种方法。从前，我的性格宁折不弯，以为除了父母之外，一切下跪都是耻辱。现在则觉得，父母乃至更多的人，其实都受恩于天地万物。

寺庙有些冷清，但尧坝镇能保留如此寺庙，也是一个奇迹。转到一个茶楼喝茶。茶楼很小，也在十几层台阶上，里面有人打牌，好像是当地的那种长条扑克。其中有两位少妇，打得聚精会神。我觉得，这种消遣，其实是最普遍的。老幼咸宜也多有乐趣。只是我，年少时候吃喝抽都做过，就是没有学会赌博。有人说，到四川打打小麻将，吃吃担担面，喝喝坝坝茶，看看歪录像，该是一种享受。我却是为此汗颜。这倒不是说自己多么单纯和干净，只是觉得，人生有很多事情要做，这些消遣，只能算是其中最细枝末节的部分。

刚坐下，便有当地朋友说，这个宅子，是嘉庆年间武进士李跃龙的府邸，你应当上去看看。我惊异，起身向上，才发现，里面是一座依山而建的阁楼，茶楼所在的位置，是另一座阁楼的底层。上台阶，再到一个院子，蓦然看到一个面积不大，却打扫得异常干净的演武场，正中白墙上一个"武"字，颇有神韵，其中的"止"字写成了"正"。端详一下，我立马明白，作为御赐的武进士，李跃龙又做了皇帝的近卫，"忠正"当是他的首要品质与要做到的。演武场旁边，有一铁筑的骑马挥剑的猛士雕像，雄姿英发，给人一种激扬的运动感与冲锋姿态。

从一侧厢房的连环画中，我大略了解了李跃龙的事迹。载曰，其母生李跃龙后，李羸弱，不像可以成活的婴儿，家人欲遗弃。忽有一道人临门，说此儿不可小觑，嘱咐他们务必好生待养。家人信之。及年长，李跃龙好习武，遍寻名师，先是在四川当地获得功名，又进京应试，拔得头筹，留在皇帝身边为侍卫。后尧坝镇一带有土匪啸聚，打家劫舍。李跃龙带兵剿灭，皇帝下旨令其修建此宅，用以奖赏。

由李跃龙及其故事，我又想起了余玠与刘整。四川人，要么文弱得东倒西歪，要么剽悍得上天入地。李跃龙等武将，乃至四川近代以来涌现的大批名将，使得仙道气息浓郁的巴蜀之地顿时有了一种气贯长虹的英雄豪气。我甚至觉得，云贵及四川的英雄气，可能也和余玠等人在此长期抗拒蒙古大军有关。

到这里，我才知道，尧坝镇也是著名导演凌子风的祖地，他的最后的《狂》也是在这里完成的。由此可见，小小的尧坝镇，其实是文武兼修的。尽管李跃龙没有任何战功，也没在《清史稿》上留下只言片语，但李跃龙身上所体现的尚武精神，特别是他对武学的精心钻研，是令人敬佩的。傍晚，路过一家门店，却摆满了花圈，还有一口黑色的棺椁，哀乐低回之间，我和许多人路过。走过之后，我才想到，应当上前鞠躬的。这个世界上，每时每刻都有人降生，也都有人离开。这种循环往复，此消彼长，也是一种自然规律。当我们遇到新生的，当然要祝贺，遇到仙逝的，也应当为之送行。

后又和他说起佛道之事，还有量子力学和暗物质、古老的玄学等，欧阳锡川也表示赞同。牛放夫妇要去内江，我一个人返回成都，等车时，看着远处雾霭满天的泸州，脑海里总有一条江河，在高山峡谷中缓缓而动，那姿势，柔媚至极，又深不可测。又不住地想起余玠，以及发生在泸州至重庆乃至湖北襄阳等地的南宋抗蒙古的战争，那种残酷、血腥、险恶的程度，身处这个年代的我们，已经无从想象。

不以摧毁肉身为目的的战争，也是一种文明进步。对于已经在冷兵器和火器年代阵亡的人们来说，却有些不公。技术的进步，完全忽略了以地形地貌构建起来的任何工事，取而代之是精确制导与信息化控制，甚至无所不能的上天入地和"零误差"。我常常觉得，战争形式和工具的大幅度跃进与改变，尽管其决定因素还是人，可是，这种兵不血刃的战争方式与手段，往往使得人"进化"得更残忍和决绝呢？说到底，人还是情感的，是理性的，也是有慈悲心与同理心的，倘若人也变成了"程序"和"数字"，我们的肉身价值又何在？

几乎古来今往的人都在说，往事皆烟云，事实上不是，往事和古人、故人，其实就活在我们一代代人的身体内、灵魂里。余玠、刘整等在南宋的将领，他们虽然人去了，朝代早已不复存在，但他们种植在今人，乃至这片土地上的精神基因与血流，仍旧若隐若现，持续不灭。

烟台记

"绿径穿花,红楼压水,寻芳误到蓬莱地。"晏几道的这一句,端得香艳至极,其中的动词用得极好。在他的年代,人们心有禁忌,但行迹可以狂放一些。他"穿花""压水"之后"寻芳",这个"芳"可以是一处胜景,一朵实在的奇花异草,也可以是符合其心意和趣味的幽静之所,甚至一个子虚乌有的想象领域,一个内心可望而不可即的虚幻之地。如此等等,都是极美之境、缥缈之庭。如李峤诗说,"自然碧洞窥仙境,何必丹丘是福庭。"而我却没有古诗人那么浪漫,乘坐飞机、高铁,连番地走,这在当代司空见惯,看起来快捷异常,但少了"解鞍旅舍天将暮"的孤独与新奇。

济南我也是久违了的,泉水群落,汩汩之声与清澈之影,当然还有距此不远的辛弃疾和李清照。稼轩之人生与词作,有宋一代,无出其右。李清照乃千古才女,至今难有人与之比肩。此地自然与人杰,端的是令人钦慕。前些年来,只是简略地拜谒了一番。而烟台则完全陌生,印象里只有蓬莱仙境、拱卫京师的黄海、渤海之雄阔海岸,当然还有驰名依旧的烟台苹果、张裕葡萄酒等。"仙境"缥缈、虚无，而在徐福等方士的口中，却是真实存在的，以至于始皇帝嬴政深信不疑，令他带着三千童男童女蹈海入洋，去浩瀚不定之地，寻找仙境与长生不老之药。徐福传奇至今，据说也是鬼谷子之徒。鬼谷子之名倒是人人皆知，而其来踪去路却是无从考察。《史记·秦始皇本纪》载说，"齐人徐市等上书，言海中有三神山，名曰蓬莱、方丈、瀛洲，仙人居之。请得斋戒，与童男女求之。于是遣徐市发童男女数千人，入海求仙人"。

徐市即徐福。从始皇帝对徐市等人之言深信不疑这一点看，在权力顶端，这个皇帝的内心，还保持了古老的想象力，也对帝国的周边乃至世界充满好奇。这种好奇，是基于天地玄秘的猜想，也是秦始皇对于现实的强烈热爱。因而，他对传说中的仙境充满美好向往，一次次来到的目的，似乎渴望真的能够获得珍兽仙草，用来证实传说的不虚妄，帮助他实现永生的梦想。

公元前210年，始皇帝再一次到烟台，"至芝罘，见巨鱼，射杀一鱼。遂并海西"。这个始皇帝，他的雄才大略自不必说，巡游天下的热情也极其高涨，而且每到一处，必"刻石颂秦德"，这种"自颂"的做法，好像是一种面向天地人神的宣告。他可能觉得，把他的功德刻在石头上，必定会得到各方的应和与颂扬。

公元前219年，始皇帝驾临烟台芝罘，"立石颂秦德焉而去"。

公元前218年，"始皇东行郡县，上邹峄山。立石，与鲁诸儒生议，刻石颂秦德，议封禅望祭山川之事"。

似乎从这时候开始，围绕始皇帝和秦帝国一连串的玄幻之说蜂起，如"荧惑守心""亡秦必胡""今年祖龙死""始皇帝死而地分"等。不幸的是，这些谶语或者说"天象"不久就应验了。始皇帝最后一次到芝罘，返回咸阳途中，病死于沙丘，即今河北广宗县。至于死因，司马迁没有明确记载，只说，"至平原津而病。始皇恶言死，群臣莫敢言死事。上病益甚，乃为玺书赐公子扶苏曰：'与丧会咸阳而葬。'七月丙寅，始皇崩于沙丘平台。"类始皇帝这样的人杰，他的身上似乎积攒了诸多的谜，包括神异与平凡、暴戾和卓越。他的复杂性既是开皇帝之先河者的必备特异与传奇，又明确体现了中国古文化在这个人身上的种种提炼和反映。

就像烟台仙境之传说，在古人心中，已经不是一个实在的大地所在，而是人间与仙境连接之处，并且相信，通过某种方式或者某个际遇，就可以羽化登仙，获得某种长生人间的灵丹妙药。这一说法，大致肇始于《山海经·海内北经》"海内西北陬以东者，蓬莱山，在海中。上有仙人宫室，皆以金玉为之。鸟兽尽白，望之如云，在渤海中也"。《列子·汤问篇》说，"渤海之东，不知几亿万里，有大壑焉，实惟无底之谷，其下无底，名曰归墟"。这种充满想象力与玄幻色彩的记载，端的是令人浮想联翩，难怪始皇帝之后，汉武帝也十次到蓬莱仙境。他抱着和秦始皇同样的目的，仍旧无功而返，最终，他也只能遵循天地正道和自然规律，驾崩后，时间和人类历史仍旧浩浩向前。

这是"俱往矣""逝者如斯夫"的含义，"俱往"是时间的流速，也是生命和骨殖的堆积以及灵魂的悬挂。历史之中，每个人都是过往，始皇帝、汉武帝也不例外，唯一例外的是他们的那个年代，以及留存于世的种种记载，包括野史之类的道听途说。

我初次到烟台，内心是蓬勃、新奇的，对徐福，也有些追慕。他所作所为，看起来有些荒诞不经，但他由此而开启的大海航程，也是探索世界的一种勇气，至于徐福之于日本等地的影响，尽管扑朔迷离、云遮雾埋，可在中国古代，也是一件破天荒的探险之旅。

《日本国史略》说："孝灵天皇七十二年（前219年），秦人徐福来。"这个孝灵天皇生平已不可考，《日本国史略》记载也堪存疑。有一点可以肯定，那就是，寻找灵丹妙药的徐福及其数千人，不可能在海上凭空消失，至于落足于某个岛屿或者返回中国，都有可能。由此再一次证实了烟台之地的仙道气息，这种气息携带了上古时代的密码乃至人们对于天地和万物，包括对无尽远方的渴望与猜想。与此雷同的，还是有宋元之际的全真教王重阳及其七个弟子，几乎都是山东的，烟台是全真教创立与发端之地，其教派也是在七个弟子的传承下发扬光大的，马钰有词《蓬莱阁·和重阳韵》说："清清漠。漂漂云转蓬莱阁。蓬莱阁。盈盈个内，即非凡廓。炎炎火炼超升药。时时虎啸龙吟恶。龙吟恶。真真惊起，永无沈落。"王重阳之所以选择此地建立教派，大抵也是看中了烟台芝罘之缥缈无尽的修真的可能与缕缕仙气，因而成为全真教第一处"洞天福地"。随后还有在民间传说中吃水很深的"八仙过海"，据说也在烟台。这终究是民间传说，其中人物在正史中几乎不闻，完全是一种想象力的发挥，其中包括了善与恶，劝喻的思想。

　　列车在午间奔驰，秋天在窗外的天地之间深得只剩下枯草与黄叶，大小的城市和村镇坐落，一派安静，更远处的天幕苍灰、凝重，越是接近海边，天空越是昏冥。下车，细密小雨点身，衣服发出细密的噗噗的声响。与前来接站的当地诗人刘颖聊天，当然要说到诗歌，首先要说的，便是李白的"蓬莱文章建安骨，中间小谢又清发"。他的这一句，并非直接写烟台蓬莱的，其中"蓬莱文章"只是代称，借指其友李云文章有"飘逸""空灵"之气质。再就是辛弃疾的《汉宫春·会稽蓬莱阁观雨》了，而他所在的不是烟台蓬莱，而是浙江会稽的"蓬莱阁"，上半阕写得美绝天下："秦望山头，看乱云急雨，倒立江湖。不知云者为雨，雨者云乎？长空万里，被西风变灭须臾。回首听月明天籁，人间万窍号呼。"作为全真教龙门派创始人的丘处机写道："栖霞客。西游栖在南溪侧。南溪侧。千寻赤岸，万株苍柏。无心只有轻云白。举头不见繁华色。繁华色。空华杂乱，世人贪得。"（《蓬莱阁·述怀》）

辛弃疾大致是一个十足的现实主义者，李白的道家气息浓郁，而丘处机之词，充满了劝世的意味。从诸多写烟台的诗词看，中国的古代文人，大抵是道家的内心，儒家的处世；道家柔弱胜刚强，儒家礼义仁智信；儒家可以教学，道家有赖于"天生"。到住处之后，站在窗前张望，烟雨锁大江，烟台之海，莽苍一片。细雨在其身上，好像大海的唾液。李白《梦游天姥吟留别》说，"云青青兮欲雨，水澹澹兮生烟。"

我本是内陆省份之人，对于江河湖海之大泽，不仅陌生，且有惧怕之心。总以为"青冥浩荡不见底"之所，天倾地覆之地，人若坠入，必定"樯倾楫摧"，顷刻"归墟"，人生过半之际，虽多年迁徙、寄居全国各地，吃的东西种类也很多，但我还是不喜欢海里的一切食物，每次看到，腥味之外，还有一种难以说清的奇怪味道。章鱼、海鱼、螃蟹、大虾之类的，我觉得原本不应当作为人类的食物，应当让它们在大海之中兀自生灭。

当地文联张行方主席带着我和董晓奎一起沿海溜达，只见岸坝之外，大水茫茫，接天连地，似无穷极，忍不住想，这样的地方，除了船只，人是不可以凌空蹈虚，挪动半步的。唯有神仙，方可步步莲花，手拽翔云登天入波，遨游无尽。人们对于大海、山岳、密林、雪山等处，葆有敬畏之心，并赋予了奇妙而又繁杂的猜想。

张行方说，蓬莱一带曾经多次出现海市蜃楼，这种奇幻之景，今人可以解释，而且很科学。在古代，天地之间忽然异象，且逼真美好，便会引申至异于人间之境地，进而猜测与宣扬，久而久之，其他人也不得不信以为真。在人类古老时期，人们总是相信，天地之间有一种非凡、精密、无所不在和不能的卓越力量在对人和万物起作用。正如历史学家黑尔默·林格伦说："似乎人把事情看成由某种力量促成，顺理成章地发生，还是纯粹出于偶然，然后人把'神''命运'或'机遇'

加诸其上。"《论语·宪问》也说,"道之将行也与,命也;道之将废也与,命也"。

司马迁《史记·封禅书》载:"自威、宣、燕昭使人入海求蓬莱、方丈、瀛洲。此三神山者,其传在渤海中,去人不远;患且至,则船风引而去。盖尝有至者,诸仙人及不死之药皆在焉。其物禽兽尽白,而黄金银为宫阙。"对于司马迁的这一描述和观点,后人多采取跟从态度,且信有者众,这不能说是时代的局限,而是古人一种猜想能力的体现。明代陆容的《菽园杂记》说,"蜃气楼台之说,出天官书,其来远矣。或以蜃为大蛤,月令所谓雉入大海为蜃是也。或以为蛇所化。海中此物固多有之。然海滨之地,未尝见有楼台之状。惟登州海市,世传道之,疑以为蜃气所致。苏长公海市诗序谓其尝出于春夏,岁晚不复见,公祷于海神之庙,明日见焉。是又以为可祷,则非蜃气矣"。

谈论之间,脑子里竟然也迅即泛起一幅美轮美奂的虚无图景,其悬于半空,下衔浩渺烟波,上接七彩云霓;宫阙巍峨,廊道金黄而曲折,其中似有人舞动长裙,坐、站、卧与闲散者亦身影飘逸,优然悠哉,自是一番境地。冷风吹来,顿时乌有。我倒是觉得,人总是要有一些非分之想的,哪怕是虚无一物,空荡如风,在很多时候,也是可以给人诸多鼓舞、安慰和勇气的。蒲松龄的《罗刹海市》则虚构之海市蜃楼,完成了对于人道世相的讽刺,"花面逢迎,世情如鬼。嗜痂之癖,举世一辙"。其《山市》一文,则认为蜃境乃鬼市所在,"孙公子禹年与同人饮楼上,忽见山头有孤塔耸起,高插青冥,相顾惊疑,念近中无此禅院。无何,见宫殿数十所,碧瓦飞甍,始悟为山市。未几,高垣睥睨,连亘六七里,居然城郭矣"。

远远看到烟台山上的灯塔,给人一种希望的明亮之感,尽管我不在海上,夜幕降临的岸边,远处有矗立的灯光给予引领,心中顿时宽敞许多。人总是要有所向往和目标的,甚至一生都在为某种"目标"

而收集活下去的力量。骤然想起当年的抗倭名将戚继光,这位明代武者,对军队的训练、海防的警备与对倭寇作战,贯彻、执行的是一个王朝的施政与海防理念。由此,我也想到,不论古今中西,只要地球存在,人类不朽,民族和国家总是会存在下去的,对抗、合作不仅是主题,而且具有永恒性,不同文化文明的斗争和冲突从未间断过。人类的发展史就是一部相互冲突与合作的历史。对于戚继光等人,我以为,他受限于他的时代,而他,也是对得起他的年代和自己一生的。

芝罘区的街道,很多地方还保持了百年前的模样,主要是建筑,西式的、结实的,甚至造型和装扮,都有些异域的韵味。其中一座,便是孙中山先生发表演讲之处。在过去的那些年代,尤其是清末民初之际,烟台开风气之先,也是近代以来中国最早承载海洋文明的地方之一,洋务运动、甲午海战,以及《烟台条约》,美、英、德等国先后在此设立的领事馆等,一方面反映了西风东渐、中西融合的碰撞与新鲜,另一方面,则以失败、耻辱的承受方式,使得烟台成了最先觉醒与自强的前沿。

漫步其中,恍若置身异域,也好像正在时光穿越。倒是有一家书店,极为优雅,上下两层,书籍陈列,且配有咖啡厅、休息室、茶吧等,浏览之间,只觉得有无数人的眼睛,温暖地看着我。其他一些店铺多是售卖奢侈品及其他小吃的,居然也有四川麻辣烫。这时代仍旧是融合的,世界从来没有如此亲近过,也从没有如此近距离地交织过。我暗自庆幸,自己生活在这个时代,之前的苦难与不幸,祖辈、父辈及那么多的仁人志士替我们担当了,同时也创造与建立了,这是人生之大幸。而人类永远不会惺惺相惜,亲如一家,因为还有傲慢与偏见,以及利益和资源的争夺,文化上的迥异与冲突,等等。

夜间的芝罘区,涛声远了近了、近了远了,能够感受到一种切身的卷动与冲刷。水的本质或许就是给予万物外在的"洁净"与内在的

"滋润"。次日晨起,大雾黏鼻,外出的路上忽然放晴,风吹来,咸涩的味道灌溉周身,到张裕公司,方才得知,烟台乃全国最大的葡萄酒生产基地,也是中国葡萄酒产业化之开创者和保持者。创始人乃爱国华侨张弼士,其年少家贫,远走南洋,以一己之力,艰难创业,行于南洋与欧洲之间,以敏锐和坚韧,终成声名显赫之富商。经济终究是一种手段,利国利众方为正人、仁者之道。在风云激荡、家国危亡之际,张弼士先生矢志实业兴国,在南洋、国内创办多家公司,至今兴隆的张裕公司便是其中之一。孙中山说,"张(弼士)君以一人之力而能成此伟业,可谓中国制造业之进步"。

张弼士乃至其后任,皆是用心良苦之人。同时,他们肯定对红如血液的葡萄酒乃至黄如琥珀的白兰地有着别样的爱好,那种红和黄,意蕴和象征极其明确。所谓葡萄酒,七千多年前就被人们发现和饮用,西汉时期传入中国。我端起一杯,细品之间,有些涩,再咂品,甘冽入心,而且有一股飘逸的香味。再喝白兰地,入口觉得辣,还有点苦,但细细回味,却又觉得绵长,且有自发的香气,持续热烈而出。由此,想起王翰的《凉州词》"葡萄美酒夜光杯,欲饮琵琶马上催",李白的《襄阳歌》"遥看汉水鸭头绿,恰似葡萄初酦醅"。

烟台之夜,风在轻走,觉得有湿意,但不沉重,更不黏身。这种气候,当是海边之地少有的。站在山顶酒庄,眺望苍茫海川,只见黝黑无际,一波一波的涛声沿着草木葳蕤的山坡直逼山顶。躺在床上,我依旧在想蓬莱仙境,既是李白的"霓为衣兮风为马,云之君兮纷纷而来下。虎鼓瑟兮鸾回车,仙之人兮列如麻",又是白居易的"烟波澹荡摇空碧,楼殿参差倚夕阳。到岸请君回首望,蓬莱宫在海中央"。徐福以及秦始皇、汉武帝、王重阳、八仙等,从某种意义上说,他们都在用一种方式,去和浩渺的天空、大海进行联络,试图以某种方式或者契机,使得凡俗之身,获得超自然的能力,进而长久地留在大好人间。如此的幻想尽管不切实际，甚至充满了虚无和荒诞，但人类的每一次进步，都是异想天开、想象力充斥寰宇内外之后，不断付诸实践，再一代代人接力的结果。

  离开烟台时，我对当地作家胡容尔说，在烟台没有待够，我还想去看看大基山。《史记·孝武本纪》说，"中国华山、首山、太室、泰山、东莱，此五山黄帝之所常游，与神会"。其中的东莱，便是现在的大基山。时光流转，海淘浪洗，我相信，今天的大基山上下，一定还存有诸多的古迹甚至"神迹"，古人的气息飘荡，神仙依然登临。我完全也可以站在其中，手持一杯葡萄酒，像李白那样"素手把芙蓉，虚步蹑太清"。他的这句诗，和开头引用的晏几道的词，都有点香艳的感觉。李白的更直接，晏几道的曲折了一下，但两者所写，都是一种极美的人生，尽管云雾迷蒙，太虚空玄，但作为人类古老至今的一种现实和精神向往，其所蕴含的古老梦想与精神意义，是常在的，令人心有所想，而且带有永世不灭的意味。

越西的蓝与深

像要扑入天空！到越西站下车，抬眼，触目的蓝，是那种让人心生悲悯与浩瀚的蓝，深蓝的蓝，纯粹的蓝，通彻的蓝，有一种亲近，却还有些许拒绝之意。我不由得惊呼一声，怔在月台上。寄居成都十多年，我真还没如此被蓝天震慑过。这蓝，只在高原方可遭遇，不仅是肉身的和视觉的，更触及内宇宙和灵魂。迈步出站的瞬间，突然觉得，那天空的蓝似乎也跟着荡漾起来。我想，这是久违了的美好感觉，人所能看到的天空，就当是蓝色的；人所头顶着的苍穹，就当是辽远深阔的。

从成都盆地到凉山，不过三个小时，高铁解决的，不仅是时间问题，更重要的，是在当下年代，人之所住所及，都变得轻松愉悦。由金河口开始，隧道洞然悠长，间或闪过的高山壁立且植被丰茂。可以明显感到，身体在跟着列车慢慢抬升，徐徐、悠悠、轻盈，极其自然地向上行驶，这一过程，舒适感十足。由此觉得，成昆铁路由此而变得充满现代性和跃动感。在此之前，这条铁路修筑时的艰难、悲壮，至今令人心底生寒，肃然动容。

工业文明和现代性的建立，改变的不仅是人们的生活方式，而且与整个国家乃至世界文明进程息息相关。成昆铁路修筑的历史背景，可谓众所周知，而今天的多数人只是停留在"听说""知道"的层面，即便往行数十、上百次的人，也只是能够感觉到沿途的风景，关心自己所要到达的地点。几年前，在去攀枝花的绿皮列车上，遇到一位原籍南充，参与过成昆铁路建设并长期服务于这条铁路的杨姓老人，攀谈中，他说，当年修筑的时候，牺牲的军人多达2100多人，沿途有烈士陵园20多座。其中一次，他们在甘洛某处施工，就地晚餐时，发生山体滑坡，摧枯拉朽般的山石滚落，几名战士没有来得及躲避，瞬间就被吞没了。还有一次，在埃岱站附近钻隧道，战士们正干得热火朝天，突然冒水，紧接着发生坍塌。

老人边说边哭，眼睛里浑浊的泪水，好像蕴含了一个时代的壮烈江河。他说，他之所以不愿意离开成昆铁路，在米易站干到退休，一直到78岁的年纪，都住在距离成昆铁路米易站最近的一个铁路小区，每天看着列车往来，听着铁轨与列车不断咬合的声音，方才能够睡着，也觉得安心。他说，他最好的几个战友都牺牲在这条铁路上了，即便时过境迁，他依旧时不时地梦见那些战友。听了他的一番话，我忍不住抱了抱他年迈的肩膀，叫了他一声前辈。

所有的进步标志的是利众，是人和人之间的理解与和谐，是基于子孙后代福祉的自觉敬畏、恪守与传承。

置身越西大地，蓝空犹如一面巨大的镜子，她在明澈照耀，也在表述。这座四面环山的小城，平静、恰切地站在凉山高原，给我的感觉异常温顺，且又有些特异。城内街道虽然都不是一眼望不到头的，但异常干净，两边陈列的商铺有些忙碌。正是夕阳接受群山黑色冠冕的时候，越城镇显得陡然热烈起来，不同的人们，从不同地方出来，朝着不同的方向。看着他们的车子或者走路姿态，从中感觉到一种从容。

夜间，天空仍旧持续发蓝，尽管略微清淡了一些，但蓝的底色依旧是主题，繁星逐个显现，明净、深邃，每一颗的光芒之中，都好像携带了遥远宇宙的消息。我觉得那是一种无上的守望和祝福。《孟子·尽心上》说："尽其心者，知其性也。知其性，则知天矣。"人和天肯定是可以互通的，相互感应的。

爱默生说，"我们为什么不能与宇宙建立一种直接联系？"他还说，"我们在自然中孕育，被生命的洪流环绕，自然以其力量邀请我们，作出相应的行动"。坐在越西渐渐入夜的窗边，看着灿烂灯火中的越西县城，我想到，这高海拔的越嶲郡，邛部、严州之地，也和中国乃至世界上的其他地区一般，从来就是独特、瑰丽和丰饶的，也是西南丝绸之路必经之地，由甘洛入境，南至小相岭出境的"零关古道"至今声名显赫，进入凉山的第一站便是越嶲，《史记·司马相如列传》说："（司马相如）除边关，关益斥，西至沫、若水，南至牂柯为徼，通零关道，桥若水以通邛都。""邛都"之名，也是越西前称之一种，《元史·地理志》记载："至宋岁贡名马土物，封其酋为邛都王。今其地夷称为邛部川，治乌弄城（今越西县西北）。"小相岭之名，居然出自在民间吃水程度很深的诸葛武侯，光绪年间编撰成书的《越嶲厅全志》说："小相公岭，治南七十里，即南天相岭十景之一。旧志载其地石磴崎岖，为凉山北境，野夷出掠之所。商旅往来必派兵护送。盖其形象高耸，为武侯所开，故称相公岭。"而小相岭前名，即司马相如之零岭。

该书还说："今日山头，治南七十里小相公岭，为武侯所开，碑镌此四字。"诸葛亮在西南地区民间的影响力之大可谓少数中的少数。这位智勇、忠心的臣子，一生短暂，与其后世名声与威望极不相称。就是这样的一个人，在远离祖地的巴蜀、南中和汉中之地，为刘备仓促的帝业耗尽心血，不仅使自己得以青史彪炳、万古流芳，而且成为民间最为喜闻乐道的智者形象之一。

越西之夜寂静得可以细数星星的皱纹。午夜，我做了一个梦，主角当然是诸葛亮，即使在梦中，他也不是活生生的人，而是一尊塑像。我在其背后停住，随后抬脚站在一块石头上面，目的是想清扫掉他塑像肩膀上一团黑灰，正要伸手时，忽然被人推得仰面跌倒。我以为是其他人所为，没想到，那塑像居然转身过来，捋着灰白胡须，看着我说："尘埃非黑非白，何须动手来摘？"倏然惊醒，汗水涔涔，打开窗户，盛夏的越西之夜，清凉的微风漫卷而来，由窗户跨进来的那些，使我愈加恍惚，一时分不清尚在梦中，还是已经清醒过来。细想之下，梦中所获诸葛之语，好像一句箴言，简洁而又隐晦。

所有给人启发的话语都是简单的，所谓"大道至简""大音希声"是也。辗转再睡至天明，阳光撕窗，汽车的引擎与鸣笛声打开新的一天，窗外的越西一派明净，那蓝的天空再度扑面而来，在我眼中，还带有一种强烈的杀伐之气。人们从各个小区和街道分散而行，然后闪没于不同的地点。众生芸芸，各司其职，《初刻拍案惊奇·卷三十五》说，"天不养无用之人，地不生无用之草"，端的也是普遍真理。和朋友们一起到普雄，据说那里是越西县老县城所在，我猜想，肯定是宋代的"乌弄城"，沿着山路盘旋许久，再下坡，远远看到，群山之中，一座现代城镇坐落，多的是楼房，两层和三层居多，一律白色，在蓝色的天空与青草绵延的山冈之间，格外醒目。

我没想到，凉山彝寨的乡镇也有了如此规模，这是偏远地区在时代当中的真切体现。尽管有些雷同，但相比于人的富裕生活，"重复"其实也是美好的。因为，在大地上，人类才是现实生活的主体。沿镇子向南，眼前赫然出现一片巨大的坝子。正值九月，稻子沉甸甸的，把自己压弯之后，还不断地试图昂起头来。进入其中的时候，我发现一些白色的格桑花，叶片薄，近乎透明，白之中，隐约有几根紫色和粉红色的花托。她们身材细长高挑，独独一根的花茎偏向伸张，托起花朵。风一吹，浑身摇摆，似乎精灵在舞蹈。这花也叫蓼萝，在凉山高原秋天的稻田边上集体开放，好像也在庆祝彝寨的尝新米节。

当地作家加拉巫沙说，在越西，凡是有坝子的地方，都种水稻。稻子成熟时候，人们都要举行"车史则"，也就是"尝新米节"。一群盛装的彝族女子走到观景台中央，在《石榴花开》《丰收歌》《金色麦浪》等歌曲当中，她们旋转着舞蹈，欢快、热烈的节奏，吸引了诸多外来游客加入其中，手牵手唱歌跳舞。这种情境，我也是久违了的。很多地方已经失去了对粮食丰收的喜悦，庆典仪式也已经消弭多年，而在彝寨当中，这种古老的仪式仍旧延续着，这就是文化，就是民族的心灵之根。到稻田里，用镰刀割下几个籽粒饱满的谷穗，放在竹制的背篓里，到一户人家，他们点着柴火，把铁锅烧热，捋下尚发青的稻谷，放在热锅里炒，不一会儿，新鲜香糯的稻谷香味飞腾而起，在类似四合院的彝家内外，瞬间奔窜缭绕起来。捧着略微焦煳的稻粒，也感觉到一种丰收的喜悦。五谷之于人类，是一种集合了天地造化的无上恩德，《黄帝内经·灵枢·刺节真邪》："真气者，所受于天，与谷气并而充身也。"长期以来，我不反对肉食，但更尊重地生五谷。《墨子·七患篇》也说："凡五谷者，民之所仰也，君之所以为养也。"我极其赞同古人的观点，尽管很多人以各种肉食为必需甚至以食之为荣。

普雄镇原名瓦吉莫，彝语为山岩下的坝子。这一片坝子，端的是大，巨大、阔大，内容也大，大的人口聚居地，古老南丝路上的驿站，由越西而西昌的重要节点。镇子里，有一座年代久远的火车站，很多车次都要在这里停靠。站在月台上，眺望远去的钢轨，不由得想起当年成昆铁路的筑路先驱。他们所为的，是一种渴望祖国强大、建设美

河山纵深之处 | 145

好家园的朴素愿望。这种愿望从人类诞生之日起，就在不断地追求和实践。一条铁路，30万人修了13年，一条铁路之下，许多人流下了热血，甚至成了永久驻留者，与那些枕木一起，成了成昆铁路物质和灵魂的一部分。看着那无限延伸的南去和北往，只觉得内心激越异常，又充满惋伤。我对当地诗人阿苏越尔说，普雄这个名字真好，完全可以理解为"普遍的英雄"，在英雄退场的年代，"普遍的英雄"具有当代性的启示，也是一种赋予。毕竟，一个国家和族群的强盛往往是集合了更多人的勇气和智慧。

回身的时候，普雄镇好像一个隐藏于青山的巨幅图景，活生生的，烟火气蒸腾，使得那蓝得不由分说的天空，又多了一分大地与人间暖色。回到越西县城的时候，太阳正中，以巨大蓝色背景，使得初秋的城乡之间，灿烂一片。只是，有些树叶开始掉落，金黄洒了一地，干枯的树枝依然高举，正在筹集水分与能量，等待再一次染绿大地。到水观音处，却没有看到任何神龛与神像，只见深蓝的大水，在坝子之中，形成一面幽深宽阔的湖泊，溢出的水向下奔流的姿势，好像急于出去玩耍的大孩子，一路奔腾、跌宕，在河道之中冲撞，不时撩起银白色浪花，一团一团，似乎大水身上开出的莲花。

河边的老树虽身材扭曲，一身的狰狞，仍旧绿叶满身，枝杈泛青，树根裸露，因为水的不断冲刷和浸润，才使得它们保持了原有的活力。万物之间的关系是相互喂养、扶持和成就。老子《道德经》说，"有无相生，难易相成，长短相形，高下相倾，音声相和，前后相随"，在越西水观音处，体验尤其深刻。沿着一边的山坡，爬了一会儿山路，突然看到诸多笔直的松树，棵棵向上，站在一起，齐向苍天，好像一种集体式的致敬。再行几百米，一座大殿巍然其中，当地朋友说，这就是文昌宫。庙的主人，乃张亚子。且说，文昌宫向上左边一山坳处，便是张亚子出生之所。又云，张亚子乃张育、张恶子二人之合化的道教人物形象之一。《汉书·天文志》说:"斗魁戴筐六星,曰文昌宫:一曰上将、二曰次将、三曰贵相、四曰司命、五曰司禄、六曰司灾。在魁中,贵人之牢。"文昌之于古代文人,当是神圣之神,祭祀之,祈求读书入仕,也是一种美好愿望。

大殿上写"代天行化"四字,这句话体现的是古人的天命观,《论语·尧曰》说:"不知命,无以为君子也。"《孟子·万章》云:"莫之为而为者,天也;莫之至而至者,命也。"如此的论述几乎充斥了整个古代典籍,民间信仰肯定有其安抚、鼓励和凝聚之世俗和精神作用,尤其在科技不发达的年代,寄希望或者保持希望之心,对于我们的心灵和生存生活至关重要,哪怕是来自虚无的肯定和暗示,也是一种理解与鼓舞。就此,黑格尔说:"无是这种自身等同的直接性,那么反过来说,有正是同样的东西。因此,'有'与'无'的真理,就是两者的统一。这种统一就是变易。"他的这段话,读起来更像表述《易经》的特点和方法。

下午的越西县城,天空的蓝正在变深,是那种增厚的深、宽阔的深,更是有意味和昭示性的深。若是真的以此为背景,那么,天地之间的一切,都因此而纯粹,接近理想状态。可我知道,繁杂多样才是世界和人的本质。我独自在街上溜达,看各种建筑、人和人群,毋庸置疑,大地虽然辽阔,但不同地区的人们,生活方式和文化习性必然迥然有异,因为这些迥异,哪怕毫米之差别,也才使得人类永久性地保持相互间的陌生感与好奇心。

傍晚,头戴蓝色天空,离开越西时,不舍倒是没有。人在大地上的生活场景,不论农耕还是游牧,工业生产还是信息科技,以至于量子力学、光学、计算,尤其量子纠缠等,只是方式、手段和认知上的不同,但万物与人的互动及其反应,其实都是万物在人这个灵性之物中的体现,其本身也都是美的,并且原本就有,我们只是不知,发现后方才觉得理所当然而已。高铁飞驰，不一会儿，就进入了接二连三的隧道，从黑到白，中间是快速闪过的葱绿色山体，海拔在走低，而越西，在内心渐次加深。

剑门怀古

临近广元的时候，我明显地觉得，空气中的湿润开始慢慢地收敛了，尽管这种细微的变化不甚明显，但身体能够敏锐地感到。成都乃至巴蜀之地，自古以来，就有着自我的一整套气候与文化与文明，三星堆和金沙遗址的发现与再发掘，从那些出土的文物看，这一点也是确凿的，正如李白《蜀道难》诗中所说："尔来四万八千岁，不如秦塞通人烟。"而广元则糅杂了西北与西南地区特有的风习、趣味和取向。它是秦川、陇上与巴蜀的分界之地，也是秦岭于此收尾并厘清南北气候汇拢与扩散的崎岖场域。

远远看到奇崛的群山，层层拔起，又奔纵连绵，其中的涧谷大水，深切而急湍。快到剑门关的时候，脑海中很自然地想起两个人。一个是诸葛亮。这位小国丞相，智慧和才略肯定是有的，但《三国演义》之后，这个既富有治国才能、武功韬略，又具有忠诚品质和文采智慧的人，一方面成为历代臣子的标杆式样板和楷模，另一方面因为演义和民间传说而达到了"妖智"之最高境界。在中国历史上，除了姜子牙、张良等人，大致就是诸葛亮了。在民间，一个西周丞相和一个蜀汉丞相，已经不仅是单纯的人了，而是智慧与神灵的化身。当然，类似的人物还有很多，相比之下，在民间和官方传统意识当中吃水最深的，非此二人莫属。

另一个是李白。这个出生地至今扑朔迷离的天才诗人，中世纪人类社会当中最超拔的伟大歌者之一。在他之前，诗人无数，在他之后，诗人更是无数，可又有谁如他一般，信手一挥，便就是千古绝唱呢？一句"噫吁嚱，危乎高哉！蜀道之难，难于上青天"便可横扫古今。这两句大抵是他那个年代的口语诗，现在看来，这样的诗句如他"黄河之水天上来，奔流到海不复回"之句，都是那么率性、高度概括、想象绮丽、恢弘高妙与唯我独尊。

剑门关的声名于每一个读书人都几乎如雷贯耳。在诸葛亮之前，有秦并两汉。尤其是刘邦，在与项羽争锋初期，他是弱的；被封汉中王后，又主动退守四川并拆毁栈道，并信誓旦旦说，永不再出川与楚霸王为敌。事实早已成为历史。几乎从刘邦开始，中国的历史往往是由刘邦这样的人获得和主导的。像项羽那样的贵族和君子，除了五胡十六国和隋唐宋之外，无不失败。

从广元而剑门关，不过一小时的路程，要是自己开车，可能更快。剑阁县位于龙门山剑门山支脉当中，三面高山，一面峡谷，车子行驶其中，可以看到种在山坡的玉米、小麦和油菜。葳蕤之草木覆盖了皱褶地带的山坡，庞大的岩石也难以显露真容。只是一些百丈千仞的褐红色山崖，让人觉得自然所蕴含的峭拔力量与人在自然面前的不堪一击。径直到剑门关前，穿过一片竹林，迎面是一块红色巨石。

我不得不停下。巨石之上，镌刻的是李白之《蜀道难》。在此天才之作面前，作为一个无才但还有些见识的后辈，如果视若无物，径自摇尾摆臀、扬长而去，甚至不发出一声讶异和赞叹，相信李白即使无灵也会嘲笑于我。一个人终至不朽的，往往不是肉身，生命的创造是人类最高贵的品格。像李白这样的人，无论他生前如何富有、显赫或者贫困和下贱，但李白之才，非天纵不可，泱泱荡荡的古代中国，数千年之间，也就出了这么一个李白。

我驻足，把脖子仰到极致。细读下来，不由得泪流满面。不是这首诗歌如何催人泪下，而是这想象力，这胸襟和气象，何其阔大、高渺与丰沛啊？即使昌明如今天者，如李白之才，也是难以见到的了。一首诗，写尽蜀地之历史人文，说穿蜀道之地理和攀行难度并剑门关之地形地貌。一句句的诗，宛如一帧帧编排奇妙的图画，如幻如真地在脑际连续展现。从这首诗歌中，我深切发现，任何图片和影像都无法与文字的魅力想抗衡。即使在此信息年代，文字乃至文学仍旧是我们最深切的精神根源所在和灵魂最为丰饶的图景。

剑门关内外，所有的小径与景点，都还是蜀汉设置，旗帜、哨楼，甚至兜售的诸多商品，都还是"三国时期"的。蜀汉虽然短暂，但对川地文化层面的改造和影响至今仍未消散。成都历来多短命王朝，其他的，多数烟消云散，人亡政息，唯独刘备、诸葛亮之蜀汉王朝，其政权早已不复存在，但他们留存于此的文化依旧浓郁。这其中的原因，大抵是小说《三国演义》之功，其中的诸葛亮，堪称最有影响力者。其他如关羽、张飞、赵云和马超、黄忠等等，虽然次之，但作为当时蜀汉王朝的五虎上将，他们对于蜀汉的建立和稳定，自然是功不可没的。环望四周，都是常绿的树木，蔚然天涯，其中的藤萝灌木，密密匝匝，难有下脚之地。

可能临近秦塞关中的缘故，剑门关内外，还有些北方作物，如核桃、玉米、花生、红苕、土豆、马齿苋、婆婆丁、芦苇等等，其山势和构造，也明显地带有北方地貌特征，如山坡上的岩石、悬崖和山岭等，显得突兀而又嶙峋，与蜀地、巴地的地貌略微有些形状和质地上的出入。置身这样的自然环境中，陡然使得我这个北方人恍若再次置身于故乡南太行山野。上行路上，我气喘吁吁。在拐弯处，一片洋槐树的浓荫下，看到一位年近九旬的老太太，满头白发被一顶帽子扣住，她身边摆了一些饮料并豆腐干之类的商品，手里还在择拣着一些野菜。坐下与老人家攀谈，犹如坐在自己母亲身边。老人家告诉我，剑门关虽是知名度颇高的旅游之地，但关下农民并没有因此解决生存问题。她的两个儿子和儿媳都在浙江打工，只有嫁在本地的女儿在家。她不仅靠自己谋生计，还拿卖东西赚的钱给孙儿孙女们交学费。

再向上，就是鸟道了。站在一侧山头上，举目四望，只见剑门山如一把张开的纸扇子，或者干脆就是一道天然城墙，高大、整齐、壁立千仞，危危乎，悬悬然，凌绝、霸气，令人望而生畏。由此可见，李白《蜀道难》一诗中的"剑阁峥嵘而崔嵬，一夫当关，万夫莫开"绝非虚言，而是形象告知。在冷兵器年代，扼守一关而自称天下的事件一再发生，地理对于政治和文化的作用在那个时代确切而又明了。长期作为王朝中心的长安通往西蜀的首选道路，剑门关的存在，宛如开启和锁闭蜀地的一把钥匙。难怪，蜀汉时期，"（诸葛亮）凿石驾空为飞梁阁道，以通行旅，于此立剑门关"。

在维护蜀汉安全上，诸葛亮可谓不遗余力，其心之诚，其智之高，其虑之远，真可谓殚精竭虑，鞠躬尽瘁。为了巩固蜀汉边疆，诸葛亮以剑门关为中心，将成都至梓潼，穿剑阁过葭萌、白水，以及陕西勉县、阳平关、汉中等地连成一体，严密布防，使得这一片足有千里之长的区域成为蜀汉最坚固的防御与进攻屏障。就此而言，诸葛亮当是有战略眼光的，攻取蜀地而如何固守，以蜀地为依仗如何伐魏返还中原，这可能是诸葛亮后半生的主要功课。因为他知道，由襄阳出路途遥远，劳师费力，未必奏效。由剑门关进出，一则可以进入汉中之后，以此地的丰饶物产和地理环境进行补给；二则倘若失利，退守剑门关内可确保敌军一时难以攻陷，只要将其他入川出蜀的道路封死，即可确保不受任何威胁。对于蜀国这一小王朝来说，诸葛亮念念不忘的讨伐中原，实际上是穷兵黩武的表现，但对诸葛亮甚至如诸葛亮一般的忠臣孝子来说，尽己所能建立更大的功绩，明知不可为而为之，甚至强为之，这种勇气和进取心也是令人叹服和理解的。只是，诸葛武侯生不逢时，一代良臣贤相，死在了北伐路上，至今想来，也令人扼腕叹息。倘若诸葛武侯生在西汉之初或者其他较大王朝的开创时期，他的雄心和梦想未必会被锁死在西南地区。

向上的窄道，全部是悬崖的缝隙，几乎每一步，都要靠爬。斗折小径，蜿蜒向上，有些地方，若不是现在加置的木板和铁栏，根本无处插足。我想，古人由此小道向上，该是怎样的艰难啊？在这"猿猱欲度愁攀援"的绝境，曾有多少军士和商旅不慎罹难？那些由此经行蜀地与川外的人，在没有任何防护措施的年代，每一次经过，肯定都是死里逃生，每一次攀缘和向下，都是与死亡做殊死较量。在爬的过程中，我觉得这条凶险逼仄之路不应当称为鸟道，而应当叫作"猴路"或"鼠途"。与此同时，我也想到，人很多时候太过脆弱和笨拙，就像在鸟道中间部分，上下皆为峭壁，下方尤为凶险，人就在峭壁之上行走。若不是那些早就做好的防护栏，我是万万不敢过的。

向下瞥了一眼，顿时全身发软、双腿颤抖，进而心悸，恐惧如山下的雾霭和炊烟，瞬间充满了身心。我想有人搀扶着我，但鸟道狭窄，一个人通过尚且困难，再加一个人，无疑会增加危险系数。我强忍着无奈和恐惧，尽量不朝下看，双手紧紧抓住两边的护栏和墙壁，慢慢地，每一步都踩实之后，再向前迈动脚步。大约五百米的栈道，我走了将近一个小时，到较为平坦的山顶上，一屁股坐下来，才知道全身已经湿透。

山顶较为平缓，以松树居多，大风吹动，涛声不息。松树，也算是适宜在北方生长的树木，剑门山上，有大片松林，大致因为此地是南北气候交界处的缘故，生态也南北杂糅。至梁山寺，方才得知，梁武帝萧衍曾在此修行，并建有梁武帝祠。这个文采卓然、个性也很强的小国皇帝，中年后不近女色，天性好猜疑，善诗文，好佛道，当政48年，前期用人得当，后期遭遇侯景之乱。这个人的一生作为，也可圈可点。由山顶小路向剑门关方向，密林之中，众鸟鸣啾，不时飞跃头顶。再蜿蜒向下，也是小径，也极尽逼仄凶险；远远看，石笋峰独立天地，巍然天地，独立出剑门山山体，独成一峰；一线天幽深而陡峭，崖下有水滴不断砸下，在幽暗中，溅起一片清脆的响声。

山脚下独自成立的峰崖千姿百态，有的如宽厚阔大的臀部，有的则如一扇窄门并曲折岩洞。路上，不断看到以蜀汉将士为原型的各种雕塑，并一些冷兵器。至雷鸣谷，方才得知李白诗中之"飞湍瀑流争喧豗，砯崖转石万壑雷"，并非肆意想象，而是十足的写实主义。巨石满川，飞流湍瀑，喧哗之声犹如雷鸣。沿着层层石阶向上，眼前蓦然一亮，一些红枫舒展、集中地展放在古关一侧的山坡上。好像猎猎的旗帜，也像是这初春山野成群的红衣嫁娘。

不知何时，原先晴朗的天空，忽然暗冥，乌云催动，暴雨将至，大风横穿古关。我靠近一株红枫，看她的叶子在风中微微摇荡，犹如仙女们在凌空舞蹈，不由得感叹，在如此沧桑的古关附近，有此艳丽之物，当不是自然所为，而是一种暗示与象征。作为一座横亘古今的古关，其承载的历史及其战争、鲜血和苦难绝不会在时间中完全消弭，英雄和过客也不会死而无灵。这些红枫，应当是一种祭奠和昭示、一种警觉与告知。

走近剑门关,"眼底长安"映入眼帘,我被惊呆了。古人之用语精准、超强的概括力和形象性,简直犹如天授神会。仅仅四个字,便道尽剑门关地理位置、战略作用、政治属性等要素,给人以无尽的想象空间。这等才华,端的是令人折服。正在仰望思想之间,暴雨突袭,石子一样的雨滴砸在皮肤上,有些疼痛。大风从城门及其两翼横贯而来,仿佛杀伐的军队,只身站在其中,有万箭穿胸的痛感,也有独在百万军中、我自岿然不动的壮烈之心。我知道,每一座军事设施都发生过血流漂杵的惨烈战争,无论哪一方胜利,最终也大都采取暴力的方式捍卫和失去。

穿过城门,一道危崖之下,屹立着诸葛亮的雕塑。羽扇纶巾,英姿勃发。站在雕塑面前,耳边轰然响起的是诸葛武侯流传千古、忧患铿锵的名文《前出师表》:"先帝知臣谨慎,故临崩寄臣以大事也。受命以来,夙夜忧叹,恐托付不效,以伤先帝之明,故五月渡泸,深入不毛。今南方已定,兵甲已足,当奖率三军,北定中原,庶竭驽钝,攘除奸凶,兴复汉室,还于旧都。此臣所以报先帝而忠陛下之职分也。至于斟酌损益,进尽忠言,则攸之、祎、允之任也。"

如此忠义的臣子,知不可为而为之的英雄,难怪为后世尊崇、百姓喜欢。诸葛亮之忠义,多次倾兵伐魏、意图复兴大汉王朝的切实作为和"出师未捷身先死"的精神,至今仍被人称颂,绝对算得上一个完美的、决绝的理想主义者,一个不忘旧誓与承诺的士大夫、旷世英雄。于此,不由得再次想起李白《蜀道难》诗中"锦城虽云乐,不如早还家"之句,由他的这句诗推断,西蜀在很久之前就是一个"云乐之地"了。如果诸葛亮于蜀地忘记伐魏之志、耽于享乐,只要做好边疆防卫、就此"安享云乐",做一个逍遥的臣子,未必不是一件大功业。诸葛亮六出祁山、北伐中原,最终病逝于五丈原,这种不妥协的理想主义和重然诺的品质，我觉得，是值得称道的。

在这个世界上，在众多的伟业与理想中，太多的人善于改弦易辙，或者半途而废与忘记初心，可诸葛亮始终坚持，绝不放弃。他这种对自我的人生理想自始至终的贯彻和实践行为，足以令人振奋，令失败者咬紧牙关，迎难而上。在这个世界上，有太多的人目光短浅，仅以一时的失败和成功作为判断人生价值的标准，这显然是片面的，甚至是有辱先贤的。诸葛亮之前，有楚霸王项羽；诸葛亮之后，有姜维、文天祥、袁崇焕等等。其中的姜维，作为诸葛武侯的接班人，似乎也是一个彻底的悲剧人物，也多次伐魏，无奈天时地利皆不利于蜀汉，英雄之心及其作为，均以失败告终；诸葛亮之后，蜀汉人才零落，即使一代名将的后代，与前一代均不可同日而语，况且，姜维与蜀中大臣诸将的关系也很微妙，每次出兵，蒋琬、费祎等给他的兵马都没有超过一万人的，再加上黄皓等人政治上的压制与牵绊，使得姜维这样的一代名将，用尽心思与计谋，也无法阻止蜀汉败亡的命运。钟会、邓艾兵行险招，用奇兵，突破蜀汉边关，不日之间，魏军便吞并了整个西南地区。姜维先是诈降，巧计用尽，也还是回天乏术，最终自刎而死。

在写给后主刘禅的密信中，姜维说："愿陛下忍数日之辱，臣欲使社稷危而复安，日月幽而复明。"由此可见，姜维之心，是忠诚的，也是梦想光复蜀汉的，可惜，他的一切作为，都化为了云烟，留存在三国末年的天空下。在这剑门蜀道之上，姜维的故事，至今流传不衰，比如，在剑门关后的一条小路上，草丛和荆棘中，还有姜维庙，名字叫作平襄侯祠。尽管时代流转，人间沧桑，一代名将姜维，还是受人尊敬和怀念的。

对于失败的英雄，无论何时，都应当给予更多的理解和敬意、怀念与祭奠。虽然，在很多时候，我们需要的是成功以及成功后的巍峨与堂皇、长久和繁荣，但对于人类历史上的每一位英雄，都应当给予尊重、同情和理解，尤其是那些执着于人生理想及精神要义的失败者和牺牲者。当然，于今天而言，在这剑门关内外，最大的胜利者是这巍然的剑门山和剑门关，当然还有蜀汉重臣诸葛武侯、姜维乃至他们的敌人邓艾、钟会等，但接近不朽，而且始终可与日月争辉的，是诗人李白和杜甫。前者一阕《蜀道难》，后者以《蜀相》和《茅屋为秋风所破歌》等在川所写诗歌而相互辉映，灿灿光华，名耀古今。

文化始终是精神的旗帜、灵魂的事业，在剑门关，我再一次深切地认识到了文化乃至文明对于国家民族的重要性，也意识到了历史乃至其中的每一位前辈的荣耀和梦想，尤其是他们当世的那些作为及其影响，留存在大地和人心中的痕迹和声响，对于后世人们的极端重要性。大雨终于停下来的时候，我们已经出了剑门关。景区以外，人声喧哗；世相如此逼真，众生从来也是如此这般的劳碌。回头的剑门关，已经被青山收藏，头顶依旧浓重的乌云缝隙中，有日光飞泻。坐在下山的车上，心中仍旧飞扬着无数回想，有关剑门关的历史人事，绝不止我想到的那些，众多的人，秦塞蜀道，筚路蓝缕，那种生动与绵延，更是一道时空深处的绝美风景线，想到这里，忍不住在心里默诵李白的另一首诗歌名作《将进酒》："君不见黄河之水天上来，奔流到海不复回。君不见高堂明镜悲白发，朝如青丝暮成雪。……天生我材必有用，千金散尽还复来。……五花马，千金裘，呼儿将出换美酒，与尔同销万古愁。"

身在唐家河

河边有人浣衣。清亮亮的河水,似乎可以照见天庭。两侧是长而宽的水泥大坝。大坝上面,则是当下年代人们常见的各种房屋和街道。而这些,都是司空见惯了的,唯有那浣衣的人,哦,其实只是一个久违了的,来自农耕时代的遥远的"意象"而已,那浣衣人的美丑和老幼都不重要,重要的是"浣衣"。这个唯美的"词语",就像是一根优雅的钉子,钉在我的内心,特别是在一切机械化和信息化的年代,每次看到,都会顿时生出一种美感。再一细看,那浣衣的人,尽管也是一位妇女,但大致五十多岁了,肥壮的腰身以及满头花白的头发,肯定已是一位祖母了。而且,她洗的东西,也不是从前的那种棉布衣服,而是一些塑料编织袋。

我叹息一声,看着前面的一个不紧不慢的身影,不由得突发奇想,要是熟悉,我一定会叫住她,一本正经地说,这年代下河浣衣的人可谓绝无仅有,在青溪古镇看到,肯定是一种难得的福分。其中的"青溪",也好得叫我的内心,无端地生出一股诗意来,这地方据说和三国时期邓艾伐蜀有关。邓艾当然也算得一代名将，当年，他便是率兵由今天的文县出发，再由摩天岭而下，以奇袭的方式，攻陷江油关，占据广汉，逼近成都，蜀汉后主刘禅见大势已去，只好率众投降。他的这一战绩，是曹操、司马懿梦想终其一生都没有做到的。老子《道德经》说："功成身退，天之道也。"邓艾自恃灭蜀有功，得意不已，未经报请皇帝，便封赏包括刘禅在内的蜀汉旧臣，终究使得钟会有机可乘，不断诬告，使得邓艾父子被司马昭冤杀。

这便是衔接青溪古镇的阴平古道上发生的，最为显赫的一段历史。邓艾的死，也有他自身的原因。一个人获得不世之功，应当学会收敛，甚至全身而退。邓艾的雄心不仅是蜀汉，还梦想着一举拿下东吴。但他的壮志，终究是一场虚妄。青溪古镇，曾经长期作为一座县城首府所在地，当然是因其重要的军事战略地位，古来政治和军事集团的相互对垒和冲突，有利的地形当然可以达到事半功倍的效果。

大地自身的形势，给人类提供了生存的一切所需，包括内心和精神，甚至灵魂。时至今日，青溪古镇仍旧保留了看起来异常坚固的防御工事，青砖森森，瓮城完好，远看就有一种威武之感。据说，明初傅友德征伐西蜀，也是由此进入蜀地，使得西南地区也陆续被划入明帝国版图。步入青溪古镇，迎面而来的是那种古雅之风。两边店铺之间，有一条特意开凿的水渠，石砌而成。那些门店前面，都置放了各种花卉。旁边有声音说，这青溪古镇的人们，大都是喜欢花朵的，君子兰、青竹、绣球花、芍药、千里光、七里香等，在石头的台阶上争奇斗艳，以各异的姿彩和香味，使得各家古老的门厅，顿时也无限生动起来。植物和人的关系，是最原始的，也是最贴切和舒服的。穿过高大的牌楼，寻一幽静处小坐，几杯茶水浮沉的是人生悲欢和种种际遇。

于繁闹之中清静，在众人中孤独。我觉得是必要的人生情境。值得庆幸,有同行者的暖语应和,日光从盛开的花树之上斜照,地面上的斑驳,其实也暗示了诸多的必然,如往时此刻的他人于此的姿态和心境,还有此时此刻之后,究竟还有谁会到这里来,会不会如我们这般?再去石牛寺,院子内有五棵数百年的柏树,腰杆粗得让人感到时间的臃肿与粗犷。我来寺庙,只是看看。世上所有的善与恶,其实都在自己的内心。如佛家所说的"本性自足"和王阳明的"致良知"。寺庙背后是摩天岭余脉,山川一路走低,但也起伏连绵,植被丰密,苍翠得犹如一片起伏海洋。有人说,那里有一条很大的蛇,但从不伤人。我也说,只要它不构成威胁,就没必要害怕,也不必用其他办法消除威胁。蛇也是生命,它肯定也有自己的品性和"界线"。

在这个位置俯瞰青溪古镇,房屋错落,各种林立,其间的河滩、绿地和沟渠,在日光下清新如洗,周边的山峰和峦嶂,如巨龟者,驮着苍天,匍匐人间。如骏马、鸾驾与飞鸟的,头脸都朝向这处在洼地当中的阴平村和青溪古镇。古人选择此地作为祖辈生活之地,端的是智慧的,一方面可以借助王朝的兴盛,从而安居乐业,过自己的小日子;另一方面,又可以在战乱时期避居深山,不受兵火侵扰。尽管其中有些消极色彩与封闭的农耕意识,但人的本性是趋利避害,如此打算,也无可厚非。

告别孑然一身、沙门苦修的住持,下山路上,忽然看到一群羊只用嘴巴和牙齿飞掠绿草翠叶。这里的羊,个头都不算大,甚至看起来有些单薄,可腿脚敏捷,圆圆的眼睛也活泛如清泉。看到到处生长的艾草,我觉得亲切。这长在沟渠岭沟边缘的草,自身散发着浓烈的药香,或者说,是那种有些熏人的植物气息,使得我有些迷恋。有些年,我得了严重的萎缩性胃炎,一个医生朋友建议我每日用艾灸熏灸。

艾草有温经、祛湿、散寒、止血、消炎、平喘、止咳、安胎、抗过敏等作用,而对那时候的我而言,主要利用了它们的祛湿、散寒功能。忍不住摘下一根，凑在鼻子下深深地嗅了嗅，只觉得口鼻通畅，是一种别异的芳香，让人觉得植物自身那种深刻的蕴含。这味道是任何人都可以接受的，包括同去的人。面对美好的事物，一旦得到呼应，我想这是一件美好的事。

世上那么多人，芸芸众生，来去匆匆，其中能和你同气连枝、趣味相投的，普天下也没有几个。就像这青溪古镇，于横断山脉北缘向青藏高原过渡带上，莽苍起伏的群山峡谷之间，其自在和深藏的形态，显然是区别于同类古镇的。在镇中行走和小坐的时候，我就明显觉得，好像置身在一个温和的小型"穹庐"和"幕帐"，四边都是日月之辉和大地植物，柔软、清脆的围裹与洗涤，还有一种难得的"突然受宠"的惊奇感。

手执的艾蒿不断发出爽心醒脑的气味，进而深入的唐家河先是以敞开的姿势迎接我这样一个初来乍到的人。请恕我鄙陋，此前，我只是从广元的一位朋友口中听到过唐家河这个名字，内心里也笼统以为，这大抵也是一个"人工"后自然存在和商业气息浓郁的自然景点，去的欲望并不大。循着流水深入大山的极处，有鸟鸣在天空嘹亮，滔滔逝水杀伐决断，令人触景生情，这是人生的深层之美，也是闲适之美的体现。唐家河竟然如此幽深与清幽，车子奔驰许久，尚在谷口。途经邓艾当年写字石崖的时候，我又一次感到历史的沉重与虚妄。巴蜀之地，不论从物产还是人才，绝对算得上膏腴与丰美之地、天府之国，为什么在此建立的王朝都如此短暂？蜀汉只是其中之一，前蜀、后蜀、明夏、成汉等等，多则几十年，少则十几年，就分崩离析，或者被更强大的王朝兼并了。其中一定有神奇之处，至今没有人就此做出令人信服的说明。

因为长篇通俗小说《三国演义》而使得三国文化在西南大地如此长久和深刻，其中的刘备、张飞、赵云等人皆来自燕赵，诸葛武侯、关羽、马超等人，也都是北方人。他们在西南地区，以成都为中心进行的短暂的争霸事业，在整个历史长河，不过倏然一瞬，而在今天的巴蜀，始终有一种耳熟能详、妇孺皆知的历史往事、人杰故事、难以言尽的传奇和后世"品牌效应"。由此我总是觉得，先世之人，当然也包括当下的我们，无论当初多么显赫和伟大，若能真的泽被后人，才是真正的成功与功德。

  眼见绿色蜂拥，打开车窗。清风之中，涛声贯耳。不怎么宽的河道里，流水急湍或舒缓，它们连续撞击巨石和自我激烈卷动的声音，始终具有提神醒脑之功。水这种被老子《道德经》赋予哲学意义的自然之物，肯定有一些难以言表的神意在内。水这种物质，其形成的真正原因及源头，实际上无法追溯。天地之间的完全事物，始终有一些玄妙的特性，有形的可能来自无形。无形的会催生和分裂出更多的无形和有形的东西，甚至更多的肉眼不可见的物质。老子《道德经》言："有无相生，难易相成，长短相形，高下相倾，音声相和，前后相随，恒也。"水，肯定是这世上众多的永恒之物当中，最为恒久和善变的一种，孔子"逝者如斯夫"，显然是基于流水而生发的，对于生命短暂的一种普及式的概括和悲叹。前者是基于天地自然人道的透彻观察和理解，后者则是所有生命如白驹过隙的譬喻。

  唐家河自然保护区的工作人员说，这里地处岷山东北麓，龙门山北段，面积一共有4万多公顷，其中有大熊猫、金丝猴、羚牛、云豹、绿尾虹雉等20多种珍稀动物。沿着被绿色灌满了的河谷，越向内行走，越是幽闭。两边高山陡峭，悬崖其中。植被相当丰密，其中有正在开放的槐花，又有已经凋零了的紫荆花。除了珙桐、连香树、水青树、红豆杉、银杏等较为珍稀的树种外，还有名目繁多的常绿阔叶、亚高山针叶林、高山灌木丛等，密集而又多姿多彩地覆盖了整个唐家河，其中夹杂着羌活、天麻、贝母等天然中草药。

自然本身就是一种融合与混聚，众多的物质拥挤在一起，相互作用，生命力也更为坚韧和久长。人们总以为这非常神秘，其实这就是本质。正如维特根斯坦所说："世界上的事物是怎样存在的这一点并不神秘，神秘的是它是那样存在的。"

停车下来，面对青碧可人的流水和青山，我感觉到源自天地本身的明净与透彻，也感觉到人和自然融为一体之后的恰切和美妙。河底石头几近透明，虽然不规则，甚至有些歪瓜裂枣，但它们都很干净、饱满，犹如宝石。丝丝连连的绿藻如鱼儿的彩裙，随着水流不住曼妙，似乎是在为周边的树木和巨石舞蹈。

这般美景，当是隐居的好地方，肯定也是男女恋爱的极妙之处。同行的朋友指给我看巨大的银杏树，这种穿越亿万年时光，在今天的地球上与人类再度邂逅的树种，它们所携带的时间信息，是人类无法知晓的。红豆杉和珙桐也是如此。还有川金丝猴、藏酋猴、羚牛、大熊猫、岩松鼠、黑熊等动物。唐家河保护区的工作人员说，要是幸运，可以看到扭角羚和大熊猫。猴子倒是常见。我不由得暗自庆幸，若不是唐家河，若不是熟悉这个人间秘境的朋友一再推介，我怎么会看到和遇到这么多稀奇的动植物呢？为此，我深感荣幸，也觉得这是一种来自冥冥中的邀约。

它们躺在路面上，把整个身体都暴露在春天的日光下，一些在翻身，一些则假寐。车子过来的时候，也丝毫不惊慌，其中一只，走到车子跟前，先是龇牙咧嘴，发出怒声。还有一只，怀里抱着一只更小的猴子。那当然是它的孩子，只露出一个小小的头颅，四肢和其他部位紧贴在母亲怀中。这种舐犊情深的情景，任谁都会觉得温暖。这是川金丝猴，还有猕猴和其他种类的猴子，无论是哪一种，在对待自己后代的态度上，猴子的行为和心态大致是与人类最为接近甚至相似的。看着猴子那期待的眼神，我连说后悔没带任何吃的来，好像欠了它们一个天大的人情似的。

另一只大猴子，蹲在路墩上，前肢举起，眼睛中似乎有着某种渴望。我以为，它也在要吃的，忍不住全身空空地又摸了一遍。我还看到，猴子的毛发金黄，而且很厚。这大致也是它们适应环境的方式，不管哪个季节，以及昼夜温差大的高原气候特性，都可以很好地保护自己的身体，不受风邪的侵害。这也使我想到，天地间有一些普适性的律令和规矩，适用于任何事物，当然也包括人在内。但我对猴子还有一些惊悚之感，以至于始终不敢下车。我觉得惭愧，如果猴子是一个身居深山的人，我肯定会毫不迟疑地伸出双手，不管对面递过来的是纤纤玉指，还是粗糙如棍的手掌。

人和动物之间，毕竟是有些隔膜的，这肯定和人类自诩为万物灵长、智慧无物可匹的傲慢与偏执有关。人也是自然的一部分，"道法自然"是一个亘古的真理和事实。人类的一切，都源自自然而且必须遵从于自然，人类的很多智慧也是"师从自然"的结果。如蕾切尔·卡森在其《寂静的春天》一书中所说："地球上的生命史是生物与其周围环境相互影响的历史。地球上动植物的物理形式与生活习性在很大程度上是由环境塑造的。"

在唐家河，无论在哪个方位，都会听到如歌如诵的涛声，无穷无尽，轰轰隆隆或者哗哗不歇，这是水在大地上的实际行动，也是宣告与吟唱。此时的太阳正在中空，犀利而又没有遮挡，把河水照得通体明亮，无可掩藏。那飞溅的浪花，跳起来，复又落在奔流的水上，当然，同时也落在周边的石头和岩石上。特别是那些巨大的岩石，肯定是冰川纪的遗物，其中有大如房舍的，也有比普通乡道更宽的，当然也有细小的、一般意义大小的，沉浸于水而又出于水。它们就那样，在日复一日的流水中或者一侧站立、躺卧。我坚信这些石头也有记忆的，其中一些，一方面依赖流水不断地冲刷而生，另一方面，也帮助每一滴水保留了历史和情感。它们是和唐家河的所有草木都融为一体的。尽管春天已经步步深入,但水依旧冰凉刺骨,似乎长满了无形的钢刺。

有些巨石透彻发亮,波光粼粼下,仿佛这世上最美好的身体或者美人鱼化石。我不由得发出惊呼。也觉得,无论多坚韧的事物,对于水来说,都脆弱得不堪一击。水的持续运动,可以瓦解任何事物。如现在常见的水刀,即便是最坚硬的钢铁,也会在瞬间被一分为二。我们几个下车,举着脑袋张望,每一个人都渴望有幸见到羚牛、大熊猫、毛冠鹿等。密匝匝的林子里,似乎有无数声音和动物在动,窸窸窣窣,碰响树叶。只能听到声音,却看不到任何活动之物出现,我不免有些失望,这种想而不得、爱而不能的困窘和尴尬,似乎也包含了宿命的意味。

沮丧之余,我只好在一边的小径上来回走走,只是期望,此一生,自己的脚步也能留在唐家河。事实证明这是徒劳的,就像当年偷渡阴平的邓艾,他一生用尽心力,尽管短时间得偿所愿,长期看,他不过是做了一件应当做的事而已。多少年过去了,唐家河依旧水流滔滔,万物繁茂,而邓艾只能是一个传说了。物比人长久,这也是一个不二真理。《庄子·逍遥游》言:"小知不及大知,小年不及大年。"人再大的智慧,相对于自然界、历史长河和世间,也都是小聪明。唐家河存在之悠久,完全可以用李白多个"尔来四万八千岁"诗句来形容。

出唐家河,再看到安然坐落在沟谷内的青溪古镇,当代人间的烟火气息与诸多肉身温度扑面而来,那一瞬间,似乎经历了两个世界,一边是自然的无尽与繁茂,另一边则是自然中的一些驳杂与嘈杂。晚饭时,喝这里特有的蜂蜜酒,刚一入口,我就意识到,这种酒好喝,但喝多了醉得也厉害。果不其然,至夜间,本想坐在窗台上,一边喝茶,一边眺望群星,可刚回到房间,就有些晕乎了,没洗澡就躺下了。

可能是圆月的缘故，即便是漆黑的暗夜，唐家河的天空仍旧幽蓝、湛蓝，一碧如洗。

之后，居然梦见了一条全身白色的蛇，顺着川流不息的清水，再扭动着爬过开满鲜花的荒地，沿着窗户，冲进房间，身子一扭，就坐在了面前，然后举着一张姣好的脸庞，说她是从唐家河来的，已经在那里隐居了很多年，然后微笑，似乎没有恶意。而我觉得恐怖莫名，不由得惊醒，全身汗水湿透，仔细回想，觉得这大致是在石牛寺听到的传说，以及在唐家河水边浏览、联想太多之故，不由得哑然失笑。再看窗外，黎明即起，大面积的光亮正在降临，新一天的唐家河，又在春天庞大的绿意当中，袅娜、丰茂、繁复、灵性与清静得更深了一层。

离开时，河水持续潺潺哗哗，声响透过车窗，再次吸引我的注意。正是早晨，日光丢了满河的金子和银子，似乎夜间逃遁了的星光，把清亮的水流照耀得一如柔软如丝绸的钨金。河边上，还有人在洗东西，与一河的卵石一起，成为其中最具有灵性的存在。幽深丰密的唐家河，犹如别异而又活跃的另一世界，其中既有相互依存的动植物，更有诸多的历史往事与人间故事。她和阴平村、青溪古镇及其周边的人居之地，显然构成了一个丰饶的大地原色与万物本源的生活群落与清幽秘境。

射洪拜谒陈子昂记

    数棵黄桷树,主干弯曲如人生、枝叶庞大、茂盛似万物,更像这人间。一个人没了,另一个人来;一群人消失了,另一群人覆盖。所谓生生不息,众生如草,情景大抵如此。那座看起来宽阔、安静的墓冢,沉浸在一片阴凉中,一块不怎么庄重的墓碑上写着"唐右拾遗陈伯玉先生墓",集的是启功书法。墓前有一块石板,几支柏香的残肢长在一堆灰土里,似乎笔管脱落的几点红漆。靠近墓碑,歪斜着几只空酒瓶子。我至墓前,先是抬头仰望,目光如一条攀缘的蛇,从墓碑向上,到碑顶,再看到那些纠集在一起的黄桷树枝。叶子们相互簇拥,从不同的根部,探向共同的天空。

    天空无云,赤裸的蓝,好像倒扣的旷古大梦。我上前,鞠躬,鞠躬,再鞠躬。身体弯曲的时候,内心掀起一阵飓风,狂放、极致,感觉整个人都像是时间这一无尽之物当中的一块丝绸,或者一片竹简,在剧烈的飘荡中,似乎有一种身心俱伤的撕裂与疼感。在来射洪之前,对于陈子昂,我是轻慢了的。总以为,所谓陈子昂,不过是盛唐开启前一个偶尔以诗歌开先声的诗人而已。他那首《登幽州台歌》似乎也是率意而为，偶然而成，凑巧和天赋其时的结果。

我站立不动，满心愧怍。斯时，日光虽然没有直接打在身上，但伴随着蒸汽的龙头山连草木都在流汗。几分钟后，一种莫名的疼痛感从脚底升起，好像大地的骨刺，一下子就扎进了我的身体，不由得轻轻哎呀了一声，才发现，双脚居然麻木了，头脑也有些发晕。我再一次鞠躬，用自己毕生的虔诚，向这位先贤大师，致以一个后人全部的敬意与爱意。我默默地想，这陈子昂怎么会生在射洪？他的家道当然殷实，其本人堪称巨富出身。至于其家族发迹之途，大抵是垄断了当地的食盐销售网络。

盐和铁，是王朝的经济和军事命脉，前者关乎天下民生，后者用以锻造兵器。兵和民两者之间看起来大相径庭，一安分守己，一杀戮征战，而本质上一衣带水。"寓兵于农"，无论府兵制、征兵制、募兵制和卫所制，军人的最初来源，绝大多数是农民。控制盐和铁，其实也在控制普罗大众和军事政治。陈子昂父亲名为陈元敬，"世高赀。岁饥，出粟万石赈乡里。举明经，调文林郎"。不论什么样的年代，社会资源的分配都是有章可循的。这可能是一种原罪，但也是社会常态。

斯时唐帝国之下的射洪，大抵是偏远的。一千多年后，我来到这里，心里一直对"射洪"这一地名感到讶异，当地陈子昂研究会会长谢德锐先生说："《元和郡县图志》中说，'县有梓潼水，与涪江合流，急如箭，奔射江口。蜀人谓水口曰洪，因名射洪。'"我才释然。古人在形容山川及万事万物在某些地方、时刻的形状之能力，确实高妙。关于梓江和涪江，我们在去拜谒陈子昂墓的山间公路上看到，两江于城外合流，其状浩然，流势虽然没有大的变化，但清浊分明，浩浩汤汤，滩涂之中，田地葱绿，远山虽然不高，但座座、道道皆起伏有形，宛如龙奔于平江沃野之上，虽整体平稳，可也变化多端。

由此看，我也觉得，射洪此地，山连水环，丘陵纵横，肯定是良好的生存之地，其地质肥沃，气候温润，必有贤能者于此崛起，而秀丽之地，也必养文气、拥麒麟。《唐书·陈子昂传》中说，陈子昂"貌柔野，少威仪""好击剑"，先后两次不第。其父亲让他习武，目的仅仅是改变其孱弱的体质，免于夭折。

年少的陈子昂照例纠集友众，于射洪的街道上耀武扬威。我也始终觉得，每个男人在年少时代，肯定都有过"十步杀一人，千里不留行"的豪侠梦。而整个唐朝的政治风气都是文武双修的。李白、狄仁杰都是剑术高手，武学渊源甚深。此时的陈子昂，大抵也是一个一言不合就拔刀相向的血气少年。在以往的生活当中，刀剑无眼，挑来刺去，难免失手。忽有一日，他路过一所私塾，其中有人高声朗诵曹孟德《短歌行》诗说："慨当以慷，忧思难忘。……山不厌高，海不厌深。周公吐哺，天下归心。"

人在某些时候，是可以自行觉悟和超脱的，《六祖坛经》中所说的"一念心开"大致就是此意。自此，陈子昂的人生峰回路转，由兵刃与击杀之术，断然转入"立德立功立行""为天地立心，为生民立命，为往圣继绝学，为万世开太平"之千古精神与文化的恢宏之途。

如此宏大的人生理想，贯穿了整个中国知识分子的世俗理想与精神历程，尽管有些句子和经验是陈子昂逝后数百年，才有人提出来的，但陈子昂及像陈子昂一样的知识分子、士者与先贤大哲，一直在恪守和实践。如孔子"齐家、治国、平天下"，司马迁"究天人之际，通古今之变，成一家之言"等等，至今仍旧让人心潮澎湃，心神向往之。近些年我逐渐认识到，一个人生于世上，仅仅为自己而活，沉浸在"物"和"欲"之中，是最大的失败。人之所以为人的一个最高贵、卓越之处就在于，"穷则独善其身，达则兼济天下"（《孟子·尽心上·忘势》),"己欲立而立人,己欲达而达人"(《论语·雍也》),"天长地久,天地所以能长且久者,以其不自生,故能长生"(《道德经》)。

人生当中所有的大转折,都是从内心的大觉醒、大彻悟开始的。《黄帝内经·素问·灵兰秘典论》说:"心者,君主之官,神明出焉。"陈子昂突然厌倦了这种舞刀弄棒的粗暴和简单,觉得自己应当改换一种生命方式。他可能也知道,凡是以武力摧毁的,不管一个人还是一群人,换来的永远是仇恨,甚至更大的残暴与杀戮。而文化、教化和德育,改变的是人的心灵,提升的是人的道德与理想主义,是一种润物细无声的精神导引与思想赋予。

草木葳蕤、日光普照的射洪,陈子昂瞬间重生,果断放下寒光闪烁的利刃,谢绝过往的旧好,专心潜入书本当中。这样的一种人生姿态,注定了他的不同凡响。四年后,陈子昂辞别父母,带着足够的银两,去了俨然是国际大都市的都城长安,在"一日看尽长安花"的人生开局阶段,陈子昂的功名之心再也掩饰不住。他可能也知道,一个人再有抱负、雄心与才能,也必须掌握一定的资源,以正当的方式,才能很好地加以实现,壮志得酬,否则,只能像后世夸赞陈子昂的李白一般,终究只能混迹于荡荡江湖,以满腔的才情,在山水之间,以诗歌的方式,抒发给山河日月与星空旷野。

从事后的角度看,所有的磨难都是一种先知先觉的教益和提醒。这个初出故乡射洪的年轻人,在长安以重金购琴又粉碎的富家子弟,一时间名声大噪,成了当时长安明星一般的存在。落第之后,陈子昂沿着当年的道路,出长安,经三峡,再回故里。此时的他,已经是一个刻苦的读书人了。

来拜谒陈子昂墓之前,我便随着当地作家诗人李俊、王海全、李龙剑、李德福、张华等师友,去拜望了陈子昂读书台。武东山上,有一千年道观，名曰"金华观"，其中道教神灵众多，可谓尊尊气势威严。其围墙为一条蜿蜒长龙，由山脚逶迤直上山顶，蔚为壮观。陈子昂读书台旧址其时称为陈家书院，建于唐代，后世射洪之地方官也迁移改址。今之所谓的陈子昂古读书台，不过是一处旧址并两尊栩栩如生的铜像。塑造的陈子昂俊朗、挺拔，还有些英武之气。这可能是后世之人的想象和情感上的赋予。

我始终坚信，大地上所有发生过的人和事，无论多么久远，他们所蕴含和凝聚的那种独特的气息都不会消散，有心人来了，就一定会隐隐地感觉到，可能不会太明显，但必然能感到一种缭绕身心的东西。

陈子昂是一个创造精神巍然、迥然的人，必定也是如此。我们几个在他当年读书台一边的凉亭上小坐，虽然溽热难耐，但在俯瞰涪江和梓江时，只见江面壮阔，大水泱泱且明净，在平原之上纹丝不动，而水面之下却是暗涛奔涌，滔滔流逝；茂盛的草木于山体上蔓延天涯，苍翠绵延。此情此景，不由得令人想起那些已经消失了的旧人旧事，尤其是先贤、大师于此的天地造化、山河赋灵之浑然天成和道法自然般的宿命与天命。

进士及第的陈子昂（公元684年）先是在麟台（秘书省）供职，乃武则天当政后改称的一个官署名。这一年，高宗李治驾崩，欲运回长安安葬。陈子昂上书说，今天下疲敝，多地受灾，此去长安，路途山重水复，役民损耗，不宜如此，他进一步说："且天子以四海为家，舜葬苍梧，禹葬会稽，岂爱夷裔而鄙中国耶？示无外也。"武则天"奇其才，召见金华殿。（陈子昂）占对慷慨，擢麟台正字"。这是陈子昂第一次出人头地，及至武则天临朝承制，陈子昂再次上书祝贺。

陈子昂这一做法，令人费解。在当时，几乎所有正直臣子都在劝阻或者设法让武则天打消君临天下的野心，以陈子昂人品论，断然不可能不遵正道，与武后及其一干佞臣同流合污的。我的依据有二，一是陈子昂最终被武三思之爪牙段简构陷下狱，忧愤死于监牢。倘若此时的陈子昂与武氏家族有染，定然不会屈居一个八品的麟台正字和七品下的右拾遗，武三思也不会指示段简处心积虑陷害于他。二是据《新唐书·陈子昂传》所载："子昂之见捕，自筮，卦成，惊曰：'天命不祐，吾殆死乎！'果死狱中，年四十三。"这说明，陈子昂也是一个很好的卜者，对于武周代唐，他或许认为此乃天命，便上表，以示天道。

早在金华观陈子昂读书台参观时，见一处石壁上有七贤寻仙的字样，大抵是在故乡射洪期间，陈子昂也喜好寻仙问道，曾经与当地好友结伴访名山、寻幽静洞府，以期奇遇。陈子昂大致也是一个道家和仙道爱好者甚至笃信者，这从他"感遇"系列诗作当中可以看出，"吾爱鬼谷子，青溪无垢氛。囊括经世道，遗身在白云。""市人矜巧智，于道若童蒙。倾夺相夸侈，不知身所终。曷见玄真子，观世玉壶中。窅然遗天地，乘化入无穷。"从这一点来解释，作为一代人杰和"唐诗之祖"，引领一代诗学变革的天才，为什么在武则天以周代唐之时，冒天下之大不韪，上表祝贺，完全行得通。

随后的契丹反叛，是武周时期的一个重大军事事件。随军出征的陈子昂在军中向其统帅武攸宜提出了建议，但武攸宜、武三思等人，空有其位和血亲之便利，军事政治才能平平，武周军队溃败。陈子昂献策进言，陈述厉害与用兵之道，武攸宜称谢，不予采纳不说，还将陈子昂降为军曹。此时的陈子昂，方知自己一颗赤心，只是空谷盲音、旷野自语罢了，遂再不复言。这一次，陈子昂碰巧登临幽州台，山川之中，万物萧瑟，多少古今之事，都化作乌有，唯有天地亘古，迢遥博大，无物可依。联系到自身之遭际，陈子昂心中慨然且孤愤，由此，千古之《登幽州台歌》"前不见古人，后不见来者。念天地之悠悠，独怆然而涕下！"横空出世。此诗若万米高空轰然之绝响，空空暗夜寥寥之喟叹，至今振聋发聩，令人心颤，念之诵之，顿觉世事虚妄、万般凄怆。许多年前，再说今人昌耀之"密西西比河此刻风雨，地球这壁，一人无语独坐"之诗句时，曾将之与陈子昂《登幽州台歌》，视为古今两颗伟大与苍凉之心，时隔千年的彼此呼应。

这样的一个心有天地、百代之光阴者，《新唐书·陈子昂传》居然说他"资褊躁"，即性情暴躁、气量狭窄的意思。然而，我观其诗文、奏疏，只觉得陈伯玉乃伟伟一豪杰、赳赳大丈夫者也。在给武则天的奏疏中，陈子昂观天下、论边防、民族、内政、用人、教化民众、养国家元气等等，无一不述，无一不精当，且富有远见卓识，切中时弊。可惜，他终究是一介书生、一个生猛的诗人。在长安为官期间，素常与陈子昂交好的，只有陆余庆、王无竞、房融、崔泰之、卢藏用、赵元等人，其中有些最终位居刺史和御史。倒是他陈子昂，右拾遗者，不过一个七品官员，相当于现今的副厅而已。

"天下有危机，祸福因之而生。机静则有福，动则有祸，百姓安则乐生，不安则轻生者是也。"读陈子昂文，胸中激荡，块垒飓风，摧枯拉朽。其诗歌铿锵、如弹骨，其文章忧患民众、若大江奔流。天道义理，言辞沛然。对于右拾遗的官位，陈子昂始终不满意。他多次上书武则天，陈述政治主张，以求天下大安、生民有福之外，大抵也想被擢升到一个合适的位置，好施展他的才能与抱负。所谓以寸身匡济天下，以雄才经略河山，为国分忧，为万民谋福祉。此乃古来仁人志士之终极大志，不独陈子昂，而其怀才不遇，又不肯高攀谄媚于当世权贵，也是其品行高洁之有力佐证。

如今的陈子昂墓园之前，建设了陈列馆，以纪念这位出生于射洪，而今仍旧以诗文惊艳天下，令人敬仰的一代"大师"与政治家。浏览陈子昂陈列馆时，我一再鼻子发酸，子昂有诗说，"圣人不利己，忧济在元元。""平生闻高义，书剑百夫雄。""感时思报国，拔剑起蒿莱。"他也作文说，"然臣恐将相有贪夷狄利，以广地强武说陛下者，欲动其机，机动则祸构。宜修文德，去刑罚，劝农桑，以息疲民。蛮夷知中国有圣王，必累译至矣"。

如此的语言，虽然时空遥邈，早已物是人非，但其赤心与雄心，依然有着强大而凌厉的感染力量。默诵到动情处，我不由得喉头哽咽，泪流满面。心想，这陈子昂，不仅仅是一个先贤、先师，更是一位神灵，用他流传不朽的诗文，尤其是诗文当中的胸怀、大爱，以天下为己任，以生民为我父母兄弟姐妹之精神，仿佛最为锐利而又柔软的光束，在千百年后的现在，一道道地进入我的身心和灵魂。我也觉得，真正打动我的，还是陈子昂等古代知识分子之热血丹心，特别是他们那种积极的，投身于家国，"古之学者为己，今之学者为人"的进取意识和博大胸怀，致力于万民安泰的理想主义精神。东汉名士李膺有言："欲以天下名教是非为己任。"这也是中国古代知识分子的一种理想主义和至高的道德境界。与孔子"士志于道"，曾参"士不可以不弘毅"一脉相承。

烈日之下，陈子昂有些荒凉的墓冢愈发沉寂，知了的叫声震天彻地，杂草中的野菊花黄而艳丽。从陈列馆出来，再到陈子昂墓前，我连呼后悔，怎么没带酒水和柏香来？只好点燃一根香烟，倒插在子昂墓前。香烟袅袅，燃烧极快，没有中途熄灭。我有些欣慰。这大抵是子昂先生九天有灵，知晓我这样一个籍籍无名之后辈对他的敬仰与热爱之情吧。

低头走路之间，当地的一位诗人说，早些年间，这里有一位守墓者，姓胥，哑巴，家在附近一个村子里，其父也曾是一方富户，也很仁慈，罹难不久，其后妈也消失不见。余下其一人孤苦。限于自身条件，这胥姓老人终生未娶。自家房子倒塌后，即寄身于此，每日为陈子昂扫墓。其生平好酒、好烟，常喝得酩酊烂醉，卧于街头。每有人来拜谒陈子昂，其便坐在老房子门前，脸带笑意，默看游人鞠躬拜谒，洒烈酒、燃柏香祭奠。也有人说，这胥姓老人常问客人要钱买烟酒。颇受诟病。我却以为，前来祭拜陈子昂的人都应当主动给他一些零花钱，投诉这样一位老人的游客，未免气量狭窄了。

这样的一个哑巴，守墓人，他一定是经历了诸多苦难，单身的生活使得他孤苦无依。据说他一个姐姐，嫁在附近村子里，常来看他。而他能够为陈子昂守墓，大致是源自一种冥冥中的呼应。在当下年代，陈子昂尽管不寂寞，但真正为其守墓，用现世之身守望和服侍一个故世之人的灵魂，其中的因缘，有巧合的成分，也有命定的意味。我倒是想给那胥姓老人几百块钱，可他已经去世多年了。不免唏嘘，也觉得，这肯定是一个有故事的老人，上天令他出生即不能言语，一定赋予了他其他更重要的职责或使命。

就像陈子昂，其生，似乎只是为了变革中国文学，为盛唐诗文做先锋的；其命短，而功德存焉，光照千年！《新唐书·陈子昂传》中说："唐兴，文章承徐、庾余风，天下祖尚，子昂始变雅正。"柳公权叹曰："能极著述，克备比兴，唐兴以来，子昂而已。"（《唐才子传》）韩愈说："国朝盛文章，子昂始高蹈。"而追慕陈子昂的杜甫更是盛赞其曰："有才继骚雅，哲匠不比肩。公生扬马后，名与日月悬。"（《陈拾遗故宅》）射洪陈子昂研究会的谢德锐先生说，杜甫流寓四川期间，专门来射洪拜谒陈子昂，并作诗数首。

其实我也想效仿杜甫，子昂、杜甫何许人也，我只是一个生活在这一年代的无名后辈，子昂、杜甫之后，多少伟大的诗人来了，肯定也作诗了，但能够留下来的，微乎其微。对于陈子昂，非有大胸襟、大境界，非与之匹敌之天才不可为诗文，即便勉强涂鸦，也会当场灰飞烟灭,徒增笑话!我来射洪,仅仅是为了拜谒这位一代雄才,也思谋着从他的人生履历与诗文中,寻求自我成长之道,力图能够在他身上勘探一点天地秘籍与精神光照。

对于陈子昂,其生当时,也不当时。当时的是其诗文,不当时的是他的政治理想或者说主张。或许,每个人的人生都不可能尽善尽美、左右兼得。陈子昂既为一代文雄,便不可能再予之治世能臣与封疆大吏了。和他同时代的赵儋(曾为廊坊节度使)在《故右拾遗陈公旌德之碑》文中说,陈子昂才能虽高,但不合于时宜,才能堪比尧舜,可是运气太差,生不逢时。欧阳修说,陈子昂委身于武后,且献计献策,这种行径,为人所不齿,多次上表赞武周代唐的合法性、正当性,因此嘲笑说"瞽者不见泰山,聋者不闻震霆,子昂之于言,其瞽聋欤?"。欧阳氏对陈子昂生平事迹的谴责与嘲笑,大抵有些过分了。

每个人都有自己的局限,陈子昂也不例外。他英年早逝,且冤死狱中,是为大不幸。而构陷他的段简,一说受武三思指示,一说其贪图陈子昂的家产。不管怎么说,这个人的龌龊,也是对陈子昂之高贵、天才的反衬。武则天时代,酷吏横行,告密之风弥漫朝野,这也是这位女性皇帝不自信的表现。陈子昂与其之前的初唐四杰之一骆宾王,显然走的是两条不同的人生和政治道路。在时代当中,知识分子始终左右为难,陈子昂能够在当时迅速做出判断,并给予武则天支持,从现在的角度看,可能出自真心。然而,他的理想并没有因此得到助力,反而备受后世诟病。

《唐才子传》中说,"呜呼!'古来材大,或难为用。''象以有齿,卒焚其身。'信哉!子昂之谓欤?"这大致是对陈子昂人生最贴切的评价。相对于诗文,以及中国之文化文明与其卓越的创造力,陈子昂之贡献,显然是远超武则天及其一干臣僚及后世诸多人等生前所有作为的。老子《道德经》说:"大道泛兮,其可左右。万物恃之以生而不辞，功成而不有。衣养万物而不为主，常无欲，可名于小；万物归焉而不为主，可名为大。以其终不自为大，故能成其大。"对此，我深以为然，并在陈子昂墓前轻声背诵过。我想，他可能会听到的，而且也会会心一笑，说不定，他还在天空某处，伸出虚无的手掌，拍了拍我的肩膀。

重庆记

只身出门。记不清多少次了。几件衣服，一本书，手机及充电器。这种状态持续了整个 2016 年春天。当然，万事万物都有原因。人在许多时候所谓的困境，在很多时候波澜不兴，甚至与本心相反，呈现出一种极其葳蕤甚至愉悦的面目，内里却是火焰奔突，洪流与雷鸣，战马和杀场，这种残酷性，只有自己可以体会和经受，他人再亲近，也只是皮外之"伤"。滴滴到成都东站，径直取票。安检，候车室内人满为患，而我常觉得空空荡荡。巨大的吊顶，钢铁覆盖的生活，充实的人群和内宇宙的寥落。这样的心境可能许多人都有。这个时代，让我们满身浮华，却是满心的疼痛。早就立夏了，但川渝地区气温并不高。只是女子迫不及待，早在春天尾部，就开始努力往少里穿。

我没座位。这些年来，坐的时间太多了，以至于颈椎与腰椎都出现问题。站，走动，是我这些年来最喜欢的肉身动作。这样的动作往往能让我分散注意力，还能感觉到身体的某种协调的通畅。人群当中，从来就不缺乏美丽女子，川渝地区尤其是。其中，有一个衣饰鲜艳的中年女子,两条腿也大部分光着,脸上的脂粉和眼晕看起来沉甸甸的。我忽然觉得,很多时候,人也和这天气一样,完全不正常。瞄着她穿着高跟鞋的背影,心里想:2016年的春夏气候又非常诡异,连续的阴雨乃至急速变换的气候,充满了某种隐喻与爆破的意味。我记得,2013年"4·20"芦山地震之前,成都平原的风特别大。我对儿子说:成都怎么会有这么大的风呢?儿子说:就像我们以前的西北沙漠地区。

"天垂象?"我忽然想起这句话,它出自《易·系辞上》。诡异、充满玄机。

尽管距离很近,去重庆还是第一次。想象中,它是红的,因为《红岩》,江姐他们;也是白的,如"白色恐怖"。此外,它还是"锋利的丰饶""美丽的辣味",以及"码头""江湖"等等。这些表面的名词各有内涵,深究便会江河有源,内涵也异常丰富。

沿途都是夏天,万物在此时获得了与人平等的机会,到处都是生长、成长和茁壮。河流在低山之中,村舍自我坐落,人和家禽,以及散落四周的田地,俨然"故人具鸡黍,邀我至田家"的安适与恬静。如此的自然和人文,我似乎还能够嗅到一种古老的气息,如农耕的古老中国,万千生民,以及环绕的坟墓、宗祠、神庙、生殖、欢庆、哀伤、悲悯、绝望、繁衍、愉悦、自足、愚妄、笨拙、疼痛等。好像早就深植于每个人的骨头、血液和灵魂当中了。地域的力量无比强大,地域的乃至民族的文化和文明顽固而又绵长,它笼罩并且会贯穿每一个生于斯的人。对于大地来说,她就是优裕的,她包容的韧度、宽度和深度,以及内里的催发与塑造能力,常常令人惊奇、感恩。所有能够在大地表面上的生灵都是幸运的、有福的。

没预想的热。出租车上,司机说,今年天气也反常。从重庆北站向渝中区,十多分钟后,看到嘉陵江,泛黄的、浑浊的、泱泱的、平缓的,表面平稳,急湍其中,一些大小不一的船舶顺流而下或逆流而上。紧接着，无尽高楼撞入眼帘，在蜿蜒的江边，在不平整的山地，真的好像峭立的森林。

我们的城市一截截地向高处攀升。成都也是如此，北京、上海、广州、深圳当然更不例外。司机笑着说，没办法，条件限制，现在地方那么金贵，不把楼盖得高一点，开发商怎么能赚钱嘛？我笑笑。城市固然是现代文明和人类智慧的集中体现，物质丰裕、世道安平的结果，可总有一天，在城市的缝隙蜂拥来去，以单元楼为家的人们，就会再一次渴望回到曾被自己鄙视和逃离的乡野。

我也是如此。年轻时想的是，如何灯红酒绿并且在市中心，过那种衣食光鲜、出将入相的奢侈生活，现在则不止一次地向往，如果能够身心轻松地回到乡野，而且没有那么多羁绊与顾虑（如收入、医疗、教育的欠缺，以及乡人思想的守旧而排斥等），那将是最理想的状态了。人不过是大地表面的动物，与草木虫鱼等一切事物无异。只不过，植物都是有根的，它们扎向土地，或深或浅；动物，包括人，最终也是要回到大地。

住宿的地方叫学田湾，靠近广场和会议礼堂，对面便是重庆市委、市政府。还有周恩来故居，这位伟人，我以为他了不起的地方，乃至事无巨细地照料家国，鞠躬尽瘁地为了更多的人。这种胸怀、境界，我以为是高贵的、不朽的。一个人在世上生活，必须心怀大众。他者既是伙伴，也是苍生。而人类最美的道德，就是合住合作，就是"士不可以不弘毅""众生即我，我即众生"。

草草洗了个澡，联系黑陶。见面。和我想象中的没有差别。我相信他的人和写作都是独立和性情的。很多年以来，他在无锡，我在西北的巴丹吉林沙漠，再到成都，两人只是闻名，偶尔短信，电话几乎没有。他对我说的一句话让我惭愧而又温暖。他说"你的文章只要见到，都要读读"。这是同道的勉励。文学这件事，总是有着巨大的不确定性，一个作家无论怎样努力去写，也未必能够百世不灭。写只是自我意义上的努力，而流传与否则另有玄机。

这些年来，据我观察，散文这个行当从业者，大抵也如这个文体的名字"散"，一盘散沙的"散"，也是相互孤立的"散"。黑陶可能是其中最宽容和低调者之一，也是其中说的不多，做得异常扎实的掘进者之一。不像我，一直在说，而且做得没有说得好。他送我一本《烧制汉语》。在黑陶的文本里，汉语是极致的，简约、丰沛与妖娆的。很多时候，读他的散文，我觉得不太像散文，特别是与人们惯常理解的散文有着巨大而惊险的差异。

傍晚与黑陶出酒店溜达。走在街上，可以明显感到重庆的不平整。这一点，像极了这座城市近代以来的变迁及其主要事件。我还明显感到，重庆这个地方，应当是火性的，进入不久，就可以明显感觉到一种"燥热的郁结""节烈的爽利""无端的炸裂"。到灯光灿烂与庄严的礼堂前，仰望之间，金碧辉煌。忽然觉得，修建它的人或许是有意为之，或许只是出于一种效仿。广场上音乐爆响，扭动腰身的人整齐而又快乐，甚至有些美妙。我时常为人的肉身做出的美妙动作而暗自赞叹。人之为人，从头到脚，从内到外，都体现出冥冥天意一般的"科学的美妙"与"造物主悲悯与用心的精密"。

出广场，向上，夜色中街巷行人不多，店铺也不稠密。回到酒店，见到马叙。他的低姿态的散文、诗歌和小说写作，虽然被言说得不多，但在写作者中间深有影响。同时，马叙还是一位出色的画家和书法家。我和他也认识有年，相见则是第一次。记得在2000年左右，论坛兴起，我时常和马叙、黑陶、黄海、吴佳骏等人混迹于乐趣园的诸多散文和诗歌论坛，闹意见冲突，干仗骂娘，打情骂俏，也相互吹捧。论坛被有意识地关闭后，大家星散，但从没失去联系。多年之后，这些人之间，大都如同兄弟手足了。早在2007年夏天，就马叙的散文，我说过这样一番话:"浙江作家马叙的散文作品是自我的、向下的,以最低的姿态贴近大地和生活,'我'的始终在场、真实触摸和对事物的本质开进,已然接近原质的另类创造,令人感觉到生活者的散漫、真实和自在。他的一系列文本,从一定程度上纠正了当下散文写作过度高蹈和深度迷陷的惯性。"

需要肯定,更需要呼应。尤其写作这个行当。获奖和领奖,都是荣幸的事情。我一直觉得,每个写作者都有其存在与发力表现的价值。这一次"红岩文学奖"有罗伟章。在门外抽烟时,我对他说:你的小说我至今读过两个,一个《变脸》、一个《银子》。自从读了你的《银子》,我对其他人说,罗伟章的小说有气象了!

说起来,我与《红岩》渊源颇深。起初是一位女子,很好的文学编辑,散文家,她的笔名叫越儿。那时候,我还在西北,她电话我,说我前些天投给她的习作,她们杂志确定发表。同时又让我推荐几个朋友的作品。几个月后,她再次来电话,说都已发表。我感动莫名。彼时,我当然也像现在一样一文不名,又身处偏远荒凉的巴丹吉林沙漠。对于写作和发表,应当是一件非常艰难的事情。越儿如此待我,定是恩情。忽一日,不期然听到她跳楼自杀的消息,一时僵住,满心恍惚。怎么可能呢?隔日,在网上看到相关消息,痛心不已,也觉得,人的生命真是无法确定,此一时和彼一时、这一秒和下一秒,很多事情都无法预料。

此时《红岩》的主编是刘阳,几乎每年都发我的习作。我还知道,她还是一位非常优秀和卓异的书法家,性格开朗、才艺过人,且具有一种难得的侠肝义胆。某一日,大家饮酒至酣处,她的丈夫,画家、作家张于动用手风琴和吉他,刘阳也以歌声和舞姿加入。夫妻两人载歌载舞,其情其景,欢声雷动。她和张于二人的融洽与率性,以及那种优雅自在的人生态度,令在场者心生赞叹。

每每收到最新出版的《红岩》杂志，总要读读。吴佳骏加盟该刊，不久推出了《中国文存》栏目。这个栏目的志向是宏大的，它的趣味更为宽泛、厚实与独立。关于吴佳俊的散文，我也表达过意见，说他的散文始终与具体人、与乡土和具体的场域有着血肉般的联系，也持续地对他现在置身的城市进行深刻的融进与洞察。还特别提到了他的《河流的秘密》，该作品以河流为中心，写出了一些日常生活中司空见惯，而时常回避又不得不面对的人间物事，如寻人启事、民间运作、个人遭际等。他的散文写作姿态是大度的，不卑不亢，有着一种蓬勃向上的隐忍力量。

江西的范晓波也认识多年，此前见过一面。在我的印象中，他是一个非常安静而且谨慎的人，对散文的敬畏感与精品意识最强。他的一系列散文写作，贯穿的是他自己的一种生活和精神力量。范晓波话不多，说得非常客观，没有锋芒。我也觉得，他的这种状态是我努力想达到的。因为，写作说到底是个人的事情，也是时间的事情。说，永远都是一种类似于乌有的表达，而作，包括思想境界的提升与伏案书写，才是真正的存在与抵达。

下午，人环坐，每人一盏茶，前面一块姓名牌。正中的横幅上写"当下中国散文写作的处境和前景"。人皆发言，大都脱稿。这样的场合，我有些发怵，从来不善言辞。2016年之前，我信奉"君子讷于言，敏于行"。2015年冬天，一位常在一起的诗人和地产老板对我说，你要学会说话，还不能让人听不懂。会讲话，把话说得清晰，也是把一切事情做好的重要方面。从此，我注意加强纠正自己的地方口音和吐字方式。就散文，我简要说了几点：

一、当下的散文，其实无可足观，尽管很多从业者以散文扬扬自得，特别是那些因为散文暴得大名者，一篇两篇文章得到了很多人夸奖，甚至已经列入不朽经典之列。我们对陈忠实及其《白鹿原》的尊敬，对杨显惠及其苦难三部曲的尊敬，实际上都建立在一个比较文学的、客观的，甚至时代的前提上。除却这些因素，散文家想以一篇非虚构或者散文作品而使得自己获取大面积的尊敬乃至文学史上的不朽，我觉得是狂妄的。

二、纵观我们当下的文学创作，最根本的缺乏就是原创性，很多文学作品，或多或少都有其他大师的影子。这种拿来的文学创作在当下文学环境中特别容易走红，引起喝彩，但对写作者来说，因此而走红而被肯定，就自己把自己当成大师先驱，我觉得浅薄。文学创作的第一个要素，我觉得就是原创性。所谓原创性，就是此前可能有，但没有你那么极致，此后也可能产生，却不会有你的独特。

三、我从不全盘否定新时期以来的散文创作成绩，反而时常会对那些对散文有革新之功的人表示敬意。在这里，我愿意再次澄清或者说呼吁一个问题，那就是，千万不要忘记了小说家们对于散文革新的实践之功，如张承志、汪曾祺、贾平凹、史铁生、韩少功、王英琦、周涛、王宗仁等，他们在小说之余的散文创作与专门的散文创作，是散文创作革新的根本驱动力与最好的文本证明。现在，很多散文专著和散文研究者，一说散文创新的功臣就是这一个那一个，这种说法非常不公允，也有掠人之美的嫌疑。散文和其他文学创作，始终是一个承继、融会贯通和兼容并蓄的过程。我不是反对学习大师经典，而是觉得融会提升才是真的能力，是优秀作家的基本功法，也是成就优秀作家的必由之路。

四、散文乃至一切艺术创造，都是有气象和境界的，气象和境界肯定是决定作家作品高下优劣的最高和最终的尺度与标准。当下，自曝特殊隐私式的散文写作相当多，这虽也是人性之一种，但以此来作为焦点和吸引力，我觉得矫枉过正，也是极为不堪的。我还是比较喜欢张承志，及林贤治、资中筠，以及诗人于坚、评论家李敬泽的散文随笔。

五、我们的文学作品，一方面要持续地激励人心，进行深度的和广泛的唤醒和启蒙，另一方面，应当最大限度地给予我们自己和其他人以心灵的安慰与精神的照耀。文学之所以为文学，必然有其传播性与影响力。这个年代，文学何其小众，但不能因为小众，而"躲进小楼成一统"，把辽阔草原以 3D 形式来显现，把雪山与江河做成绘画，而是应当更远地放逐，更高更广阔和纵深地去发现和探索我们自己，以及我们和历史、未来，特别是在当下遭遇的种种蹊跷而富有多重意味与指向的，各色各样的纠葛、和解、不妥协与龃龉，以及恐惧与向往、不安与和谐、愉悦与疼痛。

晚上喝茶，再喝酒。从前的时候，自己也是满口大话，恬不知耻。现在，则无限地鄙视这样的人。只有虚弱者才会在人前自我抬高，满嘴跑火车。

上午去北山石刻，哦，被震撼。此处摩崖造像，大致开凿于公元 892 年，中国纪年为壬子年，唐昭宗李晔景福元年。斯时，藩镇割据，各种姓氏的小王朝相互攻伐与取代，背叛与合作，乱象昭然，民无宁日。

出资修造北山石刻者名叫韦君靖，陕西扶风人，从"韦君靖碑"上看，他有一连串头衔，"金紫光禄大夫，检校司空，使持节都督昌洲诸军事守昌州刺史、充昌普渝合四州都指挥、静南军使，兼御史大夫，上柱国"等，但其生卒年月不详，《新唐书》《旧唐书》等似乎也无记载。由此，我再一次感觉到民间写史的重要。特别是在当下年代，民间写史的意义和价值可能会更高。

北山石刻以大佛湾为中心，有观音坡、营盘坡、佛耳岩、北塔寺等多处景观，全长 500 多米，岩高 7 米，各种佛龛依次展开，因势而用，蔚为大观。但多数佛像已经残毁，其中有自然的毁损，也有人为的因素。

这里的造像题材多为佛教密宗，有"三阶级""净土宗""西方三圣""三品九生""未生怨""十六观"等。其中的观音、地藏合龛、阿弥陀佛胁侍观音、地藏、千手观音、毗沙门天王、释迦牟尼佛、三世佛、阿弥陀佛等大抵是唐末时期作品，以雍容为要，又颇多庄严，也大都"丰腴""大度"。绘画和石刻艺术，在某种程度上也是创作者所处时代风貌、世道人心的直接体现与微观反映。

建于宋代的转轮经藏窟，数珠手观音、水月观音、孔雀明王、泗洲大圣、十三观音变相等窟，龛内造像刻工精美，注重意境提炼与映衬，并且显得内敛。我在浏览中，忽然想到，以前我们常对某些大兴土木的人和事表示不满，甚至以鄙视的方式看待，其实也是错误的。当年，正值民不聊生之际，韦君靖斥巨资修建北山摩崖石刻，其行为大抵也遭到了时人诟病。倘若不是这个人，以及在他之后的那些穿越朝代的接力者，今天的人们就不会看到如此精美的艺术品了。这是一对无可调和的矛盾与悖论。人们对于神灵和佛陀总是虔诚的，也始终相信，为神灵和佛陀造像，就是行善积德，并会有福报。

我一路瞻仰，到北山石刻之末，我方才觉得，这里的摩崖造像，其实也有凡人自发为自己造像的成分。每一个人的心里都住着神灵和佛陀，也非常渴望用相应的方式，使自己也能加入神灵和佛陀的行列。这种行为，似乎也是向善的，包含了人对现实的不满以及死亡的恐惧，当然更多的是对来生来世抱有梦想。

这就是人的复杂和矛盾之处，"长生"的梦想不仅是帝王，几乎每个中国人的思想深处，都携带了这种文化的基因和俗世幻想。不管怎么说，这些石像都留了下来，而且以石刻的方式，凝固在佛陀一侧，以沉默遗存的姿态，使得自己的肉身形象有效抵抗了时间的摧毁，尽管时间仍在毫不怜悯地对他们进行风化与擦抹。

　　山中幽静，翠竹密林，雀鸟鸣声如空谷滴水。在这样的环境中，我想，其实，人生不用太匆忙，更不必太拥挤。倘若有足够的田地和农副产品用以日常所需，生活在城市之外也不算一件难事。而现在所有农村和农民的难，包括农村入城者回乡之难，都是有意识地"被造成"的，这种将人集中在一起的方式，有违自然与人的自我权利。转去宝顶山的车上，闭上眼睛，就会看到一面面的佛陀造像，其表情柔和而深有意味，无论从哪个角度看，他们都在审视每一个仰望他们的人。尤其是佛陀眼睛的穿透力，让人心惊又觉得身心轻松。

　　宗教带给人的心灵震慑与安慰无与伦比，在这个世上，在人心当中，唯有超凡入圣并且以善为主旨的精神信仰才是无敌的，也是令人由衷敬畏的。那些摩崖造像个个生动，细节饱满，多看一会儿，每一个部位似乎都在动，还会开口说话。如此艺术效果，不仅震撼人心，而且是真正"活着"的。从前，我一直不注意观看佛像与神像，更没有真正用眼睛与他们对视过。甚至，对于某些罗汉、天王、护法的造型和表情还有些害怕。自从2016年春天之后，我发现自己每一次都能认真仰视佛像和神像了，也时常与他们对视。我还发现，与佛像、神像对视时，几乎每一尊佛像、神像都会冲着我做微笑状。这使我惊异，也觉得心安。我也想到，人过半生，在嘈杂与惨烈的现实生活中，谁也不敢说自己没做过一件坏事，没有过一个坏的恶的念头，若能时时刻刻躬身自省并且坚持践行"善""正"，想来是可以问心无愧的。

　　宝顶山确是一个幽秘、有佛性与仙气的地方。论海拔，不过527多米，但成了一方石刻胜地与禅院仙观，"山不在高，有仙则灵"这句话说得太过合适。宝顶山石刻与北山石刻同时创始，整个山形犹如巨大的"U"，也像极了马蹄。其创始人密宗大师赵智凤，大足本地人，法号智宗。5岁落发为僧，16岁云游归来，跟随柳本尊，并将之发扬光大，建造了宝顶山瑰丽而丰富的石刻艺术群。

柳本尊这个人的传奇意味和仙气都很重，几近出神入化的程度。其原名刘居直，原籍四川乐山，大致生于公元855年。其所皈依宗教叫作"川密"，"本尊"是教众对他的尊称。斯是唐末，天下纷争如火如荼，生生相杀。民间有说，柳本尊非人所生，而是乐山城南有一柳树结瘿，数年后诞生柳本尊，恰被该地一个小官员遇到并收养，日久袭父职。时兵祸深重，生民艰难，柳本尊力所能及，对地方百姓多有抚恤。不久，柳本尊同弟子袁承贵相识之后，并同游峨眉，返程时途遇一女，过河时，女溺水。柳本尊等施救不得，最终见河中一巨石上刻有文字，曰："本尊金刚藏菩萨"。

据宋时密宗大师释祖觉修撰、王直清刻石《唐柳本尊传》碑和明代刘畋人《重开宝顶石碑记》记载，王建（前蜀皇帝，河南舞阳人，为宦官田令孜养子，后在保护唐僖宗逃入四川途中有功，成为皇帝近卫军首领。不久，王建擅自袭占阆中，招募兵马，驱逐原西川节度使陈敬瑄之后，成为川渝地区最高长官，迫使唐昭宗封其为蜀王）一番征战，成就川渝地区霸业之后，自称江渎神。时成都及其周边恶鬼众多，无法收拾，王建召柳本尊作法镇压，妖鬼静息。

类似这类传说，碑文有记载，有些尚可，有些则过于失实。作法驱鬼之余，柳本尊也广施救济，普度民众，嗣后，柳本尊开始"十炼"：其一炼指，其二立雪，其三炼踝，其四炼眼，其五割耳，其六炼心，其七炼顶，其八舍臂，其九炼阴，其十炼膝。这种修炼方式，大抵是残忍的，也许正是这种循序渐进地对自己痛下杀手，才可能使修炼者脱凡成圣。公元907年七月十四日午夜，柳本尊去世。

置身宝顶山石窟群，目光及处，心灵震撼。本来普通的山崖之上，镶嵌了那么多佛和神仙，一尊尊姿态不一，穿戴有异，表情丰富，又各个不同，这是多么丰富和深邃的一幅长卷！那些留存下来的佛像和神像，包括人像，其雕刻者在敬神爱神之外，也捎带着把自己刻了上去。一大片石窟雕像，似乎是古人采取的类似今天照相机的方式，把自己的形象留给了后世。

进而觉得有一种亲切的烟火气。宝顶山石刻的整体氛围是人间的，尽管其中有慈悲的佛陀、儒道的尊者，还有龙和地狱、轮回转世、劝人行孝等内容，可那些画面，总在讲一些直观而又不容置疑的哲理故事，告诉每个参观的人都能够按照神仙和佛家的要求在世事中加以遵守和践行。

在中国，三教密不可分，重合度很高。宝顶山石窟也是如此。古人在用一种朴素的方式，告诉人在俗世生活中应当遵守和践行的根本要义和方法。在几尊佛陀造像面前，我忽然感动，仰视时，我再一次看到佛笑了，冲着我微笑，温和地笑，慈祥地笑。他们的笑意有期许，也有冷厉。我知道，他们是在告诫我，也在鼓励我。他们能够将我的身心看得通透，我出生以来所有的善与恶，包括福报与罪孽，都看得清清楚楚。我无法隐瞒，也无法躲避。我举着脑袋，在攘攘人群中，长时间地与佛对视。似乎，他们的目光有着非常强大的洗涤与清扫力量，也仿佛具备了令我灵魂节节纯净并且高贵的神性与光亮。我也笑了，舒展地笑，是几个月以来最真实和最开心的吧。在佛前，我低下头，再仰起，只觉得身边一片澄明自在，其他的游人倏然不见了一般。

我相信，人在很多时候是可以与神灵进行沟通的，也可以相互看到并且有所觉悟。尽管，我知道，一旦回到现实生活，一切就会再度浑浊、黏滞和胶合起来。人活着，就是一场在淤泥中仰望荷叶荷花，用心和灵魂追赶日月星辰的过程。参观完毕，在老子的造像前保全，再转身，向着整个宝顶山石刻鞠躬。不为其他，只为那些造像，以及那些造像带给我的艺术感觉乃至内心的那些觉悟与明澈。

返回重庆，江面上的夜色美丽绝伦。这座山城，似乎在夜晚才显露出她的某种美好与妖娆。一群人喝酒，唱歌，我也想加入，可惜五音不全。俯身栏杆，看夜色中的江水，以及江上的重庆，也感觉到一种疏松与别致。与散文家格致聊天，夸赞她对于当下散文的贡献。我平素很少夸人，特别是同行，但每次都可以从他们的作品当中，感到那些独特与新鲜。

  对于重庆这个城市和地域，我看到和认识到的只是一些表层的东西，还有道听途说与人云亦云。这很浅薄。好在，夜晚之中，我忽然发现了自己的柔软与某种坚守。聊天到凌晨，回自己房间的电梯上，我忽然有些矛盾和纠结，但很快释然。洗漱上床，看了一会儿微信，关灯，侧身，车声渐少。此时的重庆，在我身下，感觉自己好像躺在一张放置于孤岛的床上，一切安静，进而乌有。人在某些封闭的地方，总以为外面的一切与己无关，可以佯作不知道，殊不知，人最大的灾难，都是自己给予的。

  斯时2016年，我个人生活遭遇变故，按照时下流行的话说，是被离婚。女性在这个年代已经获得了"主义"与"现实"的全方位胜利，而且大有愈演愈烈的趋势。再加上莫名其妙的生病，郁闷到抑郁，我的人生又开始了单身时刻。因此，去重庆，以及在重庆的几个日夜，面对石窟乃至其他事物，内心总是波动的，也试图以外物安抚自己，或者说为自己找一个合理的"凭据"和"自我疗愈"的契机。因此，想法纷纭了一些。

  重庆之于我，或者我与重庆，始终有一种隔膜，这种隔膜完全是地域文化、自然环境方面的，而人，全世界都是同气连枝的，不存在任何沟通上的问题。正如夜间，站在码头上眺望灯火的海洋，江水之上，人间灿烂，大水与群灯相互映照，进而生辉，辉光斑斓而又密集，而夜幕广大，星群以亘古的方式，使得整个地球都有一种葳蕤但邈远之感。位于山间的重庆，就像一个凸凹不平的幕布，其底色泛绿且红，有许多凹凸处，大起大落的迹象尤其明显，横穿与汇流的江水清浊自分，但又方向一致，浩荡至极也平缓如镜。《管子·禁藏》说："夫民之所生，衣与食也，食之所生，水与土也。"盖山川地理，气候物类，都与人关系紧密，或者说，是气候创造和改造人。

第二天早上，还没醒来，已有热气凭空而来，在整个房间之中，犹如无形而又紧密的火焰之舌，密布而来。我蓦然想到，这是在重庆，哦，重庆，身心都觉得别异，也有一种新鲜之感，想起诸多历史往事，如古老的巴国及其将军巴蔓子、川江号子《十八扯》，与我同为河北人的张飞，元稹的"除却巫山不是云"，李阳冰、宋人陈抟、《红岩》中诸多人物，当然还有抗战时期的沙坪坝、民生公司等。重庆历史之深广、之曲折，令我这样一个只是初来乍到的北方人，感到它诸多的难以言表与万言不尽，甚至言辞无当。

起身，拉开厚窗帘，我又闻到了重庆那种发黏而又火性十足的特别气息。想到即将到来的返程，心中慌乱，那种多次闪电一般来临的疼痛，从心脏开始，一直到胃部，就像带钩的铁箭。但又不得不返回。于我而言，重庆是他者之地，我不过是心有所伤，热爱但万言不及其意的过客。

出门，和朋友们告别，却发现，重庆的气温还是不高。动车回，成都也是如此。心中忐忑。其实，人在很多时候，还是可以与天地通心、相互感应的。从成都北站乘地铁返回的路上，我还暗自说：愿天地安泰，众生平安！这个念头和突发性的自言自语，完全是无意识的。抬头瞭望满车的红男绿女时，想到刚才自我的内心活动，也觉得吃惊。我不得不承认，人在很多时候的表现，是很散乱的，也是矛盾的、纠结的。就像这篇文章，涉及的似乎很多，写完之后，又觉得满篇妄语，不知所云。

眉山记

四川盆地有着妖娆的边沿和诸多幽秘的去处。眉山最近，这个川西南之门户，曾经以"八百进士"和"苏门三学士"成为巴蜀地区的一个文化标杆，但二者相比，苏门三学士显然已经不局限于巴蜀地区了，当然是中国乃至东方文化中一个赫然醒目的"旗帜"或者说样板。不避讳地说，苏东坡无疑是他们父子当中最为翘楚者。关于这一点，参观苏辙和苏洵公园，沿途所读其诗文之后，相信每个人都会有这样的看法。诗文一途，以创造为要，以气象博大、察世幽微而能发乎别声为上好。苏洵、苏辙的诗文，与苏轼相比，还是木气、板滞和规矩了很多。古之天才，必有激滟于同类以上的妖娆之姿，也必有超拔于同代并在传统的接续上另辟新天之卓越表现。

三苏祠面积较大，进门去，便能够嗅到一种来自遥远的气息，好像是墨香，也好像是某种令人肃然、不由恭敬的灵魂气质与"道统"的力量。站在廊檐之下，一切都很古老陈旧，又似曾相识；一切事物都清朗且又隐晦，好像走进了东坡诗词及文章的某一种境界当中。我想，所谓的艺术，不过是借以表达自己于人世生存的幽思别绪，乃至对天地自然和人间事物的看法罢了，创造者的一切努力，也不过是想着自己的名字在世上留得比他人长一些而已，至于后世影响和评价，都不是自己能说了算的。唯有去做，用自己的方式为万物命名，为人世寻找一条"合适"之路，并且用文字和书画的方式，让自己在这永久性的孤独与繁复之中，为精神点一根蜡烛，给灵魂采集一些亮光。

众人在瞻仰、拜祭，似乎想从躬身中获取一点灵气，或者期望得到苏东坡这样的一代文宗给予自己一些创造力。还有的，围着看贾平凹写字。我独自转悠了一圈，然后抬脚跨出三苏祠大门。门外日光正烈，众多柏树积攒了令人惬意的阴凉。与葛一敏聊一些关于散文的看法。她是一个好人，一个认真做事，且有着自己想法的人。尽管自己写散文少，但她对当下散文的研判，有着很多人没有的清醒和开阔。再去街道上转悠，只见垂柳成行，清新碧绿；广玉兰树也像成都一般寻常和众多；三角梅开在谁家的围墙以外，也在岷江和青衣江边绽放。那种朴素的妖艳，是我喜欢的。街道上，车辆也多，这是现代城市的通病，但似乎没有雾霾，也不见太多的嘈杂。与散文家周闻道、张生全、沈荣均聊天时，我说，眉山这样的城市，很适合人居，安静、慢闲，只要一坐下来，心就静了，这样的一种氛围和环境，当是无功利者的最好去处。

远远看到远景楼。临水的楼阁，面对的是泱泱之水与阔大的湿地公园。楼在水中的影子，好像是一个庄重的美妇人临水自照，风姿绰约而又不失庄重。事实上，早在 2011 年春天，我就来过一次眉山，在城郊的猫儿山待过半个月，也曾经登上过这座修建于公元 1078 年的，与鹳雀楼、黄鹤楼、岳阳楼等齐名同辈的建筑，并拜读了苏东坡撰写的《眉山远景楼记》。其文规整，章法娴熟，但似乎没有奇彩之思与绝佳之句，与范仲淹《岳阳楼记》相比，总觉得差了些什么。再有，苏东坡之词作与其后世辛稼轩，我本人更喜欢后者。我总是觉得，在仕途宦海与个人遭遇，乃至趣事逸闻上，东坡一生要比辛稼轩精彩得多，或许也正因为如此，后人爱东坡胜于稼轩。然稼轩词作既气吞万里，又温柔至真，曾独带十多个精骑兵入敌营杀叛徒而又安然返回，并且在抗金战争中所表现出的悍勇与机智、血性与勇气，是东坡所没有的。

夜晚的眉山静谧、安恬，没有成都的嘈杂，睡在其中，几乎听不到一点令人不舒服的声音，空气湿润而又绵软，让人呼吸自然，每一口空气都像是在唱歌。我感觉好像是自己入川以来最舒服的睡眠。次日晚上，与阿来、梁鸿、祝勇、周闻道、嘎玛丹增、吕虎平等人饮酒，也是欢快至极、尽欢而散。至此我才发现，其实川菜最好吃的不是在成都，而是在成都周边。东坡肘子、烧白乃至各种鱼，都是舌尖上的美味。再和阿来等人一同去附近的彭山区。很早之前我就知道，性学鼻祖和长生专家篯铿就是彭山人。路上，我还和文学批评家陈剑晖、散文家杨文丰说，多年前，我在西北巴丹吉林沙漠时，曾在弱水河畔一侧荒丘之中，发现一个破旧不堪的洞穴。当地人说，早年间，这洞子里绘有彭祖御女的多幅壁画，而在上个世纪中叶，当地人说这是伤风败俗，便用铁锹铲掉了。

他们都大呼可惜。

冒着烈日去看正在建设中的滨江湿地公园，浩大得一眼望不到边，水塘清澈，芦苇丛生，野花遍地，再加上湛蓝天空，犹如置身于一面当世无匹的明镜中。在城市，似乎每个人都是被污染了的，不管是自觉还是不自觉。任何的当代生活都是牢笼。每一个人都想逃出去，可是每一个人都有自己独有的时代。这就是当代人的宿命。沿着湿地行走，太阳虽然烈一些，但对于长期生活在不怎么和太阳照面的成都，晒太阳已经是成都人最喜欢的一个日常节目。岸边青草、藤萝、花朵，以及不远处一个接一个，好像穿起来的铜钱一样的湖泊和水洼，水面蓝得让人窒息。

这正是现代人的可怜之处，我们拼命地在压缩自然，却又无限地渴望自然。人和自然的关系永远是人的自我束缚与无限度的拼占之间的矛盾。一幢幢的高楼，一块块硬化的土地，一台台轮番奔驰碾轧的车辆……这种运动无有休止。

偶有野鸭飞过，也好像是天鹅。众多的鸟在这里汇集，到处都是它们的叫声，在空荡荡的湿地公园，好像在进行一场自由式的歌咏比赛。湿地，被称为地球之肺，在这无限松软的地方，人似乎能够听到大地已经很急促的呼吸。其实，仅仅这一处湿地还不够，如果有更多这样的湿地，可能会抵抗日渐恶化的自然环境，让万物生灵共同享有自由和干净的呼吸。据我所知，中国的西北、东南、东北等地，都有面积或大或小的湿地，都已经成为当地人乃至所有人类和生灵最想要的去处了。在城市扩张幅度越来越大、越来越缺乏节制的今天，特别是四川盆地，眉山和彭山还有这样的一个自然存留，当是无比幸运的一件美事。

彭山为忠孝长寿之乡。忠者为东汉张纲，即"埋轮"一词的实际创造者。《后汉书·张纲传》载：东汉顺帝刘保在任时，大将军梁冀专权，朝政腐败。公元142年，刘保选派张纲等八人巡视全国，纠察吏治，其他人都按照上意行事，唯独张纲把自己的车轮埋于洛阳都亭，并说"豺狼当路，安问狐狸！"上书弹劾梁冀，揭露其罪。后以"埋轮"一词表示坚守之意。孝者便是东晋写有《陈情表》的李密，言辞恳切，其情隐隐，令人垂泪，然李密还是深知晋武帝司马炎之脾性，以情动人当是不假，但也有自保之嫌。所谓寿者便是颛顼的玄孙彭祖籛铿了。传说此人活了880岁，既是性学鼻祖，又是厨师的祖师爷。

关于彭祖的养生、长寿之法，无外乎心态、饮食、行走与性，《太平广记·神仙·彭祖》载："欲举形登天，上补仙官，当用金丹，此九召、太一，所以白日升天也。此道至大，非君王之所能为。其次当爱养精神，服药草，可以长生。但不能役使鬼神，乘虚飞行。身不知交接之道，纵服药无益也。能养阴阳之意，可推之而得，但不思言耳，何足怪问也。"如此等等，后人又总结或者附会出诸多的饮食、两性、运动、心态平衡以及采阴补阳、受精固本之类的养生术与健康方法。

彭祖山其实不高，沿着一条小道向上，至山顶，可以看到江水乃至整个彭山城区的全貌。彭祖庙是一个巨大的圆冢，长满蒿草与藤蔓，还竖有墓碑。彭祖墓下，有后人建造的低矮房屋，墙壁上刻绘着一些打坐与养生的姿势，但没有男女交媾的内容。我看了好一会儿，不知那些姿势到底是什么样的。只见彭祖画像前，蜡烛飘摇，香烟袅袅。中国人历来有崇尚长生不老的传统，大致是因为贪恋尘世之活色生香的缘故。

是啊，肉身才是我们在尘世的唯一证据，包括尊严、疼痛、欢愉和耻辱等。

人们贪恋这无尽的肉身可及可触的生活和生命空间也无可厚非。

人说，来彭山就是采气的。所谓的采气，大抵就是采集或者说借彭祖之长寿精气，抑或从彭祖的长生实践中获取一些洋溢在天地万物之间的那种蓬勃和昂扬吧。可惜，我没有去看最精彩的，也就是关于彭祖御女之法的展览和讲解，倒是在下山时看到了两尊雕刻于一山红色崖壁上的巨大佛像。哦，我仰望、敬服，凡人对神灵和尊者不倦的镌刻、褒扬和颂赞，体现的不只是人对永恒的渴望之心，也表达着对自己微小与速朽的自我悲悯之情。两位卖柏香、符咒的妇女一个劲儿地向我推销。我买了一把，也恭敬地点燃、插上，心里想着，借助神灵，哪怕是虚妄的、乌有的，给自己多一些希望和美好的祈愿，也是人之常情。我也不会例外。

中午吃饭，不由得赞叹，彭山果真是彭祖故乡、美食之地，菜肴之好吃、做法之精美地道，其他地方可能是没有的。在诸多美味佳肴中，我吃到了一种四川境内绝无仅有的面。当地人叫酸汤面片，加了少许酸菜，再加一些青辣椒，面片薄如蝉翼，呈三角形，吃起来辣一点酸一点，还有点烫，特别是喝了酒吃，有解酒的功效。起初，我吃了一口，觉得好，几口吃下去后，又要了一碗，再一碗。还有一道菜叫扒猪脸，但做法和其他地方不一样。川菜以作料多而著名，往往是作料掩盖了食物的本味。但这道菜我不怎么喜欢，总觉得这样的吃法比较残忍。

午后，再去看彭江口古镇下江口的石棺文化。博物馆内，有姿态神秘的摇钱树。陈腐的棺椁之内，尚有汉朝时的人的骸骨。石棺在博物馆后面的山崖之中，洞窟壁上长满绿色青苔，密集、柔软、湿润，低头弓腰向内，只见一条很长的坑道，两边分别凿有放置石棺的坑洞。从规模看，这石崖墓室肯定是某一个大家族的，设置有单室、双室、三室等层次的墓洞，并按照一定的次序摆放。此外还放置了一些生活用品，并有很多画像砖和浮雕。其中的"秘戏图""摇钱树""西王母""西王母神兽""博戏图""祥瑞""酿酒""庖出单人"及各类佛祖等，其艺术造型与精湛技艺，乃至所包含的现实生活要求和精神特质，令人叹为观止。

"秘戏图"造型为：男侧吻女脸颊，并一手抚摸女之饱满乳房，一手伸入女隐私之处；女微笑，一手抓住男伸向其下身的手臂。这令人匪夷所思，或许是汉代人性生活或者性对象、性心理的一种直接反映，也大致是用来做性启蒙的。后者的说法，我觉得不怎么准确。郭沫若见到后，为之取名为"天下第一吻"，这是诗人的发挥，也是很浪漫的一个命名。汉代人以石崖建造墓穴，而且以一个家族为一个单位，可能是当时的一种风气。这一行为和习俗，充满了浓郁的道教文化气味，也体现了当时人们相信肉体寂灭后，灵魂还会在另一个世界拥有与尘世一般无二的生活愿想。

下江口即武阳江、青衣江和岷江合流处，三条江，在这里打着一个个形如太极一样的漩涡，成为一个整体。再向下不过二百米，便是张献忠沉银处。他于1643年在武昌称王，接连攻下湖广和江西，却在李自成军形成席卷全国态势的时候，转而入川。这一行动，显然有偏安一时、再图大业的打算。此人入川至死，留下两个谜，一个是在四川大肆杀戮，使得巴蜀神焦鬼烂，百里之内不见生人。另一个谜便是沉大批财宝于江中，妄图再起。

据《彭山县志》载："顺治三年（1646年）四月，明王朝的参将杨展占领嘉定（今乐山市中区），沿江而上攻占彭山。秋，张献忠部与杨展在江口镇决战。张献忠大败，多数战船被焚，伤亡惨重，败回成都。"有人认定此地便是张献忠沉银处。此外，当地传说有一歌谣并一幅藏宝图。民谣为："石牛对石鼓，银子二万五。有人识得破，买尽成都府。""藏宝图"则标有沉埋金银宝藏的具体位置。民国时期有人发现藏宝图，并打捞多日，但只是获得了少许小铜钱，没有任何金银。还有一种说法：当年，部将孙可望曾奉张献忠之命，召集数百石匠在青峰山大肆采石，持续日久，但没人看到他们运出石料，便以此推测张献忠将金银等藏于该地某一处。财富的巨大诱惑，使得很多人挠破头皮，铤而走险。直到2015年，彭山区人民检察院网站有消息显示，该院主动介入，配合公安部门破获了盗掘张献忠沉银遗址的案件。

入川之初，张献忠也曾以怀柔之策来取悦巴蜀万民。当地人似乎不接，他派驻的一些地方官先后被当地群众群起格杀，使得张献忠一改初衷，大开杀戮之门。这一场历史的浩劫，人性的重度沉沦与沮丧，显然是四川历史上最令人触目惊心的一幕。以此为题材的文学作品也有一部分，但囿于历史研究和可资证明的资料之限，这方面的文学书写似乎还不够精当与丰厚。站在下江口边，江风流袭，大水滔滔，一切历史都是人类的陈疾与旧伤疤，也都是每一个人的前世今生，至少还和我们乃至后来之人有着不可割舍的种种关系。

华东笔记：从合肥到桐城

于蒙蒙细雨中到达，扑面皆是华东。合肥我不是第一次来，而是第一次进入。此前，有一次去九华山，乘飞机至合肥机场，旋即又趁着黑夜离开。去九华山，乃是自我寻求安慰的一段旅程，也是一种经历。中年之后，我忽然觉得，每个人一生之中，总会有至暗时刻和非常磨难，而空明的宗教和纯粹的旅行，可能是最好的疗愈方式。那一次，在九华山，看到了地藏菩萨的真身，也浅薄见识到了九华山的雄秀、神奇与玄妙，当然还有秘密的光照。很多年后，我又绕道南京，去了一次九华山，在山上的清冷与葳蕤之中，静心感受自然乃至自然中的佛庙，给人那种幽深的神意的笼罩与荡涤。

这一次去合肥，也是旅行。而且很短暂，犹如潦草针脚与碎乱思绪的雨，在我出机场的时刻，就肆无忌惮地漫卷而来，细密的针脚好像在缝补大地的裂隙。同时我也发现，合肥初冬的夜间，也有着一种别样的气息，既有北方的硬，也有南方的软。硬的是风，以及人在其中的清爽与粗粝感，软的也是风，粗粝中包含了细密的软糯与灵秀。

与接我的诗人木叶聊起诗歌,他是我多年的故人,第一次见面是在通辽而去科尔沁的旅程中,同行几日,还同睡一个房间。彼此之间的感觉,有些融洽,也有些不相苟同的别扭。

诗歌无疑带有通灵、通神的性质,首先都是写诗的人。相对于诸多先贤圣哲,学贯中西甚至人类文化和精神史的大诗人,我这类写诗的人,只是一个小跟班,甚至一个照葫芦画瓢的模仿者而已,这种自我定位,我以为是恰切的。这么多年以来,我从不看重所谓的"诗人"或写作者的身份。写作是一种极其高级的活动,而不是会写诗就是诗人,会写文章就是作者和作家。纳博科夫《文学讲稿》中说,"文学是创造,小说是虚构。说某一篇小说是真人真事,这简直是侮辱了艺术,也侮辱了真实。其实,大作家无不具有高超的骗术,不过骗术最高的应首推大自然。大自然总是蒙骗人们。从简单的因物借力进行撒种繁殖的伎俩,到蝴蝶、鸟儿,其他动植物的各种巧妙复杂的保护色,都可以窥见大自然当中无穷尽的神机妙算。小说家只是效法大自然罢了"。

而效法大自然,这个观点与中国的"道法自然"不谋而合。尽管如此,我觉得自己所写的诗文,都尚未得到真正的"自然之法",如果勉强算,那也只是一个亦步亦趋的跟从者而已。而木叶是一个严格意义上的诗人,他走的是自己的诗歌之路,无论从形式还是诗句,包括意象的创造和诗歌整体上的精神性等。从机场到市区路上,我们聊了很多,都是关于诗歌写作的。我强调的观点是,不是诗歌有什么问题,而是诗人一定存在问题。木叶大致是赞同的。兴致正高时,目的地到了,细雨仍在继续,把合肥路边诸多的法桐也淋得有些僵硬或者兀自入迷。原本要再喝点酒,但我实在不能喝了,人到了五十岁的年纪,肉身一再提出警告,从前以为强如钢铁,不可一世,尤其是自以为完好的,在各种医学仪器之下,已经变得如破败棉絮或者千疮百孔的老架子车一般。索性只吃了几只饺子,加上醋,味道让我想到河南乃至整个北方,有一种温暖与妥帖之感。

合肥的夜晚,静的只有自己,也可能是住处僻静的缘故,倒也觉得,处在闹市中能够有一个安静的环境,而且是一个人独处,这样的时光中年之后就非常难得了。古人说,静能生慧。躺在床上,有点想写诗,但又无法下笔。只好看着乌黑的窗外,以及远处铺展的辉煌的灯火。我想,灯火之处,便是人间,灯火深处,更是人间的生活。窗外的草木茂密,看不清楚到底有哪些种类,但草木垂顾的地方,一定土质肥沃,也一定是生灵密集与蓬勃之地。人说人和草木同气连枝、互为比照,端的是伟大、确凿的说法。《黄帝内经·灵枢·岁露》中说,"人与天地相参,与日月相应"。古来人们就以为,人和一切,哪怕一颗露珠,也都是天地造化的奇迹,同时也与天地万物相比照和呼应。《庄子·逍遥游》中说,"夫草木之芸芸,岂独人而已哉?"身处静谧的夜晚,而且是外省的合肥,陌生之感是有的,而最隆重和入心的,则是"淡泊""自在"以及空明。

次日天晴,阳光有些温情,也有点热的感觉。白昼的合肥坦然、豁然,一派明媚。虽是冬日,但也透射着一股漫天漫地的清朗之气。这一座立于南北之间的城市,南淝河和东淝河合称,也是"合成"之地,当年苻坚的前秦在此两次遭遇惨败的战争,便是有名的"淝水之战"。苻坚、谢玄、桓冲等人在此创造的历史,至今为人津津乐道,"草木皆兵""风声鹤唳""投鞭断流"等成语由此诞生,为后来者写文状物,提供了极其简略的概括语词和"典故"。而在此之前,"构木为巢室,袭叶为衣裳"华夏第一人文始祖"有巢氏",开创了人类建造房屋用以休养生息之先河。而项羽的九江王国,尽管只是昙花一现,因为司马迁的《史记·项羽本纪》,使得这个失败的千古英雄,至今为人怀想不已。项羽身上所体现的英雄主义及悲剧性,是典型东方式的。他的失败并非不会用人,而是性格上的缺陷。

合肥市区的外观，大致与其他城市无异，当代城市的发展，是一个由一时兴起到规整有序再到强调特色的过程。坐在车上，可以看到，丘陵岗地、低山残丘、低洼平原构成了这座庞大城市的原初地形地貌，这令人联想到古中国的外在特征。河南、安徽、河北、山东、陕西部分地区，构成了中原文明的底色。神奇的河图洛书、《易经》、有熊氏、盘古开天、三皇五帝、女娲抟土造人乃至国家最初形态的缔造，由此而蔓延开来的中华文化，其特有的原创性、奠基性和开放包容姿态，使得中国这一实体和概念越来越广阔、宽大、深刻、独特与雍容。距此不远的淮河与秦岭一起，被称为南北分界线，气候这个东西端的神奇，总是以无形的方式，进行着强大的运作。

河流与山脉及其流集而成的滩涂和盆地、浅丘与低地等，是人类逐河而居、择良地而栖的理想家园。对于我个人而言，在合肥，记起的第一个人，好像是包拯。这一位先辈（先贤圣哲皆如是）在民间吃水程度很深，我小时候，就听村里的老人不断讲他的故事。从严格意义上说，是传奇。《宋史》的记载反倒很是略，"拯性峭直，恶吏苛刻，务敦厚，虽甚嫉恶，而未尝不推以忠恕也"。《铡美案》《狸猫换太子》《陈州放粮》等各种流派的戏剧，以及后来的电影、电视剧等，对包公这一文学形象的宣扬无所不用其极，早些年间，我在西北之地，金超群、何家劲等人主演的系列电视剧《包青天》风靡一时。在我家乡河北太行山中，就连大字不识一个的农人，也都知道包拯可以昼审阳、夜审阴，并且牵强附会地说，包拯和寇准、八贤王等都是忠臣，也都帮着杨家将说话，为了大宋江山，而殚精竭虑，奋不顾身。说的时候，每个人都是头头是道，津津有味，眼睛里迸发着神奇、钦敬与赞慕之光。而且坚信，包拯之所为，全然真实不虚，并非演义和虚构。他们说，包公刚直不阿，对咱们老杨家很好。包公和庞太师那些奸佞是死对头，一心为了朝廷，还当过宰相。

如此等等，都是民间演义在起作用，而民众最喜欢的，就是这类夸张、牵强附会与勾连生发。包拯在民间俨然神一般的存在，其传播深度和广度，远超狄仁杰、海瑞等同一类别的历史"清官"形象。另一个则是李鸿章，他生于合肥的磨店街道。李鸿章为清末"中兴四大名臣"之一，也是洋务运动代表人物，西方人以"中国的俾斯麦"誉之，其当世争议与后世争议似乎至今也没消停过。慈禧言其为"辅佐中兴，削平大难""匡济艰难，辑和中外"之能臣，梁启超著《李鸿章传》，对其大加褒奖，不吝美词好言，可谓至极。而特立独行的辜鸿铭则批评说，"长江下游的中国人，像苏格兰低地人一样，机灵、精明，是讲求实惠的生意精，吃苦耐劳，贪婪鄙吝——比如李鸿章带有苏格兰低地人机灵精明的典型特征，把'半个便士'或中国所谓'碎银'看得极重。"

历史总是有着自己特定的语境，至于当时真实现状，唯有当世人才能看得清楚，用之者当然应予赞美，不利者则悍然反对甚至唾弃。历史也从无定论，而且，不可避免地反映了书写者的价值判断和个人趣味，历史是历史书写者的态度和看法，并非历史之历史。这句话说起来似乎有些拗口，但事实应当如此。从严格意义上说，所有的历史都只是其创造者和经历者的时间和时空"感受"，不可能有一个统一的标准。如汤因比所说，"我也对历史事实感兴趣，但并非对他们本身感兴趣。而是把它当成线索来探究其背后的东西，探寻神秘宇宙的本质和意义。"（《人类的明天会咋样？——汤因比回忆录》）

汤因比的"探寻神秘宇宙的本质和意义"，显然是当下年代的显著特征，科学技术的突飞猛进，从根本上超越了人们的预想。去参观量子计算研究所时，尽管对量子计算及其诸多的门类有所了解，但我还是震惊了。量子的定义是，"一个物理量如果存在最小的不可分割的基本单位，则这个物理量是量子化的，并把最小单位称为量子"。

关于"最小的不可分割的基本单位",我觉得这一定义可能为时尚早,只是在表达和确认人类目前科研的最新成果及其认知。在这里,我不由得想到"微尘"这个看起来有些诗意的语词。量子最小,而人类也是宇宙之最小;人体的最小是细胞,细胞的最小是分子。在物理学中,分子再下分是原子;原子再下分就是电子和原子核,原子核又可以分出质子和中子,又可以分成夸克;夸克之后还有亚夸克;在亚夸克的下面,是一种场。

这个"场"又是什么,可能还可以再下分,甚至是无穷尽的。在量子面前,人类有些自谦意味的"微尘"自称还是一个巨大的单位,相对于量子、夸克,还是有些自高自傲的意味在内。其实,地球都不过是宇宙的一粒微尘,人在其中,连夸克都算不上。我猛然觉得,人生真的很空茫,我们以为伟大和不朽的,在宇宙和物质的神奇面前,其实都不值一提。这令人沮丧,也叫人惊醒。浏览之间,我惊叹,也只能惊叹。对于科学技术,我是门外汉,关于最新科技,大都属于道听途说与自我能力上的想当然,并不十分了解,更不确凿。

科学技术的细分及其探索,我总是感到恍惚,同时也觉得自己一无是处,甚至整个人类都是茫然无措的,也都在"物质"面前无足轻重。普凡大众只是在科技面前欢呼和运用,并且带着一种炫耀的心理,事实上,我们对万物的本原和规律等的认识越是清晰,人类的命运可能会越来越受其左右,甚至被反制。

这个世界太过奥妙、神秘,它的存在似乎是一个巨大幻象,但处处坚硬,可触可感,丝毫不觉得虚无。可宇宙和地球,乃至人,以及人的一切,看起来都那么实实在在,丁是丁卯是卯的。其中的"虚空"部分,即人眼难以看到的,又是那么多,而且充满各种令人匪夷所思的玄秘主义。德国哲学家弗里德里希·海因里希·雅各比认为宇宙是虚无的。佛家的《金刚经》中也说,"凡所有相,皆为虚妄"。我理解的是，宇宙本是空无的，虚空一片，并不存在什么实质性的物质。而佛家所谓的"相"，是指一切事物存在和显现的特征。两者之间似乎没有关联，但似乎又有些依稀仿佛。

人总是在不断地刷新对宇宙万物的认知，借助更多的工具，使得"身外身内"的一切逐渐显形，并为之命名。我以为，人类的探索没有止境，也不可能有尽头。相比量子计算和量子光学等，我更在乎量子力学和量子纠缠。关于量子纠缠，人们对它的定义是，"当几个粒子彼此相互作用后，由于各个粒子所拥有的特性已综合成为整体性质，无法单独描述各个粒子的性质，只能描述整体系统的性质，则称这现象为量子缠结或量子纠缠"。

这个定义令人似懂非懂，充满不确定性，甚至无法表述"量子纠缠"的真正含义。应当说，量子纠缠的诡异性决定了它的科学性。尽管量子纠缠是由"EPR 佯谬"推导出来的，而 EPR 则是爱因斯坦、波多尔斯基和罗森三位科学家名字的首字母。

量子纠缠的发现，甚至证实了世上原本存在的诸多诡异、荒诞之说的正确性，比如，吸引力法则、千里托梦、第六感、预兆等存在的必然甚至神秘性。也从科学的角度，证实了老子"有之以为利，无之以为用"等哲学层面上的论断的正确性。万物之间肯定时刻有着某种紧密而且极其秘密的沟通和联系，无论距离、时间，也无论特征、原理等。因此我以为，量子纠缠是人类迄今为止最为智慧的科学发现，量子纠缠证实了"情志""意念"等虚无之物的实际存在及其可感性，甚至，它有可能改变从此之后人们认知和掌控事物的理念和方法等。

对安徽省量子计算工程研究中心，以及科大讯飞公司的参观，改变了我对合肥的概念式理解，此前，我以为合肥是一个以农业为主城市，其他都是点缀，而量子计算包括 AI 在内的研究及其成果，使得合肥忽然有了一种当代和前沿的意味。我也相信，这种科技的研究，不仅使得中国的量子力学、光学、计算等方面的研究渐渐雄长，也使得这座城市具备了奇异的光亮。就此，我在网上搜索到一条消息说，"记者从安徽省量子计算工程研究中心获悉，截至 1 月 15 日上午 10 时，我国第三代自主超导量子计算机'本源悟空'已为全球用户成功完成 33871 个运算任务。全球 60 多个国家远程访问'本源悟空'人次突破 35 万次。（《科技日报》2024 年 1 月 15 日电，记者吴长锋）"

在合肥的夜间，与几位同行的朋友聊天。其中的俞胜乃多年好友，其近年来在小说上的发力和成果，令人瞩目。我也觉得，文学创作，可能还是小说能够包容更多，尤其是我们这个时代，人心的复杂性与精神的深广性等等。李云是诗人，同时小说和剧本也叫人叹服。事实上，每个写作者都不应当是单一的，一个文学体裁操持久了，可能就会越来越窄小甚至自以为是。文学的本质是敞开的。赵宏兴晚上来见大家，闲聊之余，我也衷心地夸赞他是我最为佩服的刊物主编之一。这个年代，不在于我们做什么，而是有自己基于整体性的判断之后，坚持的自我主张。赵宏兴之前写散文诗和散文等题材，近些年的小说虽然量不太大，但好的作品，都是以一顶百的。徐迅是我的散文老师，当年教育我甚多，我也从他的作品中获益至今。小说家余同友也是多年故交，其作品也不算多，但每一部都极为扎实。

没想到，会遇到鲁院同学高鹏程和杜怀超，2013 年在北京鲁迅文学院，我和他都是学习委员，两人感情甚笃。他是一个真正的诗人，作品自不必说，性情极其柔婉、真诚。这些年，我们也断续见过几次，但也极为有限。在我的内心，始终把他作为胞弟看待。杜怀超是一位散文家，其作品摇曳多姿，语词极为茂盛，近些年来的成就也堪为翘楚。此外的陈先发，起初无意中读到颇为惊艳，因此，有一段时间尤其关注他的诗歌创作。他的写作特异点就在于其诗句所能抵达的生活深度和精神深度，用一种回旋切入的方式，赋予了诗歌应当具备的哲学意蕴及其发散性。我也以为,优秀的诗歌不需要过分阐解,评论家的各种赋予在很多时候不是在加强,而是在减弱;胡竹峰早闻其名,见其人,俨然翩翩才子者也。一伙人坐在往桐城的车上,心情安然。沿途都是初冬,大地开始寥落,但密集的村镇,使得江淮之地一派当代的模样。

所谓当代,我以为就是"我们所在的年代",而不是释义中"过去的那个时代"。今天的中国,无疑是最好的一个时代,主要体现在,大地对人的包容与妥帖的安置,人的生存和生活的安全感与温暖感。这可能是人类最基本的要求。沿途的车辆不是很多,驮载货物和人的车辆,呼啸而去或者呼啸而来。由此,我也觉得,人毕竟是物质的,物质构成了人的俗世生活基本需求甚至尊严,物质往来越多,越显得繁荣与多彩。正如康德所认为的那样,人的美好生活应该是理性的生活,人们应该按照理性原则行事,追求道德和智慧。不仅要有物质上的富裕,还要有精神上的充实和满足。

桐城就要到了的时候,我内心有些激动,激动的原因,源自"桐城派",戴名世、方苞和刘大櫆等人的发轫,后有姚鼐等人为其赓续。《清史稿卷二百九·列传七十七》说,"其(方苞)为文,自唐、宋诸大家上通太史公书,务以扶道教、裨风化为任。尤严于义法,为古文正宗,号'桐城派'"。无论戴名世、方苞、刘大櫆还是其后世扛鼎者姚鼐,其理念"学行继程、朱之后,文章介韩、欧之间",以程朱而上接孔孟;以唐宋八大家为圭臬,上接《史记》《左传》之文统。这种复古主张的文学流派,固然有限于当时环境之原因,然其中也有强烈的排他性和门户之嫌。

文学创作是要开放的,不拘一格的,倘若画地为牢,唯我独尊,便有了封闭甚至孤芳自赏的种种嫌疑,对其自身的发展进步绝无益处。正如福克纳所说,"对于自己写的东西,绝不能有满意的时候,总是会有改进的余地，总是要追求自己力所能及的更高目标。不要满足于比你的同辈或前辈好一些，要写得比你自己好一些"。可以明确看出，桐城派形成及其发展，多囿于外因。有清一代，大抵是文化、思想和信仰上极为逼仄的一个时期，戴名世及姚鼐等人的主张，既反映了古代知识分子精神出路狭窄，作诗为文空间不足的实际，又在视野和胸襟上被辖制的无奈。无论怎么说，"桐城派"之上接孔孟之道的理念，我是认同并且赞许的，不仅他们的年代，即便现在，适度地回到中国的文化传统和老庄及孔孟的道统，对增强当代文学的原创性可能是有所裨益的。

他们都是先贤，有着古代知识分子的风骨和操守，也有着济世安民的俗世理想，作诗文乃至作画，其实是他们内心和精神的另一种表达。而桐城派的形成及其源远流长，实在是一个奇迹，也是足可效仿与推崇的。由此，在参观的时候，我的内心仍旧是激动的，也觉得，方苞和姚鼐等人在百年之前，尤其是世界面临巨变之际的诗文创作，当是彼时一个有着灿烂光华的奇迹。

不才如我者以为，这种奇迹应当加以延续，尤其在我们的年代，并非要复古，也不是封闭，而是在开放包容、兼收并蓄之中，重新对中国的古文传统加以审视、借鉴和发扬。很多年来，我以为，不仅在文学艺术上，我们在"西"的路上走得太久了，尽管也有诸多灿烂与丰收，但传统上的缺失，使得中国文脉有些落花流水、西风残照之感。呼唤一种体现中国气派的大的胸襟、气象和境界的文学艺术创作与其成果，大致是需要更多人来实践的。文学按照西方的四分法久矣，也学"西"学得太久了，以至于沉湎，甚至将之奉为不二之法，我觉得是不够科学的。

王国维《人间词话》说，"美成深远之致不及欧秦。唯言情体物，穷极工巧，故不失为第一流之作者。但恨创调之才多，创意之才少耳"。

这句话依然合适。也觉得，在中国文学批评上，王国维乃真正结合中西的大家。只可惜，如此人杰，于今少之又少矣。

　　细雨之中，游览著名的六尺巷，想到张英，这个人的做法，其实反映了民众之间互谦互让的美德。我们家也经常遇到这样的事情，但并非张英所说的"让他三尺又何妨？"。很多民众在日常生活的矛盾和冲突中不是自我觉醒使得你让我退，而是得寸进尺。这也说明，彼时的桐城民众，道德修养极高，至少是明理知世的。张英还有一个比他声名显赫的儿子，那便是雍正和乾隆时期的重臣张廷玉。张英诗中的"万里长城今犹在，不见当年秦始皇"，是体现了一种大的胸襟和气度。其子张廷玉主修的《明史》，也是其毕生功绩之一。

　　桐城之地，大别山东段余脉逐渐走低，丘陵扇面展布，倾降平缓；平原阡陌纵横，素来为"七省通衢"。大山与江河、丘陵和平原，使得这一片地域得天地自然之灵气、江河山脉之雄魄，当然人才辈出。其街道规整有序，干净整洁。并且，桐城的饭菜也间杂了南北之味道，且还有独创。孟德斯鸠说，"气候的权力强于一切权力"。我以为是正确的，很多人和事物的秉性、趣味乃至其生长与存在的状态和规律，都是气候在起作用。桐城，包括其邻近的安庆，近代以来的人才、雄才与伟才，一时间世不二出，仅科学家就济济一堂。

　　匆匆几天，对我来说，却是丰盛的。人在大地上行走，其本质上是致敬自然，是向天地之间的人间表达爱意的。合肥和桐城，我都是第一次，以至于离开时，心里是有些不情愿的。然而，人在俗世当中，最需要的，可能是完成和恪守眼前的生活。由桐城而合肥新桥机场路上，安徽大地平坦辽阔，途中所见之草木，黄色或者红色，在逐渐变阴的天空下，以自我的姿态悬挂和摇曳。忽然想起李白《同吴王送杜秀芝赴举入京》一诗中句，"秋山宜落日，秀水出寒烟"。初冬的安徽大地，空气清冽，烟雨空蒙，在村镇和城市、旷野之间无限延展，充满了新鲜与粗粝的意味。此等情境,我不由得想起了王阳明《立春日合肥道中短述》一诗,"腊意中宵尽,春容傍晓生。野塘冰转绿,江寺雪消晴。农事占泥犊,羁怀听谷莺。故山梅正发,谁寄欲归情"。